문학의식
소설동인
네 번째 동인집

기억된 상실

목 차

서문

네 번째 동인지 '기억된 상실'을 출간하며

한해가 저물어가는 세모의 거리는 붐비는 듯 아쉬움의 파스텔 톤입니다. <문학의식>을 둥지로 하는 소설가 동인들의 마음도 표면 분답, 내면 결핍 사이를 내왕합니다.
제야를 목전에 두고서 우리시대의 소설가들이 반추하는 한 해 동안의 회고는 좌절의 감상에 가까울 것입니다.
인류의 문예사조사에서 가장 나중에 도모되었다가 어쩌면 가장 일찍이 그 역사서에서 자취를 감추려는 장르가 되는 건 혹시 아닌가.
소설문학의 종언을 외친 입바른 작가들이 이미 지난 세기에 여럿 목소리를 높인 바도 있습니다.
"아직도 소설을 읽으십니까?"
영상 매체를 앞에 두고 앉아서 힐난하는 대중들도 적지 않습니다.

하지만 문자라는 것이 생기기도 훨씬 이전, 저 알타미라 동굴 속의 수렵도에서부터 울산의 태화강 암각화의 켜켜로 쌓인 형상들이 그 이면에는 스토리에 대한 인류의 간절한 희구가 담겨있다는 정작 소설 같은 이야기를 인간은 방기하고 있는 것입니다.
최근 인기 있는 영상 시리즈물과 방송극 중에는 만화를 바탕으로 한 경우가 숱하다고 자조도 하지만 그 이야기를 이끄는 원동력은 바로 소설이 아니고 무엇인가요.
대하소설뿐만 아니라 짧고 간결한 단편이 영화로 진화하면서 수

백, 수천만의 이목을 이끈 전설 같은 이야기, 소설 같은 이야기를 우리는 잊지 말아야 합니다.

모든 미디어는 문학 텍스트라는 말도 의미심장합니다.

스마트 폰으로 읽는 행위를 전제로 한 "스마트 소설"이라는 명사도 자리를 잡은 지 오래입니다.

<문학의식>을 둥지로 하는 소설가 들이 지난 4년간 매해 세모를 바라보며 아쉬움과 분주함 속에서 출판해낸 소설집이 모두 이런 경향성 작품만은 아닙니다.

그러나 예서 머물 수는 없다고 떨쳐 일어나서 동인지를 가꾸는 그 기상 속에는 모든 가능성을 염두에 두며 모험하고 모색하고 또 전통적인 것을 지켜내기도 한 여러 몸짓이 모두 용해되어 있다는 것입니다.

올해가 가기 전에도 잊지 않고 열한사람의 동인들이 소설집을 엮어냅니다.

제목으로 삼은 "기억된 상실"은 깊은 맛, 넓은 재미, 높은 기상을 담아낼 뒤웅박입니다.

편집위원 김유조 안혜숙

문학인식

소설동인

네 번째 동인집

강송화

경상남도 함양출신.
1984년 도미
전 마이애미 상공회의소 이사
전 Orlando Junior Golf Academy 대표
전 Atlanta, Georgia 한국일보 플로리다 주재 기자
2007년 미주 한국일보 공모 <신춘문예>전 소설부분 가작 입상
2007년 해외문학 신인상 단편소설 당선
2009년 <문학의식> 신인상 단편소설
2009년 대한민국 녹색지도자상
2011년 11월 중앙일보시조백일장 장원
2012년 1월 중앙일보시조백일장 장원
2013년 제1회 하운문학상 소설부분
2010년 소설집「구스타브 쿠르베의 잠」
한국소설가협회 회원

기억된 상실

은평 뉴타운에 새로운 입주자들이 하나 둘씩 모여 들었다. 새 아파트에 걸맞은 현대식 상가가 들어서는 등 사람들이 바글대면서 도시는 새로운 활기에 넘친다. 입주하는 사람들의 모습도 한결 여유로워 보인다.

얼마 전만 해도 우마차와 리어카가 동네를 누빌 적에 동네 위에 새로 생긴 아스팔트길에는 에쿠스와 벤츠가 교차하는 20세기와 21세기가 공존해 살아가는 그런 강북 변두리 동네였다.

그 지축 역에 내리면 백운,인수,만장,자운,만경,문수,원효, 의상 등 삼각산 여덟 봉우리가 앞을 딱 가로 막으며 다가온다. 마치 여덟 폭의 산수화 같은 이곳 풍광과는 어울리지 않은 '먹거리 호프집'이 150여 미터쯤 거리에 있다.

지붕은 천막지로 덮여 있는데 뭔가 포장마차 분위기를 낸 답시고 벽면 겉에다 통나무 껍질을 드문드문 붙인 인테리어 방법은 그다지 격에 맞아 보이지 않았다. 미닫이문을 열고 침침한 실내기에 분위기에 맞춰 낮은 문턱을 머리부터 숙여 들어가면 남자처럼'하이칼라'식의 헤어스타일로 가르마를 타고 헤어로숀과 무스를 바른, 시원스럽게 드러낸 이마와 오뚝한 코에 가무잡잡한 얼굴의 영광 댁 박 여사가 눈에 들어온다.

"여기 먹거리 호프에 오면, 그란디 호프는 없당께. 있다면 소주, 맥주, 막걸리뿐이 지라우."

구수한 전라도 사투리로 손님을 맞는 '먹거리 호프'집 주인 영광 댁이 다정하게 반긴다.

그녀는 남정네라고 하여도 하나도 겁 낼 일이 없는 여자라 따로 봐주는 일도 없는 것이 그녀만의 손님 접객 방법이다. 경우에 틀렸다 싶으면 걸쭉한 사투리 욕부터 시작하고 나서 나머지를 해결한다.

그녀의 입담과는 달리 손맛은 외할머니 솜씨다. 음식이 맛있어서 욕먹는 것은 플러스 알파라고 생각하기에 손님들은 정겨움에 이 집을 찾는다.

호프집에 어울리지 않게 메뉴는 꽁보리밥, 된장찌개, 잔치국수, 굴 무침, 병어조림, 묵은지, 나물무침, 열무김치에 숙성 홍어회다. 음식을 만드는 와중에도 걸쭉하게 받아치는 그녀의 입담은 남정네들의 기를 팍팍 휘어잡고도 남는다. 노가다 판의 거친 사내들도 경우에 빗나갔다 하면 모두 혼날 걸 각오하기에 처음부터 꼬랑지를 아예 사려야만 했다. 오히려 색다른 호기심을 불러일으키는 정겨움에 그녀와 한 마디라도 더 해보겠다고 안달을 하는 사내들이 많다.

"앗따! 자껏이 입맛은 청와대여! 음 알고말고. 간간하게 먹어야 잔병이 없째이!"

겉절이, 찐 무시래기, 젓갈, 굴 무침과 과일까지 내놓고는 손님이 일부러 안주를 주문하기 전 까지는 안주 주문을 안 받는 것이 그녀의 스타일이다.

그녀의 걸쭉한 말과 함께 맛난 안주가 곁들어 식탁에 나오면 손님들은 입이 함박만 하게 딱 벌어진다. 어디에 가서 적은 돈으로 이런 진수성찬을 대접받을 수 있을 것인가 하며 의아해 한다. 사람들이 다 허물어져 가는 천막 포장마차의 이 집을 잊지 못하고 찾아오는 이유가 있다면 그녀의 손맛이 제대로 밴 숙성된 밑반찬 때문일 것이다.

아! 이거 웬일. 낙지, 문어, 오징어, 꼴뚜기 중 어느 것 한 가지 하고 건 생선 구운 것이 또 덤으로 나오는데 절대 계산에 포함하는 법이 없다.

"아주 간단 하당께, 서비스여!"

영광 댁은 중얼거리며 손님 앞에 내놓는다. 조금 전에 들어와 술안주와 밥상을 받은 사람들은 자주 오는 단골손님들이었다.

영광 댁은 다른 테이블에 앉아 막걸리를 마시고 있는 허름한 모습의 남자 손님이 있는데도 남녀 손님들이 술 취해 비틀 거리면 욕을 섞은 입담으로 다 쫓아낸다. "거시기 긍께 그냥 내고 가!, 지난번 그년 주정 피며 개기닝께 낯짝배기 두어 대 올려 부쳐 떠밀어 보냈잖아. 야! 누나가 가랬잖냐! 오도바이 타고 가겄냐? 야! 너는 왜 앙가!? 누나가 존 말할 때 말 들어! 자정거나 잘 끼고 가라 잉! 넘어지지 말고, 이것들이 손맛을 봐야 하나! 아무데나 자빠지고 지랄들을 허니…. 참! 빨리들 가라 잉."

걸쭉한 입담으로 술 취한 손님 다 내쫓으면서도 그녀의 손놀림은 재빠르다. 도마에 올려져 있는 오징어가 퍼즐을 펼쳐놓은 듯 그녀의 양념 묻은 손끝이 주물럭거리면 맛깔스런 안주가 되어 나온다. 남자가 그런 그녀를 신기한 듯이 바라보며 술잔에 손을 대고 있다.

그래서 붙여진 그녀의 브랜드 별명은 '찌꾸'다. 드물지만 간혹 손님들 중 점잖고 매너 좋은 신사에게는 오빠라는 특별 호칭이 따른다. 그리고 그녀의 특별한 천사표 말투가 비단결처럼 자르르 구른다. 허나 저 보다 나이가 한 살이라도 더 많으면 그리하고 한 살이라도 아래라면 무조건 동생으로 취급된다.

"영광 댁! 어쭈 금메 뭐시더냐."

남자가 그녀를 향해 말을 건넨다. 대꾸는 잠시 미루고, 이

쪽을 향하여

"재 봐라 뭘 즈그 입맛이 경기도 비렁뱅이인가 뷔어. 갈현동서 여기까지 이틀건너 자주 출근 헌당께. 유식 층인가 뷔어. 취하면 가곡으로 뽑아요! 안주가 즈그 입에 딱 맞는다나! 또 재는 예 오는 놈들 중 제일 신사 축에 들어. 나머진 다 내가 손봐서 보내야 되어. 뒈지게 맞고도 또 와. 염병헐 놈덜!"

그때 바랑을 둘러맨 스님이 허리를 굽혀서 들어와 목탁을 치자 들을 필요도 없다는 듯이 영광 댁은 하던 일을 멈추고 재빠르게 앞치마에서 천 원짜리 두 어장을 끄집어내어 주며 합장해 인사하며 보낸다.

그런 그녀의 행동은 조금도 어색하지 않고 너무나 자연스러웠다. 마치 삶의 한 부분인 것처럼…….

좀 전에 손질을 하던 병어 졸임이 어느새 뚝딱 만들어져 남자의 테이블에 올려놓는다.

"뉴타운 은평 '신도시'도 이제는 끝나 가는군. 내년이면 또 어디로 옮겨 가서 판을 벌여야 헐찌 물러! 아! 거시기 뭐여 젠장할 것, 또 있네! 오늘은 해물차가 안 왔는디 꼬막이 이거 뿐이여, 덤으로 내놓고는 거시기 뭐여 오빠!"

덤 안주의 고마운 답례 인 듯 곱상한 남자가 맥주 한 병을 들고 영광 댁에게 권하자 그녀는 맥주잔에 가득 부어 단숨에 쭉 들이킨다.

"헌디 종씨 오빠 오늘은 안 모시고 왔어? 둘이 와서 같이 있어야 재미나는 건디, 오빠 둘은 서로 사이도 좋고 내가 보기에 젤 좋더라! 오늘 종씨 오빠한테 새로 나온 문자 좀 한수 배울라 치면 안 오드라. 그 오빠도 나처럼 씨웃자 안 들어가면 말이 싱거워! 확실히 간을 처야 헤여, 나 참 좋아 부릴라고. 환장 헸나봬 쓔발, 오빠, 북한산 도토리묵 만들며는 나두 쬐끔 줄랑가 모르것는디? 그거 손이 너무 가서 난 뭇 허겄어! 오빠 언니허구 등산갈 때 나두 좀 데리구 가면 안 되어? 요즈음에는 농장엔 안가능가 부지? 오빠 지난번 데리고 왔던 그 시내 아그들 말여 오빠한테 대하는게 싸가지들이 없어 군기를 확 잡을 대상 제1호 들이여! 경우들을 잘 물르능거여 그것들이!"

이제 멀지 않아 재개발이라는 이유로 많은 사람들이 떠나야만 하는 이곳. 가난한 서민들은 돈 한 푼 없이 시작해야 하는 두려움으로 앞으로의 일이 막막하다. 그동안 복작거리며 나누었던 이웃들과의 끈끈한 정도 추억 속으로 사라질 것이다. 그 공허함은 차치하고라도 가난하지만 평온했던 일상들이 사라져버릴 불안감. 어떤 이들은 평생 이곳에서 나고 자란 삶의 터전이 재개발로 하루아침에 폐허가 되고 말 것이다. 그 폐허더미 사이로 사람들의 이야기도 묻혀 사라질 것이다. 아직도 떠나지 못한 노인들의 앞날도 아무런 보장이 없다. 그날그날 가슴을 조여 오는 숨통만 붙들고 겨우 살아가는 그들에게, 그들이 뿌리내린 그들의 삶의 터전을 버리고 떠나라는 것이다. 그러나 그들은 떠밀리듯 하나둘 떠날 수밖에 없다. 이제 얼마 남지 않은 몇 세대 가운데 영광 댁이 끼어있다. 그녀가 이곳을 쉽사리 떠나지 못하는 이유는 기억하기 싫어도 잊을 수 없는 아픈 추억들이 묻어 있는 곳이기 때문이다.

아무리 기가 센 영광 댁이라지만 지난 해 어느 날 인가 막다른 골목에 몰린 때가 있었다. 손님들이 꽉 찼다. 북적거리는 손님들 중 술 취한 척 하며 수작을 부리는 한 사내가 영광 댁의 엉덩이를 손바닥으로 툭 건드렸다. 영광 댁은 화들짝 놀라 들고 있던 술주전자를 사내의 손목에 내리쳤다. 순간, 사내의 옷이 먹걸리에 젖고, 그 사내는 손을 번쩍들어 영광댁 뺨을 쳤다. 온 포장마차 안이 금방 수라장이 되었다. 박씨 종씨 오빠는 왕년에 대단했던 주먹의 소유자였는데도 말리지도 않고 강 건너 등불 보듯 하였다. 그런데 함께 온 아주 곱상한 오빠가 나섰다.

"어이 이봐! 술 취했으니 어서 가시게!"

"야! 넌 누구야 임마!"

사내가 멱살을 잡고 눈을 부라리자 계집처럼 곱상한 오빠가 사내를 한 주먹에 날렸다. 사내가 가슴을 움켜쥐고 구부려 앉는데, 우두둑 소리가 나더니 픽 쓰러지고 말았다.

"야 너 일산 파주에서 노는 수달이놈 후배들이지?"

"너희들 어서 가라 응!"

그 한마디에 사내가 정신을 차린 듯 벌떡 일어나더니 후다닥 내빼려고 슬금슬금 달아나려 하자 꼼짝 못하던 영광 댁이 나섰다.

"야 임마 돈 내고 가야할 거 아냐?"

손님들이 웅성거리며 힐끔힐끔 곱상한 손님 테이블 쪽을 쳐다봤다.

"다들 큰소리들만 쳤지 정작 급한 때 꼬리 사리는 늠덜!"

"진짜 오빠 손보면 펜대만 잡은 손인데 으찌되어 부리능기여?"

"저 종길이 오빤 헛것여! 매상만 올릴 뿐이지 의리가 없어! 아니 힘이 없구먼."

"오빠 손은 무슨 손이여?"

영광 댁은 또 분위기를 바꾼다.

"참 오빠 여기 이 동네가 우리나라 중심축 지축이여! 수도권 전철역의 최중심축! 땅 지 자, 중심 축 자! 안 그런 겨?"

기발한 발언을 너불대며 그녀는 맥주 한 잔을 들이켜고 나물 한 젓가락을 입으로 가져간다.

팔색조 영광 댁이다. 곱상한 손님한테 나근하게 근접해 가는 것이다.

"아이고 우리 오빠는 이다지도 곱상허니 시 쓰는 문인이제 앙그려?"

그 사이 영광 댁 입에서 안주보다 더 구수한 입담 소리답지 않은 민요 소리 한 가락이 꺾여 삼 실타래처럼 서려 깔린다. 그녀는 대체로 무엇을 하든지 몸과 입은 둘로 나누어진 이분법을 취하는 것이 참으로 남자의 눈에는 신기 할 따름이다.

늙수그레한 남자가 다 낡아빠진 문을 덜컹 거리며 밀치고 들어섰다. 그는 이미 어디서 한잔을 거나하게 걸쳤는지 휘청거리는 폼이 자신의 몸을 가누지 못하는 것 같아 보인다. 그것을 보고 있던 영광 댁이 가만히 있을 리가 없었다.

"염병헐 늠 또 와 부렀네! 야, 너 너무 취했어! 존 말할 때 가라 잉. 오늘은 너한테 술 안 판다 알겄냐."

남자는 영광 댁의 말에 전혀 개의치 않고 어기적거리며 기어코 한쪽 구석자리에 가서 자리 잡고 앉는다.

"야, 이 놈 봐라 오늘 너한테 술 팔 생각이 없응께 내 눈에서 사라져라 염병헐 늠. 냉큼 나가지 못할까. 니미럴 불쌍한 늠. 그렇다고 집나간 계집년이 돌아오기는 애시당초 글렀는디 포기를 못하능구나. 미련한 늠, 허구한 날 그러구 다닌다고 될 일도 아닐 턴데, 이제 폐인 다 된 늠 아녀? 내일 맨 정신으로 오면 공짜 술 줄 터이니 존 말할 때 가라 알겄냐! 옳지 착한 늠."

늙수그레한 남자는 순한 어린아이처럼 더 이상 보채지 않고 순순히 영광 댁의 우악스런 말 한마디에 말없이 밖으로 사라지고 있었다. 그때 젊은 청년이 들어섰다.

"된장찌개 주세요!"

영광 댁은 젊은이를 쳐다보는 순간 흠칫 놀랐다. 남편을 많이 닮았다. 마치 죽은 사람이 살아 온 것은 아닐까 착각을 할 정도였다. 긴장을 한 탓일까? 그녀의 이마에 진땀이 송골송골 맺혔다. 손등으로 이마의 땀을 닦으며 긴 한숨을 내뱉았다.

그날 밤 그녀는 쉽사리 잠들지 못했다. 낮에 보았던 젊은 청년 때문일까? 그녀는 그 동안 잊고 지냈던 기억이 떠오른다. 벌써 30년여 년의 시간이 흐른 어느 가을 날이었다. 그날은 아마 먼 친척의 결혼식이 있던 날이다.

"여보! 얘들 데리고 부산까지 힘들 테니 당신 혼자 다녀오세요!"

영광 댁은 아무래도 두 아이들 데리고 가는 게 무리라는 생각을 했다.

"그려! 혼자 다녀오리라. 부산 간 김에 당신 뭐 필요한 것 있으면 말해 보구료."

"없어요. 가서 대신 친척 어른들께 잘 말씀드려줘요."

말쑥하게 차려입고 나가려는 남편에게 5 살배기 큰 딸이 아버지를 따라 가겠다고 떼를 쓴다. 영광 댁은 딸아이를 끌어안는다.

"이놈의 가스나가 우째 안하던 짓을 하노. 오늘 따라 와카노."

"아빠 빨리 올 테니 엄마 말 잘 듣고 있어라. 내 올게 우리 딸 좋아하는 사탕 사올게."

"어서 가이소! 이러다 결혼식에 늦겠어요."

영광 댁은 남편에게 어서 가라는 손짓으로 남편을 밀어냈다. 남편은 딸아이가 안쓰러운지 가다 길을 멈추고 뒤돌아 보았다. 도로 건너편을 향하여 투박한 손을 흔들던 남편 맞은편에 선 젊은 영광 댁이 손을 내휘저으며 그만 가라는 사인을 보냈다. 그녀는 돌아서는 남편의 뒷모습이 왠지 불안스럽게 생각되어 한참을 쳐다봤었다. 먼 친척의 결혼식이 있어 남편만 참석하기로 했다. 두 아이들이 어려서 함께 갈 수 없었다. 그 날만 떠올리면 그녀의 마음은 씁쓰름했다. 이제는 얼굴조차 가물가물하다. 그 만큼 오랜 시간이 흘렀다. 그때 그 모습이 남편과 마지막 이별이 될 줄이야. 남들이 말하는 5년만의 결혼생활에서 오는 권태기 때문일까? 아니면 다른 여자가 생긴 것은 아닌지……. 별의별 상상을 다 했었다. 그렇게 생각을 하다가도 절대 그럴 리가 없다고 그녀는 고개를 흔들고, 절대 그럴 남편이 아니라고 애써 마음을 다잡았다. 언제라도 불쑥 아무 일도 없었다는 듯이 저 신작로에서 '여보! 잘 다녀왔소!' 남편이 불쑥 나타날 것만 같았다. 많은 날들을 애타게 기다리고 기다렸던 일들이 주마등처럼 스쳐 지나갔다. 그러나 끝내 남편은 돌아오지 않았다. 실종 신고를 내고 미친 듯이 거리를 헤매고 다녔다. 사고가 난 것은 아닐까 싶어 병원을 샅샅이 뒤졌다. 그러나 남편은 흔적 하나 남기지 않고 꼭꼭 숨어버렸다. 한동안 넋이 나간 사람처럼 지냈다. 어린 딸과 함께 살아가야 할 길이 두려웠다. 그렇다고 언제까지 넋 놓고 있을 수만 없었다.

새벽같이 일어나 그동안 미루어 둔 빨래와 집안일을 하기 시작한다. 여전히 그녀의 머릿속은 어수선 하기만 하다. 잡념을 떨치기 위해서라도 구석구석 쌓인 먼지를 털며 청소를 한다고 요란을 떤다. 잡념이 많을 때는 몸을 움직이는 노동이 제일이다.

“엄마! 배고파!”

영광 댁은 큰 아이가 부르는 소리에 정신이 번쩍 들었다. 아이들 아침도 깜박 잊고 집안 청소에 몰입하고 있었던 것이다.

“오우! 그래 일어났구나!”

딸아이는 엄마를 바라본다. 작은 딸 아이가 그녀의 품속으로 안긴다. 사랑스런 아이들을 품에 안으며 미소를 짓는다.

“정신 차리자. 요것들을 위해서라도 정신 바짝 차리고 살아야제. 우선 마음부터 다잡아야 허는 거여.”

뒤숭숭한 생각들을 떨쳐 내려는 듯 두 딸을 그녀의 품으로 꼭 끌어안았다.

하지만 생각과는 달리 그녀의 마음은 무겁고 답답함은 여전하다. 두 아이를 데리고 영광 댁이 할 수 있는 일이라곤 아무것도 없었다. 그러나 음식을 만드는 일 만큼은 자신이 있었다. ‘식당을 해보는 거여’ 영광댁은 허름한 가게를 구해서 음식과 술을 곁들인 주점을 차렸다. 두 딸들은 그런 어미의 절박한 심정을 알았는지, 저희들끼리 별 탈 없이 잘 자라 주었다.

이제는 대학을 졸업하고 둘 다 결혼을 해서 잘 살고 있다.

영광 댁은 그것으로 큰 욕심 부리지 않고 살아온 것이 감사할 뿐이다. 그녀를 찾아오는 손님들 대부분이 막노동판에서 일하는 사람들이다.

서너 명의 남자들이 식당 안으로 들어왔다. 벽을 끼고 놓인 테이블에 앉으며 막걸리부터 찾는다. 그녀는 막걸리와 홍합을 가져다줬다. 그때 40대 중반의 남자가 영광 댁 손을 잡더니 옆자리에 앉으라고 잡아끌어 앉힌다.

“뭐 하는 짓이여.”

예전 같으면 기겁을 하던 그녀였지만 어제 밤부터 모든 게 심드렁해서 인지 남정네가 수작을 부려도 귀찮기만 했다. 노가다에서 잔뼈가 굵은 남정네들을 상대하는 것이 처음에는 무섭고 겁도 났지만 지금은 능숙한 일상이 되어버렸다. 어쩌면 그네들보다 영광 댁이 더 드세고 대차기 때문이다.

그녀는 행불 된 남편이 사무치게 그리웠다. 하던 일을 멈추고 그녀의 눈길은 한 땀씩 도로를 누비듯이 회색 어둠이 깔린 그 길의 공터를 훑었다. 이른 새벽 눈이 떠지면 문득 마음이 허방하다. 아무 소용없는 남편을 생각하게 된다. 먼 친척을 통해 선을 보게 된 자리에서 남편을 만나게 되었다. 첫 눈에 서로에게 호감을 가진 두 사람은 만난 지 5개월 만에 결혼을 했다. 남부럽지 않게 다정한 잉꼬부부로 살아왔다. 아쉬움이 있다면 아들을 못 낳고 딸 만 둘이지만, 남편은 그녀의 감정이 다치지 않도록 많은 배려를 해주었다. 따뜻한 마음을 가진 남자였다.

그녀는 푸우, 한숨을 내쉬며 생각을 접고 현실로 돌아온다. 도대체 언제부터였을까. 그녀의 작은 변화에 손님들은 놀라기 시작했다. 조용하던 주점이 그녀의 걸쭉한 입담 사설로 훈훈해졌기 때문이다. 영광 댁의 입담을 듣기 위해 많은 손님들이 찾아왔다. 그녀 자신을 지키기 위한 작은 몸부림이 가게를 알리는 좋은 홍보가 되어 주었던 것이다. 그녀는 더욱 신이 나서 잠자리에 들어서도 연극무대에 서는 배우처럼 연습을 했다. 그녀를 찾아오는 손님에게는 절대로 바가지를 씌우지 않는 것이 영광 댁의 철칙이다. 그녀는 어둠의 그늘에서 어렵고 외로운 사람들을 어루만져 주는 마음씨는 비단결보다 더 고왔다.

이미 많은 사람들이 철거구역이라 다들 떠나고 남아 있는 가구가 얼마 되지 않는다. 이제 쉴 만도 하건만 그녀는 몸이 허락 하는 한 이 일을 천직으로 삼고 싶어 했다. 이곳을 떠나 어디로 가서 다시 시작을 해야 할지……. 그녀는 더 큰 욕심 없이 지금까지 살아온 것만큼만 죽는 날까지 그렇게 살고 싶을 뿐이다.

늦은 밤 영광 댁이 손님들이 떠난 자리에 홀로 남아서 마무리 뒷정리를 하고 있을 때였다. 며칠 전에 조용히 식사를 했던 그 청년이 가게로 들어왔다. 저번 날과는 다르게 깔끔하게 정장을 한 모습도 그렇고 이목구비가 뚜렷한 콧날이며 다부진 이미지가 영락없는 남편이다, 영광 댁은 젊은이 얼굴에서 눈을 떼지 못한다. 이곳에 와서 밥을 먹을 젊은이는 아닌 것 같은데…….

"오늘 장사 끝났다. 올려 거든 좀 일찍 올 것이지. 염병헐 늠 이제 와서 뭘 쳐 먹을게 있다구."

싱크대에 수북이 쌓여 있는 빈 그릇들을 치우면서 영광 댁은 젊은이의 심기를 슬쩍 건드려본다.

"저… 아주머니 배가 고파서 그러니 식사만 어떻게 안 될까요? 이 시간에 다른 식당은 문을 다 닫은 시간이고, 저번에 맛있게 먹은 기억이 나서 이렇게 또 왔어요."

젊은이가 정중하게 부탁하니 정 많은 천사표 영광 댁은 거절을 못한다. 식사를 끝낸 젊은이는 쉽사리 떠나려 하지 않고 영광 댁에게 무슨 볼일이 있는 것 같아 보였다. 눈치가 고단수인 영광 댁이 그걸 놓칠 리가 없다.

"젊은이 나에게 뭐 할 말이 있능겨? 왜 아까부터 나 눈치를 살피는 거어? 돈이 없어서 그러는 겨?"

젊은이는 무엇 때문인지 긴장을 하고 있다.

"뭔 일인지 말혀봐."

"저… 어머님이라고 불려도 될까요?"

영광 댁은 이마에 맺힌 땀방울을 손등으로 닦으며….

"젊은이 나 알어?"

"저 김현식씨 아들입니다."

"아니! 누구?"

"김현식이 누구여?"

영광 댁은 김현식이라는 이름이 나오자 순간 당혹스럽다. 뜻밖이었다. 전혀 예상치 못한 이름이 젊은이 입에서 튀어 나오다니…….

그녀는 온 정신을 가다듬는다. 하던 일을 멈추고 자석에 끌리듯이 의자로 가서 앉는다. 두 사람 사이에 알 수 없는 긴장감이 흐른다. '아니여! 잘못 들은 거여! 염병할! 그럴 리가 없지.'

"맞습니다. 김현식씨가 제 아버님입니다."

영광 댁은 넋이 나갔다. 너무나 갑작스런 젊은이의 행동에 그녀는 아연하지 않을 수가 없다. 당장 젊은이를 붙들고 남편이 어디 있는지 묻고 싶었지만 어금니를 꽉 깨물었다. 내가 어떻게 살아온 세월인데 니깟 것들한테……. 넋 나간 영광댁을 우두커니 쳐다보던 젊은이가 입을 열었다.

남편은 사고로 기억을 상실했고, 젊은이의 엄마를 만나 결혼을 했단다. 지금은 교외에 알아주는 대형 식당을 운영하고 있고, 몇 년 전 과거를 기억하신 아버지에게 다른 가정이 있다는 것을 알게 되었다. 아버진 선뜻 이곳으로 달려올수 없을 정도로 시한부 진단을 받은 폐암 말기 환자다.

영광 댁은 기가 막혔다. 가슴이 부르르 떨린다. 순간적으로 느꼈던 반가움보다 분노와 모멸감을 떨쳐내기 어려웠다. 평상시의 영광 댁이라면 욕지거리라도 후련하게 쏟아 놓으련만. 그 어느 때보다도 이성적이고 침착한 그녀의 모습이 오히려 낯설다.

영광 댁은 젊은이가 돌아가고 나서도 한동안 넋이 나간 사람처럼 꼼짝도 않고 앉아 있다. 심장이 떨려서 억장이 무너지고 말문이 막혔다. 지금까지 살아오면서 이렇게 허망할 수가 없다. 영광 댁은 주점 밖으로 나가 하늘을 본다. 오늘따라 별 하나 뜨지 않은 어둔 하늘이 그녀의 마음을 더욱 우울하게 만든다.

'염병할, 지랄한다고 눈물은…….'

그녀는 손등으로 눈두덩을 쓰윽 문지르고 가게 문을 후다닥 잡아당겨 닫고는 성큼 주방으로 간다. 어질러진 접시들을 주섬주섬 거두다 말고 우두커니 서 있다. '오늘은 아무래도 지랄병이 날 모양이다' 그녀는 의자에 풀썩 주저앉아 소주 한잔 들이키면서 남편을 떠올린다.

어떻게 받아 들여야 한단 말인가. 그것도 다른 가정을 이루고 장성한 자식까지 두고 잘 먹고 잘 살고 있었다니 도저히 영광 댁은 믿기지 않았다. 그럼 자신은 무엇이었다는 말인가. 억척을 떨면서 자식새끼 키우고 살아온 자신은 어디 가서 잃어버린 젊은 청춘의 세월을 보상 받는단 말인가. 지독한 외로움이 한 순간 물밀 듯이 몰려와 온 몸을 휘감는다. 이 황망한 현실을 어떻게 받아들여야 할지 도저히 생각나지 않는다. 눈물은커녕 감각마저 상실한 채 오랫동안 멍하니 앉아 있기만 했다.

그녀는 잠시 현기증에 온 몸의 중심을 잃고 비틀거렸다. 영광 댁은 무엇엔가 홀린 사람처럼 넋 놓고 있다가 손님들이 남기고 간 소주를 잔에 따라 마셨다. 연거푸 몇 잔의 소주를 들이키던 그녀는 기어코 참았던 울음을 터뜨린다. 그녀는 짐승 같은 소리를 내며 흐느꼈다

영광 댁은 틈만 나면 남편의 행방을 찾았던 아픈 기억들을 떠올랐다. 편지 한 장 없이 어느 날 연기처럼 사라진 남편을 기다렸던 수많은 시간들. 걱정과 그리움에 잠 못 이루며 베개 밑을 적시던 수많은 나날들. 그러나 끝내 남편의 행방을 찾지 못하고 지금까지 살아 왔었던 것인데……. 30년의 긴 세월이 흘렀고, 결국 죽은 사람이라 생각하고 10년 전부터는 제사를 지내왔었다. 그런 그녀에게 남편이 살아 있었다니 이걸 어떻게 받아들여야 한단 말인가.

"박복한 이년의 팔자 탓이지."

죽음을 앞에 둔 남편을 어떻게 받아들여야 할지 영광 댁은 조여드는 가슴을 어찌 할 바를 모르고 마음만 조급해 졌다. 살아온 지난날들이 허망할 뿐이다. 눈물은 주체할 수 없을 정도로 자꾸만 흘러내렸다. 이만하면 잘 살아오지 않았나. 남편의 소식을 들었다고 해서 뭐가 달라지는 것도 아니지 않은가. 지독한 외로움이 그녀의 가슴 속으로 밀려 왔다.

무엇인지 모를 묵직한 것이 가슴을 뭉클하게 했다. 죽은 줄만 알고 있던 남편이 살아 있었다는데 기뻐할 수 없는 영광 댁은 힘들고 괴롭기만 했다. 하지만 어쩌랴, 호프집에서의 지난 세월이 주마등처럼 지나갔다.

누구에게 잘 보이고 싶은 허세가 아닌 정말 그녀가 살면서

터득한 삶이다. 꼭꼭 숨겨졌던 감정의 회오리가 온 몸을 휘감으며 눈시울을 적신다.

영광 댁의 투박스런 말투 속에 엉킨 욕지거리는 습관적 한의 표현이었다. 그 속에 담겨진 독특한 표현들은 그녀가 사람들을 사랑하는 방법이었다. 그녀는 이제 그 길을 접어야 한다면 다른 길을 택할 수밖에 없다.

오랜만에 늦잠을 잔 영광 댁은 얼굴에 분단장을 했다. 세 평 남짓한 방안에 작은 창틀은 신문지 한 장만한 봉창이다. 그녀는 거울을 보다 말고 그 창으로 세상을 내다본다. 하늘을 바라보는 영광 댁의 눈동자 속에 뭇비둘기 한 마리가 프레임 안으로 들어온다. 날갯짓이 가볍다. 봄이 다가 온 것이리라. 그런데 자신의 방에 이런 창이 있었는지 조차 기억이 가물거렸다.

곽명규

서울대학교 문리과대학 졸업
2008년 <문학의식> 신인상 (단편 '운명의 힘')
2014년 <시선> 신인상 (시 '촛불 켠 밤' 외)
저서 소설집 <사랑의 기쁨과 슬픔>(2012) <지금도 마로니에는 피고 있겠지>(2000)
역서 <노래하는 시집 슈베르트>(2010)
한국소설가협회 회원
한국카톨릭문인회 회원

초단편모음

행운의 비 외 3 편

행운의 비 The Fortune Rain

작은 빗방울 한 개가 이마 위에 살짝 내려앉더니 몇 걸음 뒤에 또 두어 개가 뺨 위에 떨어졌다. 거리는 한적했고, 주변에는 비가 내릴 때 몸을 가릴 만한 곳이 없어 보였다. 그러나 이 정도의 빗방울이라면 종일 맞아도 옷이 젖지는 않을 것 같았다. 나는 때때로 콧노래도 부르고 휘파람도 불며 한가롭게 걸어갔다. 이따금 다른 사람들이 등 뒤에서 나타나 내 옆을 지나갔다.

공원이 있기에 그리로 들어갔다. 꽃밭 안에 하얀 드레스를 입은 여자가 서서 미소를 짓고 있었고, 조금 떨어진 데서 신사복 정장을 한 남자가 행복한 얼굴로 카메라를 들여다보고 있었다.

"제가 찍어 드릴까요?"

"아니요. 우리끼리 찍을게요."

공원을 한 바퀴 돌아 나오자 건너편에 학교 교문이 열려 있는 것이 보였다. 나는 초대받은 사람처럼 당당하게 학교 안으로 들어갔다.

교실 창밖으로 책 읽는 소리가 또렷하게 들려왔다. 운동장에서 공놀이를 하던 아이들이 뛰어와 나를 잠깐 에워싸더니 호각소리와 함께 흩어져 사라졌다.

나는 옆문을 통해 밖으로 나왔다. 처음 걷던 그 길은 아니었지만, 방향은 달라지지 않은 것 같았다. 주변에 걷는 사람들이 조금씩 많아져 갔다.

어느 모퉁이를 돌자 길 건너 멀지 않은 곳에 큰 궁궐이 보였다. 그곳이 내 목적지였다.

먼저 온 사람들이 대문 앞에 줄을 서고 있었다. 어떤 사람들은 잠자코 순서를 기다렸고, 어떤 사람들은 두리번거리며 만날 사람을 기다렸다. 그 동안에 빗방울이 약간 굵어져 있었다. 제복을 입은 사람이 문 앞에 서 있는 것이 보였다.

"안녕하세요. 들어가려면 줄을 서야 되나보죠?"

"네. 하지만, 표가 있는 사람은 바로 들어갈 수 있어요."

"표가 없는데요."

"그럼 줄을 서서 표를 사셔야 되구요."

"아아."

나는 다시 줄선 사람들 쪽으로 눈을 돌렸다. 그 사이에도 줄은 조금씩 더 길어지고 있었다.

"아직 매표소가 안 열려서, 좀 기다리셔야 될 거예요."

그가 미안해하면서 말했다.

"그래요?"

"한 시간 쯤은 있어야 열릴 거예요."

"아아."

나는 시간을 보려고 소매를 쳐들었다.

"어어?"

손목에 시계가 없었다. 그리고 주머니에는 지갑도 없다는 것이 동시에 깨달아졌다.

"어떡하지?"

나는 쳐들었던 손으로 이마를 감싸며 신음하듯 중얼거렸다.

"줄서기가 힘드시면, 안쪽에 들어와 앉아서 기다리시지요."

그는 친절하게 말했다.

"아니에요. 그게 아니라…"

나는 형식적으로 이 주머니 저 주머니를 한 번씩 건드려보았다. 물론 만져지는 것은 없었다.

"무얼 잃어버리셨군요?"

"지갑을… 안 갖고 나왔네요."

뒤쪽으로 갈수록 말소리에서 힘이 빠졌다. 지갑을 안 가지고 나왔다는 것도 그렇지만, 여기까지 오도록 모르고 있었다는 것이 더 부끄러웠다.

"지하철을 탔더라면 바로 알았을 텐데…."

"차를 몰고 오셨군요. 그럼 모르실 수 있지요."

"아니에요. 시간도 많고 해서 천천히 걸어왔는데…. 두 시간 동안 지갑 생각을 한 번도 못 했으니, 참…."

그렇게 말하면서 마음은 더 답답해져 갔다. 궁궐에 못 들어가게 된 것이야 어쩔 수 없다 하더라도, 이제는 그 먼 길을 다시 걸어서 돌아가야 했기 때문이었다.

"하는 수 없지요. 돌아가야지."

나는 하늘을 쳐다보며 말했다. 빗방울이 이제는 우산을 써야 할 만큼까지 굵어져 있었다.

"우산도 없으시군요."

그가 딱하다는 표정으로 말했다.

"네에. 아까는 날이 좋았더래서…"

나는 말을 계속하지 못했다.

"제가 돈을 빌려 드릴까요?"

제복 입은 사람이 말했다. 귀가 번쩍 뜨이면서 눈길이 얼른 그에게로 향했다. 그는 주머니에서 동전 몇 개를 꺼내 내밀었다.

"……."

나는 그가 내미는 돈을 받으려다 말고 동작을 멈추었다. 동전으로는 입장권을 살 수가 없었다. 그의 얼굴 쪽으로 눈길이 되돌아갔다.

"표를 사실 돈까지는 저한테 없구요…."

그는 미안함이 담긴 작은 목소리로 말했다.

"아아…."

나는 어쩔 수 없이 체념의 감탄사를 흘렸다. 빗속에 두 시간을 걷는 것만 면해도 다행이기는 했다.

"감사합니다. 그런데 이걸 어떻게 돌려드리지요?"

"이따가 다시 와서 갚으시면 되지요."

"이따가요?"

"지금 집에 가시면, 지갑을 갖고 다시 오실 거 아닌가요? 시간이 충분할 것 같은데요."

그는 이렇게 말하면서 팔소매를 열고 시계를 들여다보았다.

"아아, 그렇군. 삼십 분이면 집에 갈 수 있을 테니까…"

나는 그에게 머리를 숙여 보이고 궁궐을 떠났다. 빗방울이 제법 굵어져 역까지 걷는 동안 옷이 좀 젖기는 했지만 마음은 날개가 달린 듯 가벼웠다. 집에 도착하자마자 몸을 말리고 새 옷으로 갈아입은 뒤, 지갑과 우산을 가지고 나와 다시 지하철을 탔다.

심할 때는 좍좍 쏟아 붓기까지 하던 비가 궁궐에 도착할 무렵에는 완전히 그쳤다. 줄을 섰던 사람들도 이미 보이지 않았다. 모두 궁궐 안으로 들어간 것 같았다. 나는 기다릴 필요 없이 바로 표를 사서 곧장 대문 안으로 들어갔다.

"다녀오셨군요!"

제복 입은 사람이 다가오며 반갑게 말을 건넸다.

"덕분에 잘 다녀왔어요."

나는 얼른 동전을 꺼내 그에게 내밀었다. 그리고는 손목시

계를 들여다보았다. 시간이 아주 적절하게 들어맞았다.

"여기 계시던 분들은 비 때문에 고생들을 많이 하셨지요."

나를 위로하려고 일부러 하는 말일지 모른다고 생각하면서도 갑자기 행복한 기분이 되어 웃음이 저절로 나왔다.

궁궐의 야외 연주는 한 마디로 환상적이었다.

부드러운 바람결에 끊임없이 귓가를 스치고는 어디론가 날아가 버리는 음악소리.

차츰차츰 넘어가는 저녁 해의 긴 그림자 속에서 조금씩 지워져가는 사람들의 얼굴.

마침내 은은한 어둠에 덮이며 머나먼 옛날의 시간 밑으로 가라앉는 궁궐의 윤곽.

한 걸음 한 걸음 멀어져가고 있는 모든 것들의 마지막 자태가 조금도 애처롭지 않고 오히려 감미롭게 느껴져 왔다.

풀잎에는 아직도 물기가 조금 남아 있었다. 간혹 나뭇잎에 매달려 있던 작은 물방울들이 한 두 개씩 떨어져 내렸다. 낮에 내린 비가 뿌려놓은 행운의 씨앗들이 내 몸 안에서 작은 잎새들을 만들어내려고 꿈틀대고 있는 것 같았다.

나는 노래를 부르기 시작했다.

하늘의 뜻 Will of God

–전화 바꿨습니다.

–안녕하세요? 저어…

– …아무개 씨? …맞죠?

–맞아요. 안녕하셨어요?

–와아, 정말 오랜 만이네요! 반가워요!

–…하도 오래 돼서…. 누군지 모르실까봐 걱정했는데….

–모르다니요? 어떻게 모를 수가 있겠어요, 이 목소리를?

–고맙습니다. 전화하길 잘 했나봐요.

–네, 아주 잘 했어요! …언제 왔어요? 오늘?

–아니요….

–오래 됐군요?!

–네.

–아아. …그래도 한참 더 있을 거죠? 얼마나?

–…. 그게….

–얼마 못 있을 거라구요?

–네, …아니요! 저어….

–금방 떠나는 건 아니겠죠?

–미안해요. 전화가 너무 늦었어요.

–너무 늦다니요? 언제 떠나길래? 설마, …오늘 떠나요?

–네에.

–아,아니! …왜 더 일찍 전화를 안 했어요?

– …이렇게 빨리 날이 갈 줄 몰랐어요.

–바빴군요. 무슨 일로 그렇게…?

–바쁘지도 않았는데… 그냥, 망설이다 보니까… 우습죠?

–우스운 게 아니라, …아쉽죠, 너무! …얼마 만인데….

–네. 아쉬워요. 아니, 야속해요, 세월이 빠르다는 게….

– …하지만, …그 야속한 세월에게 오히려 고맙다고 해야겠어요.

–네에? 고맙다고요?

–네. 세월이 빠르기에 벌써 오늘 떠날 날이 된 거니까요.

–네에? 빨리 떠나게 돼서 좋다구요?

–아니요. 세월이 그렇게 빠르지 않았다면, 아직도 떠날 날이 안 됐을 테고, 그럼 아직도 전화를 안 걸었을 거 아니냐는 말이죠.

–아아! 떠날 날이 아직 안 됐다면 전화도 아직 안 걸었을 거라고요…. 그렇긴 해요.

–그렇죠? 떠나면서 거는 전화라도 이렇게 받고 있으니 얼마나 좋은 일이에요? 전화 정말 잘 했어요.

–…그럼 이젠 늦게 전화했다고 나무라지는 않으시는 거죠?

–나무라다니요? 하나도 안 늦게, 딱 알맞게 걸었는데요!

–안 늦은 건 아니죠. 이렇게 떠날 시간에 쫓기며 허덕이고 있는데요?

–아녜요. 만일 더 일찍 전화를 했다면, 그래서 시간 여유가 많았다면 어땠을지 알 수 없어요.

–시간 여유가 있었다면…. 얘기도 많이 하고…. 아무래도 지금보다는 좋지 않았겠어요?

–그렇지 않았을지도 모르죠. 이렇게 마지막 날, 마지막 순간이 아니었다면, 지금 만큼 반갑지는 않았을지도 알 수 없죠.

–그럼 마지막까지 망설인 게 오히려 잘 한 거네요. 왜 망설였었는지는 지금도 잘 모르겠지만.

–왠지도 모르면서 망설였다는 말이에요?

–네. 까닭도 없이, 그냥 망설이기만 했다구요.

–망설일 까닭이 없었다면 왜 망설여졌을까요?

–글쎄요. 전화를 걸어야 할 까닭이 없기 때문에 망설이게 된 것 아닐까요?

–아니죠. 끝내 전화를 걸었다는 건, 걸어야 할 까닭이 처음부터 있었다는 뜻이죠. 다만, 망설인 까닭만이 애매할 뿐.

–전화를 걸어야 할 까닭이 있었다면, 망설인 것도 어쩌면 같은 까닭일지 모르겠네요. 그게 무언지만 모를 뿐.

–까닭도 모르는 채로 기어이 해버리는 일이라면, 그건 하늘의 뜻이라고 할 수밖에 없지요.

–그렇다면 전화를 못 걸고 망설였던 것도 하늘의 뜻으로 돌려야겠군요.

–그래야죠. 망설인 것도, 전화를 건 것도, 모두 다 하늘의 뜻이었다고요.

–하지만, 기껏 전화를 걸거나 망설이는 하찮은 일에까지 하늘이 무엇 때문에 뜻을 담아 주실까요?

-하늘이 보시기에는 매우 중요한 일이었겠지요.

-중요한 일요? 무슨 중요한 일요?

-이를테면, …숨겨진 진실을 밝히는 일이라든지….

-네에?

-밝힐 일이 있을 때는 꼭 그걸 밝히려는 게 하늘의 뜻일 테니까요.

-그럼, 밝힐 만한 일이 나한테 있다는 말이네요? 그게 무얼까요? 나 자신도 모르고 있는 진실이!

-하늘은 알고 있겠지요. 그저 따르기만 하면 되겠지요.

-하늘이 너무 짓궂으시군요?

-어째서요?

-그 동안은 매일 망설이게 하다가 마지막 날에야 겨우 전화를 걸게 하고, 그리고는 부랴부랴 내가 알지도 못하는 진실을 밝히라고 하시니 안 짓궂으세요? 더구나 그렇게 하고 난 뒤엔 무슨 일이 일어날지도 모르는데 말예요.

-하늘이 바라시는 대로 하면 좋은 보답이 있겠죠.

-하늘이 개인적인 작은 일에까지 정말 관심을 가져주실까요?

-개인적이고 작은 일이라도, 진실이라면 귀중한 거니까요. …그냥 하늘을 믿고, 말을 해 버리세요.

-무슨 말을 해야 하는지도 모르는데요….

-하늘이 듣고 싶어 하실 말씀이 무엇일까 생각해 보세요. …지금 막 떠오른 생각…. 바로 그걸 말하면 될 거예요. 하

늘을 쳐다보면서 그 말을 외쳐보세요. 좋은 일이 뒤따를 거예요.

-알았어요. 그럼, …하늘을 향해서, 이렇게 얼굴을 쳐들고…. 이젠 말을 할 차례네요. "사랑합니다--!" …들으셨을까요?

-들으셨어요. 나도 들었는 걸요.

-그럼 이제 할 일은 다 했고, 떠날 시간도 됐으니, 그만 떠나야겠어요. 안녕히 계세요.

-떠나지 마세요.

-네? 왜요? 더 할 말도 없는데요. …아아, 하늘에서 답이 내려올 때까지 조금만 기다려 보라고요?

-답은 벌써 왔어요. 방금 들었잖아요?

-네? 무슨 답요? 못 들었는데….

-방금 들었죠. 나도 들었는데요.

-…아아, 떠나지 말라던 말요?

-네. 그 말요.

-그건 하늘의 답이 아니라….

-아니에요. 그게 하늘의 답이었어요. 나더러 대신 말하라고 시키신 거예요.

-아니…. 어떻게…. 어떻게 그럴 수가 있어요? …나더러 어떻게 하라고요?

-그냥, 답을 받은 대로, …떠나지 마세요.

-그렇게 하면, 그 뒤엔 어떻게 되는 걸까요?

-하늘의 뜻대로 되는 거겠지요.

-하늘의 뜻이 무얼까요? 무엇 때문에 떠나지 말라는 답을 주신 걸까요?

-그건, …당신을 사랑하기 때문이지요. 내가 당신을 사랑하기 때문이에요!

스펠바운드 Spellbound

-오늘이 보름인가요? 밖에 달이 굉장히 밝은 것 같아요. …그렇죠, 여보?

-글쎄 오늘이 몇일인가? 하여간 달이 정말 밝은가본데? 실내가 이렇게 밝은데도 커튼이 저렇게 훤한 걸 보면 말이야. 전등을 꺼도 괜찮겠어.

-오늘 보름날 맞아요. …하지만 보름달이라고 언제나 저렇게 밝은 건 아니지요. 오늘은 워낙 맑은 날이라서 그런 거지만.

-맞습니다. 오늘, 날이 굉장히 맑았었지요. 그래서 달이 저렇게 밝은가 봐요.

-여보게. 집사람 말은, 보름날에 하늘마저 맑아서가 아니라, 오늘이 내 생일이어서 특별히 밝은 달이 뜬 거라는 얘기지.

–오늘이 생일이세요? 정말?

–네, 생일이긴 생일이에요.

–그럼 오늘 이 모임이 진짜 환갑잔치셨네요.

–그런 셈이지요.

–아니 이 사람, 진작 말을 하지 않구. 그랬으면 아까 사회자한테 얘기해서 다 같이 축하도 해 주고 좋았을 텐데. …잔치도 다 끝나고 다들 방에 들어갈 때가 돼서야 그 얘기를 하면 어떡하나?

–맞아요. 미리 알았으면 주최측에서 큰 생일 케이크도 준비했을 텐데요.

–이 양반은 생일 케이크를 안 좋아하세요.

–왜요? 나는 생일 케이크가 언제나 제일 맛있던데?

–우리나 그렇지요. 남자 분들은 별로 안 좋아하시데요.

–맞습니다. 저도 별로 안 좋아해요. 집사람이 좋아하는 바람에 매번 억지로 먹을 뿐이지요.

–그래도 생일 축하 노래는 좋아하시면서?

–노래야 좋지. …안 그런가?

–노래야 다 좋지. 맞아.

–그럼 생일 노래라도 불러 드립시다. …안 그래요, 여보?

–그럽시다. 그렇게라도 축하는 해야지.

–그건 좋아요. …노래는 좋아하시니까.

–잠깐! 그럼, 내가 답례로 와인을 한 잔 준비할 테니, 잠깐들 기다리세요. …웨이터님, 여기 와인 한 병 주세요.

-네에! 어떤 와인을 드릴까요? 여기 리스트가 있는데요.

-이거요! 맨 첫줄에 있는 걸로 주세요.

-자넨 와인을 참 빨리도 고르네, 까다로운 사람일 줄 알았는데?

-까다롭게 고르는 게 꼭 잘 고르는 건 아니지. 첫눈에 반한다는 말도 있지 않나?

-그건 와인이 아니라 연애 얘기 아닌가? 자네의 연애담 같은데? …맞지요, 아주머니?

-맞기는요? 이 양반은 첫눈에 누구한테 반하는 타입이 아니에요.

-그건 알 수 없죠!. 그렇게 보이셨는지는 모르지만, 또 그렇게 말씀해 오셨는지도 모르지만, 속마음은 안 그럴지도 모르죠.

-그 말도 일리가 있어. …이 친구, 그냥 아무렇게나 첫줄에 있는 와인을 가져오란 건 아닐 거야. 아마 전에 마셔 본 와인이었을 게 틀림없다구.

-아니, 정말 처음 보는 와인이었다네. …그냥 이름에 끌렸던 것 뿐이야.

-그것 보세요. 첫눈에 끌리기도 하시잖아요, 저렇게?

-와인 주문하신 것 가져왔습니다. 이 와인 맞지요? 그럼, 병을 따겠습니다. …어느 분이 테이스팅을 하시겠습니까?

-아니요. 그냥 따라만 주세요. 어차피 내 책임이니까.

-저것 봐. 잘 아는 와인인 거야. 병을 딸 때 벌써 냄새를

맡았기 때문에 자신이 있는 거라구. …어디, 무슨 와인인가, 레이블을 좀 보세. …스펠바운드? 나는 처음 보는 이름인데…?

–처음인 건 나도 마찬가지라니까. …색깔로 봐서는 아마 까베르네 소비뇽 종류일 것 같고…. 이름은… 마법에 걸렸다는 뜻이 아닐까 싶은데….

–마법요? 와인이 마법에 걸리면 어떻게 되는 거예요?

–마법에 걸렸다고 할 만큼 맛좋은 와인이라는 거겠죠, 뭐.

–아아, 보름달의 마법이에요! 이 로고를 보세요. 보름달 그림이 그려져 있잖아요?

–그런데 이 보름달은 절반이 구름에 가렸네요. 구름도 왠지 시꺼멓게 보이고….

–보름달이 마법에 걸려서 시꺼멓게 타고 있는 것 아닐까요?

–그렇다면 보름달의 마법이 아니라, 마법에 걸린 보름달이네요!

–마법에 반쯤 걸린 보름달! 그러네요. 이 와인을 마시면서 생일 파티를 하면 우리도 반쯤은 마법에 걸리겠어요. 재미있네요.

–하여튼 이렇게 저렇게 마법에 걸린 이 시간을 축하하면서, 다 함께 생일축하 노래를 부르겠습니다.

–이젠 노래가 끝났으니, 잔을 부딪쳐요. 짜잔!

–사실은 오늘이 내 생일일 뿐 아니라, 우리 결혼기념일이기도 하답니다. …내가 결혼 날짜를 일부러 그렇게 정했었죠.

이 사람 집에서 우리 결혼에 관심이 없다 보니, 오히려 무어든지 다 내 마음대로 할 수가 있었거든요.

-정말이에요?

-정말이에요. 우리 집에서 심하게 반대하다가 마지못해 승낙을 하는 바람에 그렇게 됐었어요.

-부모님께서 사람 보는 눈이 없으셨군요. …아시겠지만, 이 친구가 우리 동창들한테는 상당히 인정을 받고 있었거든요, 그 때.

-그건 저도 알고 있었죠. 그래서 끝까지 버텼던 거구요. …잘 했지요? 안 그랬으면 이 양반은 아마 아직껏 총각 신세를 못 면했을 거예요.

-세상에, 그런 말이 어디 있어요? 아무리 부군께서 항상 떠받들어 주신다기로…. 이건 설화예요, 설화!

-아닙니다. 이 사람 말이 맞아요. 옛날부터 내가 늘 해 오던 말이거든요. 정말이지, 이 사람이 아니었으면 누구하고 결혼할 수 있었겠어요, 이 바보가?

-자네가 바보라는 말은 어울리지 않네. 아무리 그저 겸손으로 하는 말일지라도 말이야.

-아니, 겸손이 아니라 진심이라네. …아들바보, 딸바보라는 말도 있지 않나?

-아아, 한 여자한테만 완전히 꽂힌 바보! 마누라바보! …정말 훌륭한 남자의 표상이지요. 사랑의 도를 깨달은 도사라고 할까. 도사의 경지에 이른 사람들은 스스로 바보라고 부

르더라구요. …그런 바보하고 사시니, 얼마나 좋으세요?

–이 사람이 과연 좋은 줄을 알기나 할까 모르겠네요. 하하하.

–만일 그걸 모른다면, 함께 살 자격도 없다고 생각해요. …안 그래요, 여보?

–모르실 리가 있나, 사실이라면?

–사실 나는 잘 몰라요. 물론, 나한테 꽂혀서 바보가 됐다는 말이야 사실로 받아들일 수도 있겠지만, 그것 때문에 내가 행복한지는 잘 모르겠어요. 그게 정말 좋기는 좋은 걸까요?

–아아, 그보다 더 좋은 게 어디 있을까, 여자한테? 끝없이 사랑받는 것보다?

–사랑을 받는 게 그렇게도 중요한 걸까? 당신은 이 세상의 별별 일들 중에서 다른 무엇보다도 사랑을 받는 게 제일 중요하다고 생각한다는 거야?

– …….

–사랑받는 것보다 더 중요한 일도 있다는 말을 저는 지지해요. 사랑 말고도 사람의 목숨을 내놓게 할 만큼 중요한 일들이 많이 있잖아요, 이 세상엔?

–하지만, 목숨을 내놓게 하는 일이라고 해서 그 사람에게 가장 중요한 일이라고 단정할 수는 없지. 또 목숨만이 어떤 일의 중요성을 판단하는 최고의 기준이라고 할 수도 없고.

–흠….

–그래요. 목숨을 걸지 않았다고 하더라도 사랑은 여전히 중

요한 거라고 생각해요. …물론, 나처럼 누구나 사랑받기만 원하는 것은 아니에요. 사랑을 받기보다 주려는 사람들도 있을 거예요. 그것도 중요한 일이죠. 주는 사랑이 있어야만, 받는 사랑도 있을 수 있는 것 아니에요?

–우리 집 양반이 그런 분이지요. 주는 사랑 밖에 모르는 사람! 아마 스스로 바보라고 하는 것도 그 때문일 거예요. 하지만, 내 생각엔, 사랑은 주느냐 받느냐보다, 그것이 정말 있느냐가 더 중요한 포인트일 것 같아요. 사랑이라는 것이 실제로 있어야만, 줄 수도 있고 받을 수도 있는 것 아니겠어요?

–그것 참 중요한 포인트입니다. 사랑이 정말 있느냐… 무엇이 사랑의 실체이며, 무엇이 사랑의 증거냐…

–그거야 간단하죠. 느낌이 있으면 실체가 있는 거예요. 사랑을 받고 있다는 느낌이 있는데, 더 이상 무슨 증거가 필요해요?

–동감이에요. 사랑 자체를 자꾸만 파헤치고 조건을 붙여 나간다면 사랑이 있을 자리는 없게 되지요. 사랑을 주면서 느끼든, 받으면서 느끼든, 사랑의 느낌이 있다면 그것이 바로 실체적 사랑의 증거이다! 이것을 나는 오늘 토론의 결론으로 삼겠습니다.

–좋은 결론이세요. 생일과 결혼기념일이 겹친 보름날 밤에 딱 어울리는 결론이고요. …다시 축하드려요.

–감사합니다. …그런데 지금이 몇 시죠? 벌써 보름달이 지

고 하루가 끝났나봐요. 창밖이 많이 어두워진 것 같은데요?

–아니, 아직은 달이 떠 있을 시간인데… 아마 날이 갑자기 흐려졌나봐. 그믐밤처럼, 커튼에 비치던 달빛이 없어져 버렸네?

–웬일이죠? 한번 알아봐야겠어요. …웨이터님, 아까는 분명히 큰 보름달이 떠 있었는데, …날이 갑자기 흐려졌나요?

–아닙니다. 하늘은 여전히 맑고요, 보름달도 그대로 떠 있는데요. 다만 지금 월식을 하고 있는 중이랍니다.

–월식요? 오늘이 월식날이라고요?

–월식이라는 건, 해가 달을 가로막는 거죠?

–그렇다고도 할 수 있지요. 과학적으로는, 우리 지구의 그림자에 가려서 달이 잠깐 안 보이게 되는 현상이지만, 그게 그거지요.

–그럼 달빛은 다시 돌아오겠죠? 기다리고 있으면?

–그렇죠. 하지만, 얼마나 걸릴지는 알 수 없죠. 금방 돌아올지…

–보름날의 월식은 드문 일이랍니다. 언제 또 볼 수 있을지 모를 일이지요.

–그럼 우리 얼른 테라스에 나가서 구경을 하는 게 어떻겠어요?

–그럽시다. 우리 지구의 그림자에 가려서 없어진 보름달의 애처로운 모습을 보러 나갑시다.

–그래요. 우리 자신의 어두운 그림자가 보름달에게 어떻게 마법을 거는지, 확인해 봐야겠어요.

버튼이 있는 방 A Room with Buttons

작은 침대 하나 뿐인 골방의 창턱에 낡은 라디오 하나가 놓여있다. 작곡자를 알 수 없는 현대음악이 흘러나와, 먹어 본 적 없는 음식의 냄새처럼 흥미롭게 온 몸으로 스며든다.

라디오는 이 방송 저 방송 저 혼자 찾아다니며 별별 음악을 다 찾아 자동으로 틀어 주고 있다. 내가 그렇게 프로그램을 깔아 놓았기 때문이다.

나는 지금 창가에 모로 누워서 얕은 잠을 자고 있다. 적외선 치료기처럼 따뜻한 햇살이 얼굴 위로 쏟아져 내리며, 감겨진 눈꺼풀 속을 온통 빨간 햇빛으로 채우고 있다.

나는 스르르 일어나 안 쪽 벽을 향해 걸음을 옮기며 한쪽 손으로 버튼 L을 더듬어 찾는다. 눈앞이 희미해 조금 시간이 걸린다.

버튼 L이 눌러지자 머리 위에서 계집애들의 목소리가 들려온다.

에이 비 시 디 이 에프 지

목소리는 처음에는 글을 읽는 것처럼 느껴지다가 곧 노래소리로 바뀐다.

에이비시 노래가 끝나면서 소리 없이 벽이 열린다.

나는 뱀처럼 느리게 벽속으로 들어선다. 책이 꽉 찬 선반으로 둘러쳐져 있는 서재 같은 방이다. 나는 한가롭게 그 방안을 왔다 갔다 하며 책들을 훑어본다.

머릿속에서는 방금 들은 에이비시 노래가 반복된다. 노래는 피아노 소리로 바뀌었다가 또 다시 계집애들의 목소리로 바뀐다.

반짝 반짝 작은 별, 밤하늘을 비추네

그 노래를 따라 불러 본다. 노래는 끝부분에서 영어로 바뀐다.

튕클 튕클 리틀 스타, 하우 아이 원더 웟 츄아

두꺼운 책 하나가 금빛으로 반짝이고 있다. 나는 그 책을 꺼내 들고 페이지를 넘겨본다. 갈피마다 지폐가 끼워져 있다. 문득 삶이 햇빛처럼 밝아지고 구름처럼 가벼워지는 것이 느껴진다. 책을 닫아 책꽂이에 꼽아 넣으며, 슬그머니 그 방으로부터 달아나고 싶어진다.

L의 불이 꺼지면서 서재의 문이 닫힌다. 나는 그 아래 있는 M의 버튼을 누른다. 머리 위에서 또 노래 소리가 들려온다. 벽이 열리고 나는 안으로 끌려 들어간다.

방 한 가운데에 피아노가 있고 구석에는 오래 된 턴테이블과 LP판들이 놓여있다.

나는 창가의 책상 위에 놓여 있는 악보 책을 집어 들고 한 장씩 넘긴다. 책장을 넘길 때마다 그 페이지의 음악소리가 들려온다. 누군가 천장에서 내려다보며 연주를 하고 있다는 느낌이다.

나는 〈음악에게〉의 페이지에서 멈추어, 저 혼자 건반이 움직이고 있는 피아노의 자동연주에 맞춰 노래를 부른다. 노래가 끝난 뒤에 다시 책장을 넘기며 M으로 시작되는 제목의 노래들을 골라서 부른다.

만도린. 한 여름 밤의 사랑, 달빛, 달과 바다….

불현듯 밤의 바다를 향한 그리움이 파도처럼 덮쳐오는 것이 온몸으로 느껴진다.

나는 음악실을 뛰쳐나와 문이 채 닫히기도 전에 S의 버튼을 마구 눌러댄다.

S S S S S S

파도소리와 함께 물새의 울음소리를 실은 바닷바람이 천장으로부터 얼굴위로 쏟아져 내린다.

나는 S의 문 안으로 뛰어 들어간다.

펼친 나선형 같은 S자의 돌계단이 깔려 있다. 나는 옷을 하나씩 벗어던져 점점 알몸이 되어가며 하얀 계단을 내려간다. 계단 끝이 바닷물에 찰랑거리는 소리가 들린다. 달빛에 내 몸은 대리석처럼 희고, 물은 검푸른 한밤의 빛깔로 팔을 벌린다. 나는 어머니의 품에 안긴 아기가 되어 아늑한 바다 위에 드러눕는다.

하늘에서 작은 별들이 반짝거리며 노래를 부른다. 만도린 소리가 들려온다. 나는 초록색 별빛을 온몸에 바르며 잠속에 빠진다. 바닷물이 발바닥을 살랑살랑 간질인다.

나는 문득 목이 마름을 느끼며 잠에서 깨어 일어선다. 벌거벗은 몸에서 초록빛 비늘 같은 별빛이 뚝뚝 떨어지며 부서진다.

하얀 가운으로 몸을 가리고 방으로 돌아와 벽 한 가운데 있는 버튼 C를 누른다.

커피 칸타타의 멜로디와 함께 문이 열리면서 초콜릿 칼라로 치장된 카페의 실내가 들여다보인다. 칙칙 소리를 내며 주전자가 끓고 있다.

나는 안으로 들어서려다 말고, 아직 누르지 않은 버튼들을 훑어본다.

V, I, B, G, Y, O, R.

일곱 개의 버튼이 더 남아 있다.

햇빛이 얼굴을 정면으로 비추고 있는 듯 눈이 몹시 부시다. 손등으로 눈꺼풀을 눌러 본다. 눈 속의 하늘이 어두운 보랏빛으로 보인다.

보, 남, 파, 초, 노, 주, 빨.

눈을 조금씩 가볍게 풀어 줌에 따라 하늘은 보라에서 남색으로 파랑으로 초록으로 노랑으로 주황으로 빨강으로 바뀌어 간다. 일곱 가지로 변하는 하늘빛이 모두 단 하나 공중에 떠 있는 붙박이 흰 점으로부터 나오고 있다는 것이 무척 신기하다.

낡은 목제 계단을 밟고 올라오는 사람들의 구두 소리가 들려온다. 조금 서두르고 있는 듯, 발을 옮기는 속도가 여느 사람들보다 빠르다. 찾아올 친구가 없는 이 골방으로 거침

없이 달려오는 것을 보면 아마 나를 붙잡으러 오는 사람들일 것 같다는 생각이 든다.

조금 뒤에는 벨소리가 들릴 것이다. 그리고 대답이 없으면 주먹으로 문을 두드릴 것이고, 그리고는 온몸으로 세차게 부딪쳐 목재 문짝을 부수고 방안으로 뛰어들 것이다.

그렇다면 나는 이제 뱀처럼 부스스 일어나 더듬더듬 안쪽 벽으로 다가가 비상 버튼 E를 눌러야 하리라. 그리고는 영원히 아무도 찾지 못할 편안한 곳으로 탈출해야 하리라.

눈꺼풀 속이 온통 빨간 햇빛으로 가득하다. 내 몸 한 쪽 끝으로부터 무지개가 피어오르고 있는 듯 황홀하다. 이 행복한 잠속에 조금만 더 남아 있고 싶다.

다가오던 구두 소리는 이제 문 앞에서 멈추고 벨 소리로 바뀌어 들려오고 있다. 나는 지금 버튼 달린 골방의 창문 옆에 햇빛을 향해 모로 누워서 고물 라디오가 훔쳐다 귓속에 넣어 주는 세상천지의 음악을 모두 들으며 죽음처럼 달콤한 얕은 잠을 자고 있다.(*)

김용섭

경북 영덕 출생
해군사관학교 졸업. 미국 조지워싱턴대학교 대학원 수학
아주대학교 경영대학원 졸업
주LA총영사관 영사, 주미 한국대사관 일등서기관, 중앙정보부 심의관 등 역임
대우그룹 20년간 봉직 기간 중 회장비서실 비서, 대우자동차판매(주) 부사장, 인력개발원장, 대우정보시스템(주) 사장 등 역임
레고코리아 회장, 용인대학교 겸임교수
현재 대성산업주식회사 사외이사 겸 감사위원
56danbi@naver.com

머리 검은 짐승

윤준상이 전화를 걸어왔다.

그는 보리밥 전문점 맥향의 관리자며 내 아내와 거의 10년 가까이 동업을 하고 있는 사람이다. 맥향 종업원들은 그를 윤이사라고 호칭한다. 윤이사, 그가 이수찬 사장과 함께 나를 만나러 오겠다고 했다.

커피숍에 마주 앉은 이수찬이 가방에서 꽤 두툼한 서류를 꺼내놓았다.

"이 서류 받으셨지요?"

표지를 보니 법원에서 보낸 서류였다. 며칠 전에 내가 사는 아파트 출입문에 붙여 놓았던 우체국 메모가 떠올랐다. 중요서류를 전달하지 못했으니 연락을 해 달라는 내용이었다. 법원이라. 가슴이 덜컹했다. 군대가 외침을 막는다면 경찰, 검찰, 법원은 안으로 부터의 위해를 막아주는 고마운 곳이다. 하지만 내가 그곳에 가는 것은 싫다. 거기서는 반드시 내가 옳고 상대는 옳지 않다는 주장을 해야 한다. 생리에 맞지 않는 일이다.

"못 받았는데,"

"건물 주인이 월세가 밀렸다고 집을 비우라는 소송을 했습니다."

"비워주면 되는 일이네요."

"그렇습니다."

"그럼 비워주시죠"

"밀린 월세 넉 달 치하고, 1억 원 정도의 미지불 재료비가 있어서요. 정리를 하려면 두어 달 걸릴 것 같습니다."

"10월 말쯤이 되겠군요."

"그 정도면 될 것 같습니다."

올 것이 왔다 싶었다.

어떻게 되던 빨리 끝내 버리고 싶었던 일이라 나의 반응은 담담했다. 그럼에도 너무 하다싶어 이수찬의 얼굴을 바라보았다. 그의 얼굴에도 나이가 들어있었다. 내가 그를 처음 보았을 때 그는 30대 초반의 대리였다. 그의 눈은 반짝였고 얼굴에는 탄력과 함께 홍조가 있었다.

20년 쯤 전이다. 「대한자동차」의 부사장이었던 나는 인력개발원장으로 옮겨갔다. 그룹의 인사정책을 수립하는 인사업무와 중앙교육기관인 연수원의 일을 관장하는 자리였다.

인사팀 업무는 수년 전 팀장을 맡았던 적이 있어 부담을 느끼지 않았으나 연수원은 좀 생소했다.

회장은 연수원의 역할을 중시했다. 입사하면 신입사원 교육을 받는다. 한 직급씩 올라갈 때 마다 부과되는 교육을 이수해야 한다. 각종의 임원교육 과정도 있고 매년 두 번의 사장단 세미나도 있다. 회장이 연수원에 오면 으레 하룻밤을 주무신다. 연수원 직원들과 식사도 하고 대화도 하면서 그들의 사기를 높인다.

내가 연수원장으로 부임했던 때는 연수원의 역할에 어느 때보다 무게가 실리고 있었다. 「대한 그룹」은 전 세계로 사업영역을 넓혀 나가고 있었고 현지법인과 지사 등이 600개 가까이 되었다. 세계로 파견될 직원들, 세계 여러 나라에서 온갖 색깔의 사원들로 중앙연수원 시설은 언제나 꽉 차서 돌아가고 있었다. 외국인 과정 커리큐럼에 경영기법 같은 과목은 없다. 그들은 「대한그룹」의 역사와 기업철학과 그리고 비전을 배운다. 한국 역사와 문화 강좌도 있다.

나는 연수원 정문에서 내려 경비원들에게 인사를 하고 연수원 건물을 바라보았다. 연수원 옥상에 여러 나라 국기들이 바람에 펄럭이고 있었다. 현관에서 기다리던 임원들과 팀장들이 달려왔다. 100미터가 넘는 거리다. 나는 그들과 완만한 언덕길을 걸어서 본관으로 갔다.

"옥상에 걸린 국기는?"

"외국인 직원이 들어오면 그 나라 국기를 게양합니다."

임원이 대답했다. 그는 아직도 숨이 차 있는 목소리였다.
"지금 걸려 있는 국기는 몇 개나 되죠?"
"열여덟 개입니다."
가슴이 뜨거워졌다. 무거운 사명감이 가슴을 꽉 채웠다.

어느 날 회장비서가 전화를 했다.
"부사장님, 지금 어디 계세요?"
비서 목소리는 다소 황급한 목소리였다.
"나 지금 사무실에 있는데. 왜?"
"와, 잘 됐네요. 회장님이 찾으시거든요. 다 마치고 마지막 한 분이 들어가셨는데, 바로 오실 수 있으세요"
11시가 조금 지난 시간이었다. 얼마나 일진日辰이 좋은 날이냐. 그 시간에 사무실에 있었다는 게. 내가 회장실로 급히 들어섰을 때 회장은 사무실에서 나오고 있었다. 내 사무실은 20층에 있고 회장실은 21층이다. 뛰어 올라가면 3분으로 족하다. 전화를 받고 10여분 뒤에 거기 왔으니 성질 급한 회장이 사무실을 나선 거였다. 나는 매사에 동작이 느리다. 세 살 적부터 버릇이 아니라 뱃속에서부터의 버릇인 듯하다.
"바빠?"
회장의 첫마디였다. 자정을 바라보는 시간에 바쁘냐고 묻다니. 야박한 질문이다. 집에 안가고 여태 뭐하고 있어, 라고 물었다면 좀 더 너그러운 질문이 아니었을까.
"퇴근 할 준비 다하고 왔습니다."

"그럼 내차 타고 집에 가면서 얘기 좀 하지"

회장은 차에 타기가 무섭게 말을 꺼냈다. 연수원에 관한 얘기였다.

"해외 지사에 다녀보면 장사들은 잘 하는데 관리에 미숙해. 특히 법인장이 되면 조직을 움직여야 하는데. 부장부터 이사까지 각사에서 우수한 자원을 차출해서 CEO교육을 시켜. 1년 내에 최소한 50명은 공급해 줘야 돼. 5년 뒤에는 500명까지 필요할지 몰라."

회장이 담배를 꺼내 물었다. 회장은 줄 담배였으나 얼마 전에 끊었다. 스트레스를 많이 받으면 담배를 피운다고 소문이 나 있었다. 회장은 담배에 불을 붙이지는 않았다. 옆에 앉은 내게 대한 배려였거나, 어렵게 끊었는데 참아 보자는 다짐이었거나, 아니면 둘 모두 이었거나. 멈칫거리던 회장이 말을 이었다.

"과장, 대리급부터 법인장 자원을 육성하는 게 좋겠어."

"회장님, 평사원에서 대리 갈 때까지 그리고 대리에서 과장 될 때까지 대학교의 MBA과정을 능가하는 수준의 교육을 시킵니다."

"그런 줄 아는데 어딘가 모자라. 해외에 나가면 그 나라 사람같이 해야 돼, 법률이나 관행을 파악해야 하고, 특히 그 나라의 문화와 정서를 고려해야 하는데 그냥 한국식으로 밀어붙이기가 일쑤야. 자금관리, 회계지식도 더 함양해야 하고."

"그런 점은 회장님께서 잘 보신 것 같습니다."

“미국이나 유럽에 있는 톱클래스 경영대학과 교섭해 봐. 법인장들, 최전방의 장수들이잖아. 회사의 명운을 좌우해. 강하게 해야 해. 성적 평가를 엄격하게 해서 결과를 빠짐없이 내게 보고해 줘. 못 따라 가면 나가야지.”

나는 속으로 쿵하는 느낌을 받았다. 못 따라 가면 나가야지. 강도 높은 교육과정을 이수하지 못하면 회사를 떠나야 한다는 말이다.

회사에서 성북동에 있는 회장의 자택까지 자정이 가까워 오는 시간이라도 20분은 걸린다. 회장은 계속 인사에 관한 얘기를 했다. 우수 자원들이 상층부로 올라갈 수 있게 임원들을 연차적으로 정리할 방안도 마련하라고 했다. 골치가 아파졌다. 악당 역을 도맡았으니 그 욕을 어떻게 감당할까 걱정이 앞섰다. 쫓겨나도 워낙 훈련이 잘 된 임원들이니 밥 굶은 일은 없을 것이다. 하지만 밀려나기를 좋아할 사람은 없다. 밀려나는 사람 뿐 아니리라. 칼자루를 휘둘러야 하는 사장들과 안 쫓겨나는 임원들까지도 회장 욕은 못하고 내게 몽땅 뒤집어씌울게 불을 보듯 뻔하다. 오래 살겠구나 싶었다. 흔들리는 차 안에서 메모를 했더니 속이 메스꺼웠다.

“집에 들어가서 차 한 잔 하고 갈래?”

차에서 내리면서 회장이 물었다. 아이 뜨거워라 싶었다. 그 밤중에 집에 들어가서 부인께 좋은 소리 들을 리 없지. 호기심이 많은 회장은 묻는 일이 전공이다. 누구라도 마주하면 이것저것 묻는다. 회사 일은 물론이고 온 세상일 다 묻는다. 머릿속에 든 건 골수까지 빼 가려는 듯 끊임없이 묻는다. 차 한 잔 놓고 마주 앉아 새벽까지 기합을 받아야 할지 모를 일이었다. 피하는 게 상책이다. 나는 용기를 내서 대답했다.

"늦었는데 회장님 쉬셔야죠."

"자네 차 따라왔나?"

"아닙니다. 일찍 퇴근시켰습니다."

편안하게 밀린 자료 좀 보려고 기사를 일찍 퇴근 시켰던 거다. 부사장 주제에 야근한답시고 기사를 밤늦게까지 붙잡아 두었다면 결코 점수 올라갈 일이 못된다.

보스는 누구나 의심이 많다. 자자한 일을 갖고 큰일과 연계시키기도 한다. 하루에 두 번이나 스코어를 올린 거다. 분명 일진이 좋은 날이었다. 회장은 기사에게 우리 집까지 다녀오라고 당부하고서 대문 안으로 성큼 성큼 걸어 들어갔다. 성북동 높은 주택가의 꼬불꼬불한 길을 빠져나와 큰 길에 다다랐을 때 나는 차에서 내렸다. 우리 집은 논현동에 있었고 기사의 집은 종암동이었다. 내가 택시를 타는 게 순리였다.

교육계획이 마무리되었다.

Executive MBA과정과 정규 MBA 과정을 만들기로 했다. EMBA는 부장, 이사급에서 20명을 선발해 연수원에서 3개월 교육 받은 뒤에 프랑스의 인시아드(INSEAD)에 16주간

교육받는 속성MBA과정이다. MBA과정은 과장 대리급에서 30명을 뽑아 6개월간 연수원 교육을 마치고 미국 UPenn 경영대학원인 와튼(Wharton)스쿨로 가서 3학기를 하기로 되었다. 두 학교 모두 세계MBA 랭킹 5위를 맴도는 명문들이다. 이사급들은 지원자가 많지 않아 차출하다 시피 했지만 MBA과정은 지원자가 넘쳐나서 각 회사 인원수를 기준으로 쿼터를 주기로 했다. 연수원은 인원이 적어 쿼터를 얻을 수가 없었다.

나는 기조실장을 찾아갔다.

"실장님, 이번에 MBA30명을 선발했는데 연수원은 인원이 적어서 쿼터가 없습니다."

기조실장이 말허리를 잘랐다.

"연수원 쿼터 달라는 얘기구만, 진즉 얘기하지,"

"실장님, 제가 미처 생각지 못했습니다. 제 불찰입니다."

"전 회사에 기준을 공표했고, 기준에 따라 이미 30명 다 뽑았잖아요? 지금 무슨 명분으로 그걸 바꾸나"

평소와 달리 그의 언사가 퉁명스러웠다. 나는 물러날 수가 없었다.

"연수원 직원들은 아주 충성스러운 사람들입니다. 아시다시피 교육생들을 관리하기 위해서 사흘에 한번 꼴로 집에 가지 못합니다. 주말에도 교육이 계속되는 경우가 많아서 주말도 없습니다. 모두 명문대학을 나온 사람들인데 교육진행과 행정일에 쫓기고 있습니다. 이렇게 근무하다가 부장급이 되면 어디서도 받아주지 않는 신세가 될 것 같습니다. 말은 안하지만 모두 장래에 대해 불안해합니다. 제가 목표를 내걸었습니다. 전 직원이 두 개의 기업과목을 강의할 수 있어야 한다. 전 직원이 석사학위를 취득하게 지원한다. 토익 900점 이상, 제2외국어 하나, 등등입니다. 하지만 유학 쿼터는 연수원에 배정될 전망이 없습니다."

"윤 부사장, 연수원장 되고 몇 달 안됐는데, 완전히 한 통속이 되었네."

기조실장의 언사가 약간 부드러워졌다.

"실장님, 우리 연수원에 MBA 쿼터 하나만 허락해 주십시오. 연수원 때문에 다른 회사 쿼터가 줄어들면 안 되니까. 한자리만 늘리시면 되지 않겠습니까?"

"아니 돈이 10만 불이나 드는데, 연수원에 이유 없이 10만 불을 더 배정해 달라는 소리네. 윤부사장 욕심이 많네."

나는 웃었다. 옆에 앉은 참모들도 모두 웃었다. 회장께 직소할까 하다가 기조실장께 먼저 왔다. 절차상 그게 맞다. 하지만 기조실장이 끝내 허가해 주지 않으면 실장과의 관계가 흠이 가더라도 회장에게 갈 생각을 굳히고 있었다. 회장에게 말하면 즉각 허락해 줄 것 같은 기분이었다. 어떻게든 한 자리 얻어서 우리 직원들에게 선물을 하고 싶었다.

"실장님, 연수원에 자주 오셔서 우리직원들 격려도 해 주시고 하시는데 이번에 인심 한번 쓰시지요."

나는 읍소를 해서 한 자리 얻어냈다. 그런데 그룹운영위원

회에서 최종보고를 하는 날 왜 31명이냐고 회장이 물었다.

"윤 부사장이 연수원 직원들 쿼터하나 달라고 울어서 제가 한 명 늘였습니다."

실장은 당당하게 대답했다.

연수원에는 갑자기 활기가 넘쳤다. 직원들은 유학 쿼터로 들떠있었다.

"대리 과장급 직원 중에 우수 인원이 많아서 선발하기가 쉽지 않습니다. 팀장들과 상의해서 3명을 뽑았는데 원장님께서 한 사람 낙점해 주십시오."

연수원의 선임 임원이 세 사람의 명단을 내 놓으면서 말했다.

"내가 직원들 이름도 아직 모르는데 어떻게 지명을 합니까?"

"팀장들과 의논해서 서열을 메겨두었습니다. 보시고 낙점하시면 될 것 같습니다."

나는 자료를 찬찬히 들여 다 보았다. 우열을 가리기가 어려웠다. 1번이 된 이유가 분명치 않았다. 1번과 2번에 추천된 직원들이 임원들과 원시적인 인연이 작용한 것 같은 느낌이 있었다. 원시적 인연이란 지연이나 학연 또는 혈연 같은 조건을 말한다. 내가 만든 용어인지 모른다. 조직 관리에서 내가 증오하는 용어였다. 한 사람은 선임임원과 동향이었고 다른 한 사람은 다른 임원의 대학 같은 학과 후배였다.

나는 두 이사와 네 명의 팀장을 불러 물었다.

"여기 세 사람 중에 나더러 한 명을 지명하라는 거죠?"

"그렇습니다."

선임임원이 대답했지만 어딘지 시원스럽지 않는 구석이 있어보였다. 나는 다른 임원을 바라보았다. 그는 그렇다고 고개를 끄덕였다.

"팀장들도 같은 생각이지요?"

팀장들이 모두 예라고 대답했지만 목소리가 작았다. 나는 명단의 세 번째 직원을 지명했다. 모두들 나를 쳐다보았다. 만족스럽지 않는 눈망울들이었다. 학연으로 사람 뽑고 지연으로 데려오고. 나는 그런 게 질색이다. 연수원은 회사 간 이동이 적은 조직이라 끼리끼리 문화가 자리할 가능성이 매우 큰 조직이었다.

그 세 번째 사람이 지금 앞에 앉아 있는 이수찬이다. 그때 대리였다.

나는 MBA과정이 시작되던 날, 〈원장과의 대화〉시간을 마련해 교실에 들어갔다. 30명을 수용할 수 있는 교실이 있지만 31명이라 50명 교실이 배정되어서 분위기가 좀 허전하게 느껴졌다. 한 사람이 늘어난 영향이 거기서도 드러나 있었다.

나는 그들에게 부인을 동반하라고 제안했다.

"남자들은 회사에 다니면서 성장한다. 부인들은 집에서 살림하고 아이들 키우느라 정신이 없다. 긴 세월 그렇게 지내다 보면 남편은 어엿해지고 아내는 영락없는 부엌데기 모습이 된다. 함께 성장해야 한다. 그래서 나는 여러분들이 이번

유학에 부인을 동반하라고 권고한다."

분명 어느 누구도 생각하지 못한 제안이었다. 놀라는 눈치들이었다. 질문들이 쏟아졌다. 맞벌이를 하는 사람은 어떻게 해야 하느냐는 질문이 있었다. 나는 회사가 제도화 하거나 요구하는 일이 아니고 내 개인의 의견이니 각자의 형편과 판단에 따라서 하라고 했다. 돈 문제가 으뜸 질문이었다. 유학기간에 회사가 가족들의 생활을 고려해 기본급은 지급하게 되어 있었다. 나는 동반한다고 해서 돈이 두 배로 드는 것은 아니다. 부인과 함께 생활하면 절약되는 면도 있어서 조금만 보태면 생활할 수 있을 거라고 말하고 동반하는 경우에는 통상임금을 주도록 하겠다고 했다. 통상임금은 기본급보다 약 15%정도 높다. 내 마음대로 되는 것은 아니지만 그렇게 해 줄 수 있을 것 같아서 약속을 해 버렸다. 아이들은 어떻게 하느냐고 물었다. 1년 6개월이니 아이들을 데리고 가도 좋을 것이라고 말했다. 공립학교에 넣으면 돈도 안 들고 한국에서 교육시키는 것보다 돈이 오히려 덜 들지도 모른다고 얘기했다. 혹시 모자라면 자비 유학하는 셈치고 자기 돈 좀 쓰라고 했다. 교실의 분위기가 뜨거워지는 걸 느꼈다.

이수찬 대리는 부인과 두 딸을 동반하기로 했다. 나는 판공비를 털어서 2,000불을 마련해 주었고 직원들이 1,000불을 모아주었다.

미국으로 떠나기 전 주말에 그는 부인과 아이들을 데리고 우리 집으로 찾아왔다. 어쩌다 쉬게 되는 주말에 누가 찾아오면 진짜 싫다. 하지만 그들 가족의 방문은 나를 기쁘게 했다. 부인이 내게 너무, 너무 고맙다고 했다. 평생 은혜를 잊지 않겠노라고 했다.

나는 한 가족을 위해 크게 보시布施한 것 같아 가슴이 뿌듯했다.

그가 유학을 마치고 돌아왔을 때 그는 과장으로 승진되어 있었고 나는 「대한통신」 사장으로 가 있었다.

그가 부인과 함께 우리 집으로 인사를 왔다.

"사장님 덕분에 유학을 다녀왔습니다. 평생을 두고 보은하겠습니다."

"내 덕이 아니고 당신 덕이야. 당신이 그만한 바탕이 있으니 뽑힌 거고, 그만한 의지와 능력이 있으니 무사히 수료하고 온 것일세. 다만 자네 인사만은 고맙게 받겠네."

"사장님, 미국에서 아이들 교육시켜 보니 너무 좋던데, 우리 이이 미국에서 근무하게 해 주세요. 그렇게만 해 주시면 사장님은 우리 집안의 은인입니다."

나는 속으로 안 될 일도 아니지만 부인의 부탁이 좀 넘친다고 생각했다. 그들이 일어서지 않고 밍그적 거리는 느낌이었다.

"이 과장, 뭐 더 할 말이 있나 본데,"

잠시 입맛을 다신 뒤에 그가 말을 꺼냈다.

“사장님, 열심히 배워왔는데 연수원에 있기보다 통신회사로 와서 일하면 회사에 더 기여를 할 수 있을 것 같습니다. 사장님 모시고 일하게 해 주십시오.”

그의 태도는 퍽 진지해서 나는 그를 통신회사 기획실로 전보시켰다.

연수원 직원들 능력 향상을 위한다는 명목으로 쿼터 한 자리 늘려놓고 자리를 옮기게 한 것은 잘못된 일이었다. 하지만 워낙 당사자가 간곡히 얘기하고 나도 우수한 자원을 모으고 싶어서 경우에 어긋나는 일을 했다.

금융 위기가 아시아 전역에 휘몰아 칠 때 「대한그룹」은 해체되었고 나는 회사를 떠났다. 몇 달이 지난 뒤 어느 날 그가 날 찾아왔다.

나는 그를 데리고 맥향이라는 보리밥 집으로 점심을 먹으러 갔다. 찰 보리에 팥을 넣은 밥이 맛있어서 자주 가는 집이었다.

“자네 같이 유능한 인재를 왜 내 보내지?”

“제가 사장님 끄나풀이라는 이유로 잘렸습니다.”

기상천외란 이런 걸 두고 하는 말이 아닐까. 분통이 끓어올랐다.

“아 아니, 내가 자네와 지연이 있나 학연이 있나 혈연이 있나. 회사에 들어와서 일하다 만났고 우수해서 스카우트한 건데 끄나풀이라니. 세상이 편 가르기를 해도 분수가 있지.

진짜 개떡 같은 짓거리들 하고 있어"

나의 분개한 말을 들으면서 그의 눈시울이 붉어졌다.

"사장님, 일자리를 구해야 하는데 마구 잘라내는 세상이라 영 어렵습니다."

"이 사람아, 아무리 어려운 환경이라도 사람 나름이야. 괜찮은 회사들이 퇴직자들 중에서 좋은 사람 찾으려고 헤드헌팅 회사들과 분주하게 교신하고 있다고 해. 헌팅 회사 몇 군데 이력서 접수해 놓고 기다리면 조만간 같이 일하자고 제의가 들어 올 거야. 너무 걱정하지 말어."

"사장님, 속히 일할 수 있게 도와주십시오. 제가 유학을 떠날 때 집을 팔아서 일부를 달러로 바꾸어서 가져갔고 나머지 돈을 장인어른께 맡겼는데 그 돈이 다 없어져 버렸습니다. 월급이 없으면 당장 생활하기가 어렵습니다."

참 딱하다 싶었다.

"그래, 혹시 친구들 가운데 우수한 인재 찾는 사람이 있는지 알아볼게"

나는 내 지갑 속에 있는 얼마 되지 않는 돈을 긁어서 그의 손에 쥐어 주었다. 그가 뿌리쳤지만 그의 주머니에 집어넣고 밀어서 보냈다.

세월이 흘러갔다. 나는 모 대학교 겸임 교수와 꽤 유명한 외국계 회사 한국 법인의 회장직을 맡아서 분주하게 지나고 있었다.

어느 날 그가 나를 찾아왔다.

"그 동안 뭐하고 지냈어?"

"친구들과 어울려서 호프집을 했습니다."

"그래 호프집은 잘 되고?"

"그냥 어울려 동업형식으로 하고 있습니다."

"동업이란 게 어려운데."

"예, 쉽지 않던데요. 친구들과 갈등도 생기구요."

"그럴 테지"

"회장님, 그 맥향 보리밥집 요즈음도 자주 가십니까?"

오랜만에 왔는데 그는 내가 그 외국계 회사의 회장인 걸 알고 있었다.

"이따금 가지. 나는 그 집이 참 좋아. 값도 좋고, 영양가 높고, 음식이 내 취향에 딱 맞거든."

"그 집이 체인이던데요."

"아 그래?"

"그날 갔을 때 벽에 '체인점 하실 분 구함.'이라고 벽에 써져 있었습니다."

"나는 거기 여러 번 갔는데 그런 광고를 보지 못했어."

"본사는 평택에 있고 경기 일원에 10여개의 체인점이 있습니다. 제가 본사에 찾아가서 물어보았더니 제가 원하는 목동 쪽에는 안 되고, 일산이면 가능하다고 했습니다."

"......"

"회장님, 제가 맥향 일산점을 열려고 하는데 좀 도와주십시오."

“자네는 취직을 해야지. 배운 거, 훈련 받은 거가 아깝지 않나.”

“취직도 좋지만 작은 사업이지만 직접 하는 것도 의미가 있을 것 같습니다”

“어떻게 도와주면 되는가?”

“회장님께서 투자를 해 주시면 좋겠습니다.”

식당 사업을 생각해 보지 않았던 터라 대답이 망설여졌다.

“회장님, 저 살려주는 셈 치시고 자금의 반만 투자해 주십시오. 제가 잘 관리해서 회장님 은혜에 보답하겠습니다.”

동업을 하자는 얘기였다. 동업에 갈등을 겪었던 사람이 동업을 제안하나 싶었지만, 나는 거절을 못하는 성격이다, 박절하게 잘라버릴 용기가 없다. 나는 때때로 충동적이기도 하다. 나는 그가 측은해 보였다. 내게 도움을 청하는 사람이 있다는 것이 내가 살아있다는 증거가 아닌가. 도울 능력이 있는 사람이 도움을 거절하는 것은 인仁이 아니다. 나의 생각은 도와줄 수 있다면 도와주자는 쪽으로 흘러갔다.

“그 반이 얼마나 돼?”

“위치와 크기에 따라서 차이가 많겠습니다만,”

“그럴 테지, 알아보고 내가 감당할 수 있는 금액이면 참여하도록 해 볼게”

그의 얼굴에 희색이 가득 찼다. 나는 그 희색의 참의미를 그때 알지 못했다.

“제가 장소를 물색해 보고 대강 계산이 서면 다시 말씀드리도록 하겠습니다.”

그의 전화를 받고 그가 물색해 둔 세 곳을 돌아보았다. 그는 제일 큰 집을 선호했다. 다른 두 곳은 큰 건물 상가에 있었고 그 큰 집은 작은 동산을 등지고 앉은 2층의 단독 건물이었다. 하루에 자동차가 아마도 몇 만대는 지나 갈 것 같은 큰 길에서 차들이 지나가면서 간판을 볼 수 있는 위치였다. 주차장도 넓어 잘 관리하면 60대 쯤 동시 주차가 가능했다.

“이 집에 하게 되면 돈이 얼마나 들까”

그는 세 집 각각의 자금 계획을 만들어 갔고 있었다.

“약 5억 원 정도 입니다.”

내가 2억 5천만 원을 내야한다. 다소 부담스러운 금액이었지만 이미 반 약속을 한 것이니 하자고 마음먹었다. 나는 수중에 돈을 들고 있지 않는다. 몽땅 아내 손에 있다. 나는 월급을 받으면 고스란히 아내에게 갖다 준다. 요즈음은 월급을 통장으로 쏘아주니 쉽게 집으로 갈 수 있지만 내가 결혼했을 때는 현금 봉투를 받았다. 나는 단 한 번도 월급봉투를 열어 본 적이 없다. 그냥 아내에게 주었다. 이래저래 쥐꼬리라는 별명이 붙어있는 월급인데 아내가 몽땅 써버린다 해도 쥐꼬리 아닌가. 아내가 받아들면 부담이 생길 것이고, 더 알뜰히 관리하게 될 것이다. 라는 복심도 있었다.

반대하는 아내를 달래서 2억 5천만 원을 받아냈다. 아내 이름으로 동업계약을 했다. 관리 운영을 매년 교대로 하기로 했다.

개업식은 꽤 뻑적지근했다. 내가 식당을 한다니까 친구들이 꽃도 많이 보내주었다. 그는 공손하게 두 손을 모아잡고 내게 세 번이나 말했다.

"회장님, 제가 아버님같이 모시겠습니다."

나는 그의 어깨를 두드리면서 부디 열심히 해서 성공하라고 격려했다. 식당은 나날이 손님이 늘어났고, 주말이면 북새통이었다.

어느 날 정성진이 찾아 왔다. 그는 내가 「대한 통신」 사장 재직 때 기획부장이었다. 어느 회사든 기획부장은 요직이다. 그는 든든한 느낌을 주는 남자였다. 이상하게 나와 농담이 통하는 친구였다. 그도 회사를 나와 개인 사업을 하고 있었다.

"회장님, 수찬이 하고 동업하셨다면서예."

그는 대학생활을 포함해 30년 넘게 서울에 살았으면서 경남 바닷가의 억샌 억양이 그대로 살아있는 사람이다.

"자네, 사업이 바쁜가 보군. 귀동냥이 늦었네."

"얼마 투자하셨어예?"

"뭐 그런 거까지 알려고 해."

내가 미소를 지으면서 답하자 그가 심각해졌다.

"회장님예, 그런게 아니라예, 회장님이 아셔야 할 일이 있어서예."

"그게 뭔데."

나는 자세를 고쳐 앉았다. 그가 들려준 자초지종은 대강

이랬다.

이수찬이 친구 다섯 명과 합자해서 호프집을 열었다. 보증금 8천만 원과 인테리어 비용 등 약 2억 원을 분담했다. 운영은 이수찬이 맡았다. 호프집은 성황이었지만 투입비 결산 과정에서 투자자들이 불만을 제기했다. 투자자들은 비용이 부풀려진 의혹을 제기했다. 옥신각신 하던 중에 그 집이 헐리게 되었다. 어떤 큰 회사가 인근 땅과 낮은 건물들을 사서 큰 빌딩을 지을 계획으로 그 집도 매입했던 거다. 이수찬은 주인이 돌려 준 보증금과 보상금 등 약 1억 6천만 원을 받아들고 잠적해 버렸다.

얘기를 끝낸 그가 물었다.

"회장님이 얼마내셨는데예?

"……."

"그걸 알아야 본론을 얘기해 드릴 수 있어예."

"본론이라니."

"제 느낌 말입니더."

"2억 5천이고 50대 50이야"

"수찬이는 예, 2억 5천만 원을 부담할 능력이 없어예. 호프집에서 들고 간 돈을 다 투입해도 1억 5천 밖에 못내예."

"빌릴 수도 있잖아."

"오픈 하는데 들어가는 비용, 회장님이 직접 관리하시거나 살펴보셨습니까?"

"이 사장이 다 맡아서 했지."

"그럼 뻔 합니더. 지는 1억도 안 냈을 깁니더."

나는 혼란스러웠다. 이수찬은 엄청나게 착실한 사람이다. 개업을 하고 나서 매달 꼬박꼬박 결산보고를 했다. 하지만 장인에게 맡긴 돈이 날아가 버렸다고 했는데 2억 5천만 원을 어떻게 조달했을까 의심도 생겼다.

"돈을 적게 냈는지는 모를 일이지만 몇 달 동안 하는 걸 보면 정석定石인데…"

"지은 죄가 있으니 당분간은 잘 할 깁니더. 계속 그렇게 할지 의문이라예"

"이봐, 정서성, 회사에 있을 때 그 사람 최고였잖아?"

"그렇게 보이겠지만 안 그럴 때도 있지예. 사장님은 직원들을 공식적으로만 만나니 속속들이 잘 모릅니더예."

나는 좀 난감한 생각이 들었다. 그런들 어찌하나.

"설마 내게도 사기치겠어?"

나의 마지막 말은 그에 대한 신뢰라기보다 달리 방도가 없는 처지에서 나 스스로에 대한 위로였다.

별 탈 없이 1년이 지났다.

나는 그에게 전화를 했다. 1년이 되었으니 운영교대를 하자고 말했다. 그는 그냥 자기가 하겠다고 했다.

"우리가 그렇게 하기로 했잖아?"

그가 전화에서 언성을 콱 높였다.

"나이도 있는데, 어떻게 해요. 쉬운 일인 줄 아세요."

회장이란 호칭도 없었다. 나이와 연세를 구별 못하는 사람도 아니다. 막나가자는 수작이 분명했다. 나는 둔기로 얻어맞은 기분이었다. 분노나 반감보다 부끄러움이 앞섰다. 어쩌다 이 꼴이 되었나 싶었다. 체면을 중시하는 사람에게는 막무가내 식이 약이다. 아무 말도 못하고 전화를 끊었다. 창피해서 아내에게도 말하지 못했다. 계약서는 그 무자비한 언사로 휴지조각이 되어버렸다.

"회장님, 주방장이 도망갔습니다."

어느 날 친구들과 점심을 먹으러 갔을 때 그가 내게 말했다.

"도망? 왜?"

"주방장이 매일 새벽 장을 봤는데 재료비 약 1억 원을 외상으로 달아 놓고 가버렸습니다."

"어디 갔는지 못 찾나?"

"자기 고향 동네에 가서 식당을 열었다는 소문은 듣고 있습니다."

"그럼 갚으라고 하면 되겠네."

"안 갚는데 받을 방도가 없지요."

주방장은 여자였다. 좀 뚱뚱했지만 아주 활달하고 음식 솜씨가 썩 좋았다. 나는 그를 살뜰히 대했다. 주방장이라고 권위를 세워주는 언행을 했었다. 그가 1억을 들고 도망을 갔다? 믿어지지 않았다.

매달 하던 결산이 석 달에 한 번 꼴로 바뀌어 있었다. 주방장 도망 사건 이후에는 여섯 달로 늘려졌다.

어느 날 그가 맥향 인근에 설렁탕집을 오픈했다고 말했다. 축하한다고 말했지만 빗나가고 있다는 느낌이었다. 그리고 그는 인근 등산로 입구에 오리집을 열었다. 그것도 나중에 내게 알려주었다. 세 개의 식당을 운영하기가 너무 부담스러웠던지 맥향에 지배인을 채용했다.

어느 날 식당에 갔더니 윤준상이 거기 있었다. 지배인으로 왔다고 인사를 했다. 통신회사에서 이수찬의 팀원으로 대리였던 사람이다. 내가 눈여겨보았던 젊은 사원 중의 한명이었다. 그는 외모가 워낙 출중한데다, 영어를 잘하고, 말도 프랑스 사람처럼 부드럽게 하고, 노래도 썩 잘 부르고 해서 인기 짱이었던 사람이었다. 그는 성가대 지휘도 했다. 나는 그가 보통의 회사에서 일하지 못하고 식당 지배인이 된 게 안쓰러웠지만, 한편으로는 마음이 놓였다. 그가 정직하게 운영할 것이라는 믿음이 있어서였다.

결산보고서 없이 1년에 두 번 배당금이 왔다. 그가 직접 오지 않고 늘 지배인이 왔다. 처음에는 투자금액의 12% 정도의 배당을 받았는데 어물어물 3% 정도로 줄어들었다.

식당 옆으로 도로가 나게 되었는데 식당 건물에 영향을 준다는 이유로 6천만 원을 받았다. 그는 식당 벽에 방음 장치를 했다. 얼마가 들었는지 내게 말하지 않았다.

배당은 1년에 한 번 꼴이 되었다. 금액은 1.5% 수준이었다. 지배인은 내게 배당을 건네면서 사정을 말했다.

겨울에는 난방비가 많이 드는데다가 보리밥은 찬 기운이 있는 음식이라 겨울에는 매상이 떨어져 적자라고 했다. 봄이 되어 매상이 오르지만 겨울 적자를 메꾸어야 하기 때문에 여름 한두 달 흑자가 난다고 했다. 그것도 냉방비가 너무 나가서 겨우 맞추어 나간다고 했다.

그런 중에 이수찬은 등산로 가에 큰 한식당을 열었다. 내부 디자인이 아주 깔끔했다. 자신이 직접 디자인 했다고 말했다. 얼마나 들었느냐고 물었더니 8억 원 정도라고 했다. 딸이 공부를 잘해서 어느 외고를 졸업하고 미국의 유수 대학에 유학 중이라고 자랑을 했다. 그는 어떤 전문대학에 강사로 나가면서 골프에도 열심이었다. 지역의 기관장들과 모임도 한다고 했다.

최근 3년간은 한품의 배당도 없었다. 아내가 돌려받는 부가세를 국세청이 압수해 갔다. 맥향이 세금을 내지 않아서였다. 그 자료를 지배인에게 보냈으나 감감 소식이었다. 설날 지배인이 선물 상자를 갖고 왔다. 세금압류를 얘기했다. 그는 깜빡 잊었다고 했다. 소송서류를 갖고 왔을 때 그 말을 했다. 두 사람 모두 꿀 먹은 벙어리였다. 배당은 고사하고 여자의 생돈까지 뜯어갔다. 믿었던 두 사람이 함께 사기를 친다 싶었다.

나는 맥향 생각만 나면 가슴이 쓰렸다. 월급 생활하면서 아내가 알뜰히 모아 놓은 돈이다. 아내가 가끔 어떻게 되느냐고 물으면 열심히 하겠지 라고만 얼버무렸다.

더 파고들지 않는 아내가 대견하고 고마웠다. 돈도 돈이지만 배신이 서글펐다. 나는 생각하지 않으려고 애썼고 생각날 때면 잊으려고 애썼다. 법정 스님께서 쓰신 책을 읽는다. 「무소유」, 「새들이 떠나간 숲은 적막하다」 같은 책은 마음을 안정시키는데 큰 도움을 준다.

10월 말이 지났다.

나는 맥향의 소송 건이 결말이 났는지, 이수찬이 얘기 했던 대로 문을 닫았는지 궁금했지만 다그쳐 묻기가 싫어서 기다리고 있었다.

그러던 어느 날 가까운 친구가 전화를 했다.

"야, 맥향에 무슨 일 있나? 오늘 점심 먹으러 갔더니 영업 안하는 집 같이 보였어."

"문을 닫았어."

"아니, 왜?"

"적자가 계속 나서 임대료도 못 내고, 재료비도 밀려 있고 해서."

"야 그게 말이 돼. 내가 너보다 그 식당에 더 자주가. 너 알잖아. 나는 일주일에 최소한 한 번 거기가. 갈 때마다 손님이 들끓어. 너는 그렇게 느끼지 않았어? 우리가 가끔 니가 돈 긁어모은다고 농담했잖아."

"글쎄, 그렇게 되었어."

며칠 뒤 그 친구가 다시 전화를 했다.

"야, 맥향 다시 문 열었던데! 오늘 친구들하고 등산 갔다 내려오다가 맥향 간판이 보이 길래 들어갔지. 그 친구가 하는 그 한식집 부근이야. 그런데 거기 지배인, 윤 이사라 했나, 그 사람도 있고, 여자 종업원들도 그 사람들이던데."

나는 아무 말도 할 수가 없었다.

"너는 몰라?"

나는 역시 대답할 수가 없었다.

"그 놈들, 참 나쁜 놈 들이구만"

그가 전화를 끊었다.

어릴 때 어머니가 일러주시던 말씀이 떠올랐다.

개는 사흘을 먹이면 3년 공을 하고 고양이는 3년을 먹여도 사흘 공을 못한다.

머리 검은 짐승은 10년 공을 들여도 등에 비수를 꽂는다.

머리 검은 짐승이란 인간을 이름이다.

그러고 보니 그의 머리는 유난히 검다.

날카로운 칼이 아니어도 이토록 가슴이 쓰리게 했으니 비수를 꽂은 거나 다름없다.

김유조

건국대학교 명예교수 (부총장 역임)
미국 소설학회 고문(전 회장)
세계한인작가연합 공동대표
2008 <문학의식> 문학평론부문 신인상 등단
2009 <문학 마을> 올해의 작가상(소설) 수상
2009 <문학 서초> 소설 대상 수상
한국 문인협회 회원, 펜클럽 회원

책들의 고향

"부활절 아침에 좋은 소식을 전해 드리게 되어서 기쁩니다."

대전의 어느 교회 앞뜰에서 국립 "한밭 대학교" 도서관장이 같은 대학의 지리학 전공 교수 양한철 박사에게 웃음을 가득 담고 다가갔다.

"엊저녁 늦게 위원회에서 통과 되어 전화도 못 드리고 이리로 왔습니다."

"아, 제 도서들이 영구 소장 문고로 선정 되었군요?"

"네, 당연한 결과입니다만 일단 공식적인 과정도 다 마친 셈입니다."

"감사합니다."

"감사라니요 선생님, 저희가 영광이지요."

두 사람은 한밭 대학교의 동료 교수이자 같은 교회를 다니는 사이였다.

금년도 1학기 말에 정년퇴임을 하는 양한철 교수의 약 5000권에 달하는 책이 마침내 그가 오래 봉직했던 대학교 중앙 도서관에 "영구 보존 도서"로 선정이 된 것이었다. 책을 기증하면 도서관이 황송해 하던 시절은 오래 전에 지났다. 대부분의 대학에서는 기증 도서를 공간 문제와 보존 가치의 급속한 변화라는 시대적 추이에 따라서 대략 사절하는 형편이 되었다.

더구나 대학 도서관의 속성이 전자 도서관으로 개편되면서 활자 도서에 대한 가치는 급락하였다.

다만 공간 사정이 아직은 좋은 몇 몇 지방 국립대학만이 희귀 도서를 확보하는 차원에서 까다로운 조건을 달아 기증자의 이름이 걸린 영구 보존 문고라는 코너를 열어두고 있었다. 그러므로 전국적으로 유명세를 타거나 학계에서 상당한 업적이 있는 모교 출신 교수의 경우, 귀중본 도서를 포함하여 2500권 이상을 기증하면 심의를 거친 연후에 말하자면 "명예의 전당"을 허락하는 세태가 된 것이다. 이제 기증도 경쟁이 되는 시대가 되었다.

"여보, 내 책들은 마침내 다시 살아났네. 내 마음의 고향이 생겼어."

부활절 대예배를 마치고 화장실에 들렀다 나오는 아내에게 양 교수는 조금 들뜬 목소리로 방금 도서관장에게서 들은 기쁜 소식을 전했다.

"내 책들은-이라고 하시니 조금 듣기 거북하네요. 몇 년 전에 제 책들은 다 잿더미가 된 사정이 다시 생각나요."

초등학교에서 교장 직 까지 거치고 몇 년 전 명예퇴직을 한 이옥분 선생은 남편의 들뜬 표정이 고깝다는 듯이 토씨를 문제 삼아 조금 볼멘 반응을 보냈다. 등단 시인이기도 한 그녀는 초등학교 교장까지 오르면서 모은 교육학 관련의 서적은 물론이거니와 아동 문학 서적, 수많은 시집, 그리고 특별히 여명기의 문학잡지 및 해방 후에 우후죽순으로 나온 문예지의 창간호등을 평생 정성을 다하여 모아온 바 있었다. 교장 직이 단임으로 끝나자 그녀는 곧 명예퇴직을 신청하면서 이 책들의 처리에 고심하게 되었다. 집이 좁아서 학교를 옮길 때마다 상당한 분량은 학교 캐비닛을 쓰느라 밖으로 끌고 다닌 탓도 있었지만 이제 명퇴를 하고 칩거하게 된 마당에 다시 그 책들을 집으로 끌고 들어오기 보다는 어떻게든지 집안에 있는 그녀의 다른 책들과 함께 명예롭게 처리하고 싶은 소망이 굴뚝처럼 생긴 것이었다.

자식이라고는 하나 밖에 없는 딸이 남편 따라 캐나다로 이민을 가버리기도 했지만 사사로이 그 보물을 처리할 생각은 애초에 없었다. 평소 자신의 장서들이 보물의 가치가 있다는 신념에 가득한 그녀는 이 보물들이 어떻게 이 나라, 이 민족에게 진정한 보물로서 영원히 쓰여 질 것인가를 노심초사하며 밤잠을 설친 적이 한 두 번이 아니었다.

그녀의 첫 번째 희망은 이 책들을 예컨대 국립 중앙 박물관 같은 기관으로 기증하는 것이었다. 그러나 현실은 야박하여서 그녀가 주장하는 보물 중에서도 극히 일부만이 희귀본의 자격으로 국립 도서관 행이 가능하고 평생을 그녀와 함께한 그 나머지 책들은 그녀의 희망과는 달리 쓰레기장으로 가는 수밖에 달리 도리가 없다는 통보에 그녀는 비탄에 잠기었다.

예산이 좀 있다는 사설 박물관 겸 도서관도 사정은 더 야박하였고 일부 호사가들이 매입을 제안하는 경우에도 그녀가 소유한 나머지 책 전부의 운명은 역시 마찬가지였다. 일천권의 보물을 진정한 보물로 여기고 살아온 그녀는 자신의 분신 같은 책들이 이렇게 흩어지고 그나마 대부분은 멸실될 바에야 자신이 명예 퇴직하던 바로 그 초등학교에 모두 함께 기증해버릴 결심을 하였다.

마침 초등학교 취학 아동들이 점점 줄어들어서 그 빈 교실들을 생활 박물관으로 꾸미겠다는 후임 교장의 뜻은 고귀하였고 또 천재일우의 기회 같기도 하였다. 기증자의 이름 석자를 살려주는 것은 당연한 기본 방침이었다. 그러나 가치의 기준 차이가 신구 교장 사이에는 엄연히 존재하였다. 신임 교장은 시골의 맷돌과 옹기와 다 삭아빠진 농기구와 베적삼은 만고의 보물로 여겼지만 전임 교장의 손때가 묻은 낡은 책 나부랭이를 모조리 받아서 그리 넓지도 않은 공간에 영원히 보존해 줄 생각은 추호도 없었다.

언성까지 높이며 싸움을 하다가 그녀는 일천권의 책을 신고 그때 마침 사들인 시골집으로 갔다. 퇴직금 거의 전부와 저축을 저며 내어서 그때 유행처럼 번진 농가주택을 장만한 것이 있었다.

"그 많은 책들을 작은 농가주택 어디에 쌓아놓을 셈이요? 뒷간 창고에 넣어두었다가는 금방 거미줄 신세에 습기로 썩어버릴 것이고 곤충과 쥐새끼 떼들이 집단으로 서식 할 텐데-. 일부 희귀 도서만 국립 도서관에 기증하고 나머지는 버립시다."

남편인 양 박사의 지혜로운 제안도 격앙된 그녀의 감정을 잠재울 수는 없었다.

"걱정 마세요. 전부 다 불태워버릴 거예요. 보물을 몰라주는 이놈의 세상에 이런 걸 남기거나 넘겨줄 생각은 조금도 없어요."

그녀는 농가주택을 개조하면서 서둘러 멋있는 벽난로를 만들었다. 아니 멋있다는 것은 이옥분 선생만의 자평이었고 사실은 매우 투박한 모양새였다. 이미 만들어진 벽난로를 사다가 설치한 게 아니고 그녀가 사람을 불러서 가까스로 벽난로처럼 만든 것이었다. 시골에 사람이 없어서 예전에 흙일 하던 늙은이를 불러다가 겨우 어떻게 만든 얼개 위에 양 박사가 주말이면 강돌을 주워 다 벽난로의 겉을 치장하여서 그럭저럭 모양이 나온 꼴이었다.

그해 겨울이 때맞추어 추웠다. 맨 처음 책을 찢어서 불을 지핀 저녁의 분위기는 정말 극적이었다. 말하자면 점화 의식이 불붙은 겨울 저녁인 셈이었다. 밖에는 마침 눈이 내리고 있었다. 두 사람은 대전 시내의 아파트에서 오래 쓰던 고물 전축을 농가주택으로 끌고 와서 이제는 디지털 시대라 버려질 운명의 LP 판을 걸고 푸치니 작, 라보엠 중에서 "그대의 찬 손"을 최고 음량으로 틀었다.

추운 겨울 날, 돈이 없어서 악보를 태우며 추위를 견디는 바로 그 장면이었다. 유럽 오페라 사, 불후의 아리아 중에서 이날 선정된 입주 축하곡은 눈 내리는 시골 전원의 산천초목 사이로 울려 퍼졌는데 분위기는 매우 청승스러웠다. 생각해 보면 부부라고 한들 항상 좋은 날만 있었겠는가. 아니 닳아지는 살들을 맞대고 지내는 생애의 대부분은 오히려 피곤과 권태의 나날이 더 많을 수도 있어서 오죽하면 전생의 원수라는 말이 횡행하랴.

하지만 이 날 저녁만은 원수대적들도 화해의 자세로 눈을 지그시 감고 그 애절한 아리아에 귀를 기우리기도 하였고 몸이 선득하게 추워오는 기미가 느껴지면 얼른 눈을 떠, 지천으로 쌓인 시집을 태우고 또 태웠다. 그러는 도중, 밖에서 웅성거리는 소리가 들렸다. 시골 동네 사람들이었다. 두 사람만의 오붓한 축하 잔치에 불청의 하객들이 떡이라도 해왔단 말인가.

부부가 밖으로 나와서 불청객들의 시선과 합일하여 지붕을 쳐다보다가 그만 기절초풍을 할 번했다. 시뻘건 불꽃이 엉성한 이엉 위의 조잡한 굴뚝으로 힘차게 솟아오르는 것이 아닌가. 더욱이 다 타지 못한 불티들은 온 동네를 날아다니며 대화재의 위험을 시시각각 불러일으켰고 그 불꽃 아래에서 시커먼 그름은 흰 눈이 쌓인 동네 지붕과 마당을 수묵담채로 물들이고 있었다.

그날 저녁 사건 이후로 벽난로는 투박한 장식물로서만 그 역할을 다 하였으나 화가 더욱 치민 이옥분 선생은 아름다운 시집과 동화책은 물론이고 곰팡내 나는 문예지 창간호 보물들도 모두 구들 목을 데우는 군불로 지피면서 그해 겨울을 더운 열기 속에서 지냈다. 농가주택이라서 마침 바닥에는 온돌이 깔려 있었고 아궁이도 쓸 만하게 구멍이 뚫어져 있어서 가치가 대중도 없는 다양한 책들을 하여간 날름날름 받아먹었기 때문이었다.

부활절 예배 후에는 친교의 시간이 지하 홀에서 있었으나 두 사람은 시골집으로 내려갈 겸해서 그냥 주차장 쪽으로 한참을 걸어갔는데 이옥분 선생이 이윽고 입을 열었다.

"여보, 아까는 미안했어요. 당신이 내 책은 다시 살아났다고 해서 여러 가지 지나간 생각이 났거든요. 하여간 참 잘되었어요. 축하드려요."

"아니야, 내가 당신 감정을 살피지 못하고 너무 들떴지. 어쨌거나 부활절 선물로는 최고인가 하네."

정년을 목전에 두고 사실 양 교수는 최근 매우 힘든 나날들을 보내고 있었다. 물론 가까운 친구들은 모두 IMF 이래로 명퇴다 뭐다해서 벌써 백수가 된지 10년에 가까운 경우들도 많았지만 정년이라는 것이 이렇게 심리적 타격을 준다는 것을 예전에는 미처 몰랐던 것이다.

"여보, 재미있는 이야기나 해요. 며칠 전에 당신이 서가에 있는 책들 중에서 두껍고 커버 케이스가 있는 것들은 은근슬쩍 빼들고서 흔들어 보던데 비자금 감추어 둔 데를 잊어버린 것이지요? 호호호."

그러고 보니 이옥분 선생이 아까 과민 반응을 보인 원인이 복합적이었나, 양 교수의 생각이었다.

"아니 무슨 소리야! 억울하게! 지금 이 전자 시대에 누가 그런 식으로 낭만적 비자금 창고를 운영할까. 하하하!"

양 교수의 반응이 조금 컸고 또 방법론을 거론하는 걸로 보아서는 그런 혐의로 부터 완전히 자유로울 수만은 없는 모양 같았다.

"나도 한마디 합시다. 당신이 시집을 태울 때는 당신을 짝사랑하던 이 선생의 러브 레터가 불쑥 튀어 나왔잖아."

공격이 최상의 방어라던가. 양 교수가 지나간 에피소드를 무기로 삼아 방어선을 구축하였다.

"그거야 당신이 그때 콜롬보 계획으로 뉴질랜드에 가서 일년을 계시면서 어술라라던가 독일계 연구원과 연애를 한다는 소문이 있고부터 나도 절망 속에서 위안을 찾았지요, 뭐. 시인인 이민형 선생이 참으로 신사였어요. 지금 당신이 없었던 그 때를 생각하면 아찔하네요. 다 당신 책임이에요!"

양 교수 부부와 이 선생은 모두 공주 사범학교 출신이었다. 그때는 고등학교 과정인 사범학교만 나오면 국민 학교, 지금의 초등학교 교사로 발령을 받았다. 어려운 시절이어서 머리 좋은 중학생들이 선망하던 과정이었다. 세 사람은 모두 초등학교 교사를 하면서 대전에서 야간 대학을 나왔고 양 교수는 아내인 이옥분 선생의 헌신적 노력으로 일본 유학을 가서 지리학으로 박사 학위를 하고 돌아왔다.

이민형 선생은 두 사람이 사랑하고 결혼하는 모습을 보다가 파라과이로 이민을 갔는데 그 후 소식은 끊어졌다. 동기회 명부에서도 항상 주소 불명이었다.

"어슬라 하고는 정말 완전히 끝이 난 거지요?"

이옥분 교장이 꺼진 불도 다시 보자는 듯 그를 빤히 보며 물었다.

"그게 벌써 한 세대 전의 일이잖소. 그때만 해도 뉴질랜드를 "신서란"이라고 불러도 이상하지 않던 시절이오."

양한철 교수는 속으로 찔끔했으나 태연하게 아내의 힐문성 질문에 대답을 하였다. 사실 어슬라와는 뉴질랜드에서 헤어지고 귀국한 이래로 두어 차례 편지가 교환되다가 끊어지고 말았다.

"아, 아니구나. 편지만 온 게 아니었어. 나중 어느 날인가 사진이 왔었지. 금발 소녀의 사진이!"

양 교수는 크게 소리를 지를 번 하다가 입을 닫았다. 아내가 옆에 있고 없고 간에 그런 말은 결코 입 밖에 낼 일이 아니었다. 그는 마음속으로 소근 거렸다.

"그래, 그래. 처음에는 편지가 조금 오가다가 끊어졌어. 그런데 몇 해만이던가, 그래, 사진이 왔었지, 금발 소녀의-."

그는 남들이 보기에는 화려하게도 국토지리원의 책임자도 지냈고 지리학회의 회장도 역임하면서 학자의 길을 순탄하게 지내왔지만 내면적으로는 뉴질랜드에서의 일을 기억에서 소멸시키느라 힘들게 한 세대를 살아왔다. 그런데 이제 공직을 떠나는 시점에서 다른 일도 아니고 영구 보존 장서의 문제가 나오면서 그렇게 오래토록 망각의 창고에 가두어 놓고자 빗장을 채워 놓았던 일들이 그동안의 노력에 대한 보람도 없이 한순간에 그의 의식계로 떠올라 버린 것이었다.

그가 그때의 일을 죽어라고 잊으려 하며 살아 온 것은 무슨 공직자의 몸조심 같은 저차원의 발상이 아니었다. 그리고 어술라라는 여인에 대한 평가가 "버린 여인"이니 "잊어진 여인"이니 하는 식의 맥락이라면 더더구나 천부당만부당의 말씀이었다.

그는 갑자기 그 때의 일이 자신의 의식 계를 지배하기 시작하자 참으로 오랜만에 당시의 정황과 그 때 이미 정리해 놓았던 논리를 반추해 보았다. 잊기로 해서 그랬지 망각이라는 보자기를 걷어치우자 차곡차곡 정리해 놓았던 당시의 인과율과 논리의 틀은 금방 다시 정연하게 머릿속에 제기되는 터였다. 따지고 보면 사실 아내와 이민형 시인이 가깝게 지낸 전말도 아내의 말과는 달리 본말이 전도되어 있었음을 양 교수는 연대와 시기별로도 환히 꿸 수 있었다.

예나 지금이나 그의 아내는 일의 선후를 남편의 탓으로 돌리고 있지만 사실은 그녀가 이민형 시인에게 먼저 접근을 하였으며 두 사람이 한동안이나마 가깝게 지낸 그 기간 동안에도 항상 아내가 주도적이었음을 그는 잘 알고 있었다.

그녀가 "시문학"이라는 잡지를 통하여 시인으로 등단하던 전후의 사정이 좁은 바닥에서 양 교수의 오관에 잡히지 않을 수 없었던 것이다. 아내는 남편이 일본 유학을 하던 때만 하여도 교사직이 천직인양 열심히 가르치는 일에만 전념하면서 그의 뒷바라지를 하였다. 그도 물론 학비와 생활비의 거의 전부를 일본 문부성 장학금으로 충당하면서 그녀의 노력에 보답하였다. 그가 유학을 마치고 모교에 자리를 잡을 때쯤에야 겨우 정신을 차려서 주변을 둘러보니 아내는 어느새 등단 시인이 되어있었다.

"당신만 발전을 하는데-. 나도 문학소녀의 꿈을 한번 실현하고자 안달하였지요, 뭐-."

그녀가 신인상 수상으로 등단을 하게 된 문예지, "시문학"의 편집 자문위원이 사범학교 때부터 세 사람이 친하게 지낸 바로 그 이민형 선생이었다. 그는 실력과 문운이 모두 좋아서 이미 중견 시인으로 경향의 문단에 이름을 떨치고 있었다.

하지만 이옥분 시인은 문운이 그리 밝지 못하였다. 신인상을 받고 한참 작품 활동에 몰두해야할 즈음에 아이를 가졌고 이어서 출산과 양육의 힘든 일이 그녀를 내리눌렀다. 그러나 그런 일련의 과정이 그녀와 이민형 시인의 관계를 적절하게 조절하였고 또한 그녀의 작품 활동이 변변치 못한 데에 큰 변명이 되는 측면도 있었다.

그런 건 다행이었다. 물론 두 사람의 거리 조정에는 이민형 시인의 인품도 크게 작용하였을 것이다. 세 사람의 관계가 복잡하게 전개되고 있을 때에 양 교수는 콜롬보 계획을 지망하였다. 유엔 기금으로 뉴질랜드에서 연구 년을 지낼 수 있는 기회가 온 것이었다. 여러 가지 점을 감안해서 그는 아내와 함께 한국을 떠나있을 생각을 했는데, 그녀는 함께 가지 않았다.

공립학교에서의 휴직의 어려움이 있었고 또한 승진 연수의 기회가 왔는데 버릴 수가 없다는 아내의 말을 그는 핑계로 여겼으나 꼭 그런 것만은 아닌 듯도 하였다. 그의 아내는 두 번의 방학 동안에도 뉴질랜드로 짧게 한번 밖에 찾아오지 못하였다. 방학 중의 연수 탓이라고 하였다.

그 동안에 그녀와 이민형 선생은 공동으로 시집을 출판하였다. 장정이 아름다웠으나 내용은 투박하였다. 특히 이민형 시인과 이옥분 시인의 시적 수준 차이가 너무나 큰 괴리를 이루어서 전체적 조화에도 문제가 있었다. 어쨌든 이 시집의 재고들도 농가 주택에서 모두 불태워졌는데 그 책 중의 하나에서 이민형 시인의 연서 비슷한 게 튀어나오기도 한 것이다. 그걸 "연서"라고 맨 처음 우긴 것은 이옥분 선생이었고 양 교수도 마침내는 동의를 해 주었는데 내용은 보잘 것이 없었다.

서정도 낭만도 결여된 러브 레터 속에 이민형 시인은 뚱딴지 같이 두 사람 사이의 감미로웠던 키스의 추억과 상상력이 요구되는 문장을 삽입하여 두었다. 그는 우정과 인품의 화신으로 부부 사이에 군림해왔는데, 나이가 들면서 무언가 쫓기는 모습을 보이기 시작한 것이다.

뉴질랜드의 연구소 연구실과 독신자 숙소의 바로 옆방에 어술라가 배정되어 들어온 것은 풍수지리상의 숙명이었다. 그녀가 그의 옆으로 그렇게 오지 않았더라면 영어에도 서툴고 또 서구 문화에 그때만 해도 생소한 편이었던 그가 그녀와 인사말이나마 제대로 나누었을는지는 심히 의문스러웠다.

그런데 무슨 천지간의 조화인지 풍수지리상의 "근린 필통近隣必通"의 원리에 따라 두 사람은 이웃사촌의 정분에서 시작하여 마침내 몸이 통하는 경지에까지 이르고 말았다. 어술라는 인문 지리학을 전공한 독신녀로서, 학문적으로는 도시의 형성과 구조에 관한 빼어난 분석력과 직관을 갖고 있었는데 조금 지내고 보니 심한 우울증을 겪고 있었다. 북반구에서 태어나고 살다가 지구의 정 반대편으로 날라 와서 우울증을 겪지 않을자가 어디 있으랴-,

양한철도 두고 온 만삭의 아내를 생각하며 절박한 척 부르짖었으나 사실은 여유가 있어도 한참 있는 소리였고 어술라야 말로 정말 절박한 심인성 자폐증을 앓고 있었다. 어술라의 부모와 가족들은 모두 2차 대전의 말기에 있었던 연합군 공군의 드레스덴 폭격으로 몰사를 했다.

드레스덴이 종전 후에 동독에 속하여서 서방 세계에 그 참화가 제대로 전달되지 못한 점이 많았지만 아무리 전쟁 중이라고 하였지만 그 공습사건은 참혹, 그 자체였다. 전투원들이 모두 전선으로 나가있는 사이에 후방에 있는 노인들과 비전투원인 여인들, 어린이들을 모두 합하여서 20만 명 이상이 하루 저녁의 연합군 공습으로 모두 불타죽은 참화가 바로 드레스덴 공습 사건이었다.

당시 어술라는 아직 강보에 쌓인 유아였는데 나이든 할아버지와 할머니, 전장에서 불구가 되어 돌아온 아버지와 간호사로 병원 근무를 하는 어머니 등과 함께 드레스덴에서 살았다.

그런데 그날, 공습이 시작되기 전날 밤에 이모가 갑자기 찾아와서 그녀만 빼앗다 시피 안고서 이웃 동네로 미리 피신을 하는 통에 두 사람만 겨우 살아남았다.

영국과 미국 공군의 폭격은 사흘 밤낮에 이르렀다. 전쟁이 끝나고 이모는 어술라를 데리고 캐나다로 이주하였다. 어술라는 캐나디언이 되었고 그 덕분에 콜롬보 계획에도 참여할 수 있게 되었다.

"이모, 왜 나만 갑자기 데리고 피신을 했어요?"

이런 질문을 그녀는 이모가 임파선 암으로 중년의 나이에 죽기 전까지 끊임없이 제기하였다.

"무슨 신비한 계시 같은 것이 그 전 날 밤 꿈에 내 마음을 훑어지나갔어. 그 길로 너를 데리고 이웃 동네 들판으로 내 달렸지."

이모의 답변이 거짓인 줄을 알면서도 어술라는 그 말을 자꾸만 듣고 싶어 했다. 혼자 살아남은 데 대한 죄책감 같은 것을 이모의 그 거짓말로 때우고 싶었다는 것이다. 죄책감이란 것도 말이 되지 않았고 속죄라니 터무니없는 생각이었으나 그녀의 심리상태가 그러하였다.

이모는 2차 대전 당시 미국의 스파이 노릇을 하여서 공습 정보를 미리 알고 있었지만 나중의 활동을 위하여 가족 모두를 표 나게 피신시킬 수는 없었다는 고백을 임종 때에 했는데, 어술라는 이모의 그 유언이 도리어 거짓말처럼 들렸다고 한다.

혼자가 된 어술라는 이모가 살아생전에 거짓 반, 진실 반으로 자주 되뇌던 그 신비한 감정, 비의秘意에 가득한 느낌을 유산처럼 마음에 간직하여 살면서 여러 가지 밀교에 심취하였고 깊은 연구도 하였다. 특별히 그녀는 아프리카의 부두Voodoo교 의식, 뉴질랜드의 마오리 족이나 호주의 애보리진Aborigin 흑인 종족들의 원시 종교를 연구 프로젝트로 내세워서 콜롬보 계획에도 참여할 수 있었다. 캐나다는 원래 이 계획의 시혜국가였고 수혜국은 남아시아와 동아시아 국가였지만 그녀는 특이한 연구 주제로 인하여 다국적 연구 팀의 일원이 될 수 있었던 것이다.

혼자 사는 삼십대 중반의 두 연구원은 정말 "근린필통"의 원리가 아니더라도 급속히 가까워졌다. 그들은 특별히 바다낚시를 좋아하였다. 그녀와 자주 다닌 바다낚시에서 그는 낚시의 손 맛 논쟁을 몇 차례 한 적도 있었다. 그는 릴낚싯대에 붙은 줄을 바다에 던져 넣고는 이 줄을 통하여 작은 손맛이라도 감지되면 무조건 낚싯대를 위쪽으로 확 쳐들어 올렸다가 그대로 힘껏 끌어당긴다고 하였다.

하지만 그녀는 작은 손맛은 무시하고 계속 기다리고 있다가 큰 손맛이 오면 그제야 좌우측 어느 한쪽으로 순간적인 배팅을 하여 그 방향으로 원을 그리며 돌려서 비스듬히 당겨낸다고 하였다. 그런 방식으로 당기기를 하는 경우 입질한 물고기 중의 절반은 놓치지만 그건 모두 잔챙이에 불과하고 큰 물고기만 건져 올리게 되는데, 절반을 놓치면서도 고독하게 또 초조하게 기다렸다가 마침내 대어를 잡아 올릴 때의 손맛은 겪어 본 사람이 아니면 모른다는 것이었다.

그녀는 항상 강조하였다. 작은 손맛에는 스케일이 작은 물고기, 약삭빠른 물고기, 비겁한 물고기들이 덤비는 꼴들이라서 상종할 필요가 없다는 것이었다. 그러므로 큰 손 맛의

끝자락이야말로 스케일이 크거나 용감한 녀석들과 한 판 승부를 거는 공간이라고 하였다. 그녀는 말하자면 평생에 대어를 한마리만 낚으면 나머지여생은 포기하고 살 수 있는 그런 스타일이었다. 일종의 기인이었다.

그가 그해 일 년 간 마침내 사랑의 이야기를 일상 가운데에서 실천적으로 행하게 된 데에는 외로움과 우울증이 최대의 매개 변수로 작용한 탓이 있었겠지만 그녀의 그런 성격도 거대 서사 담론의 역할을 하였다. 두 사람의 사랑을 건축 구조물에 빗대자면 그녀의 그런 성격은 대들보이자 또한 마감재였을 것이다. 그도 물론 주춧돌을 놓기는 하였다. 그는 한국 전란 후에 씨가 말라버려서 몇 명 남아있지 않던 풍수의 아들이었다. 이름을 별로 팔고 다니지 않던 풍수를 아비로 둔 죄로 그의 집안은 가난했고 그나마 가장은 모습도 잘 나타내지 않았다. 맨 날 산야로 돌아다니느라고 집으로 들어오지 않는 날이 더 많았기 때문이었다.

그러다가 아들이 초등학교 교사로 발령을 받던 해에 그 아비는 객사를 하고 말았다. 아들인 양한철이 타지의 여관에서 작고한 아버지로부터 수습한 것이라고는 패철, 혹은 나경이라고 하는, 지남철이 달린 방위 놓는 도구와 몇 권의 기서奇書와 비서秘書가 전부였다. 그 책들은 모두 한자로 쓰여져 있었고 때로 이상한 문자, 혹은 기호들이 가득하여서 전혀 요령부득이었으나 그는 작고한 아버지의 몸에 손을 댄 그 순간에 강신降神의 기氣를 받아서 이후 풍수 관련이라면 자신도 조금은 도가 통했다고 한동안 뻥을 치고 다녔다. 그가 그런 사기성이 있는 사람은 아니었다. 다만 아무런 흔적도 남기지 못하고 작고한 아버지의 생애가 너무나 억울하고 애통하게 느껴졌기 때문이었다.

그는 초등학교 교사를 하면서 야간대학에서 토목과를 다녔는데 지리학도 부전공으로 하였고 일본 문부성 장학생 시험에 합격하여 교도 대학으로 유학을 가서는 자연지리를 전공하였다. 그때도 풍수지리학에 대한 그의 관심은 컸고 일본의 풍수관련 기서奇書들도 다수 입수하여서 그는 그 방면의 권위자를 자처하였으나 예전처럼 뻥이라고 대드는 사람은 하나도 없었다.

그가 접신接神의 체험을 강조하며 풍수지리를 내세우는 사실이 한동안 종교적으로나 국립대학 교수로서의 체통에 일부 저촉되는 부분도 없지 않았지만 그가 워낙 과학적 체계를 내세우면서 미신이나 기복 신앙적인 측면을 공격하였기에 어려운 국면은 다 피해나갔다. 그는 도시 계획이나 산업입지, 공업단지 심의 등과 같은 정부 발주의 프로젝트에도 관여하여 돈도 좀 벌었는데 이런 일들은 물론 나중에 얻은 과실이었다.

어술라와 연결이 끊어진 원인이니 책임이니 하는 걸 따지자면 조금 복잡한 궤적이 전제되었다. 사실 일 년은 짧았다. 그것도 처음 얼마간의 탐색 과정이랄까 그런 시간을 빼고 보니 더욱 그러하였다. 하여간 그가 귀국할 때 쯤, 어술라는 연구 기간 연장이 받아들여져서 뉴질랜드의 수도 웰링턴에 그대로 남아 있게 되었다. 헤어지는 날짜가 꼬박 꼬박 닥아올 때쯤이 되자 어술라는 두 가지 반응을 보였다.

잠자리에서는 치열하였다가 연구소에서는 양 교수에 대한 무표정이 그것이었다. 하긴 양 교수의 초조해진 일상에도 그와 비슷한 데가 없지는 않았으나 그녀의 태도는 너무나도 심한 양극단을 공유하고 있었다. 아무 대책도 없이 헤어지는 날은 닥쳐와서 그는 출국 게이트를 빠져나왔고 그녀는 연구소를 대표하여 공항까지 나와서 손을 흔들어주었다. 귀국 후에 그는 몇차례 부지런히 편지를 띄었으나 답신은 없었다.

강의 준비와 끊어졌던 한국에서의 사회생활을 복원하기가 그리 쉽고 한가롭지는 않았으나 그는 정말 열심히 편지를 썼다. 불임의 공포까지 겪은 끝에 아내는 그가 출국하기 전에 이미 만삭이었는데 이제는 공주를 출산하여서 전에 없이 집안에 화기를 불어넣어 주었다. 그런 가운데에도 그가 어술라에게 열심히 편지를 쓴 것은 아직도 덜 연소된 미해결의 사랑 때문이라기 보다는, 자신이 비겁한 자가 아니라는 것을 그녀와 자기 자신에게 끊임없이 선언하겠다는 욕구 때문이었는지도 몰랐다. 더욱이 그녀는 세상을 용기와 비겁이라는 이항대립으로 파악하고 있지 않던 가-.

그러나 답신은 종내 없었고 마침내 그의 편지는 반신이 되었다. 안타까움 반, 안도하는 마음 반쯤이 되면서 그도 편지 쓰기를 마쳤다. 아니, 그냥 그만 둔 것은 아니었다. 여러 가지 위험을 감수하면서도 그는 연구소에 그녀의 행방을 문의하는 절차까지 밟았다. 공식적인 답은 연구소와의 계약이 끝나서 캐나다로 돌아갔으며 우편서신에 관한 포워딩forwarding은 사절하였다는 것이었다. 그게 끝이었다.

아니, 그렇지만은 않았다. 여러 해가 지난 후에 그 금발의 소녀 사진이 날아왔다. 봉투에 발신인은 없었으나 주소는 캐나다에서 개인이 개설한 CPO로 되어있었다. 내용물이라고는 달랑 금발 소녀의 사진뿐이었다. 편지는커녕 사진에 짧은 캡션도 붙이지 않았다. 양 교수는 왜 그랬는지 가슴이 철렁하였다. 헤어지던 해에 아기가 태어났다면 그만할 정도의 인물상이었다.

그는 답신을 내지 않았다. 그녀가 바다낚시 때의 습성대로 릴을 금방 감지 않고 더 큰 손 맛을 기다리고 있는지, 아니면 전혀 의도치 않다가 어떤 변화가 생겨서 그에게 사진을 보냈는지 그는 짐작이 가지 않았다. 하지만 지금은 자신의 인생에서 가만히 있어야 할 때라는 생각이 들었다. 그 사진이 오기 얼마 전에는 친구이자 시인인 이민형 선생이 그와 아내인 이옥분 선생에게 적지 않은 상처를 입히고는 파라과이로 이민을 떠나버린 일도 있었다. 떠나기 며칠 전, 술이 과해서 그랬는지 아니 작심하고 술을 많이 마셨는지 그는 자정 무렵 양교수 집을 찾아와서 야료를 조금 부렸다. "치사해서 못살겠어. 이 나라 꼴도 그렇지만 두 사람이 깨쏟아지게 사는 꼴이 더 심사를 사납게 해. 그런 마음을 먹게 되는 내가 또 더 치사하게 느껴지고-."

이옥분 선생의 얼굴이 새하얗게 변하였다. 양 교수는 그녀의 얼굴에서 그렇게 낙담하는 표정을 그 이전에도 또 그 이후에도 본적이 없었다. 교수인 남편의 안락한 그늘 아래에서, 또 이름난 시인 한 사람을 문학적 동반자랄까, 친구이자 동지로 파악하면서 아무 일도 없이 살아온 그녀의 인생이 사실은 언제라도 무너질 가교에 불과 했구나-, 그런 성찰이 하얗게 질린 그녀에게 밀어닥친 모양이었다.

그는 떠나갔고 소식이 끊어졌으며 그 얼마 후에 양 교수는 그 금발 소녀의 사진을 받은 것이었다. 그는 이 복잡한 시련 속에서 침묵이 당연하다는 듯이 아무런 행동도 취하지 않았으나 소녀의 사진만은 고이 책갈피에 넣어두었다. 어떤 책을 고를까 하다가 그는 박사 과정 때의 일본인 지도교수가 물려준 책 속에 그 사진을 넣어두었다. 그 지도교수는 또 자기의 지도교수로 부터 그 책을 받아서 보관해 오다가 양 교수에게 물려주었으니 학문 3대의 손때가 거기 묻어있는 셈이었다.

"여보, 책에 얽힌 이야기가 참 많지요-?"

"어? 응, 그렇지, 뭐-."

그는 주차장에서 차를 빼내어 차에 시동을 걸다가 아내의 말을 듣고 얼떨결에 조금 막연한 답변을 했다. 아내와 말없이 걸어오면서 과거의 회상이 너무 깊었나 보았다.

"책이 곧 당신 학교 도서관으로 시집을 가네요. 무슨 비자금 같은걸 넣어둔 책은 정말 따로 없어요?"

"그런 게 어디 있어. 당신처럼 러브 레터나 책갈피에 넣어두었다가 그게 연서라고 황홀해 하는 그런 건 없어요."

"여보, 좀 진정하세요. 지금 당신과 무얼 다투자고 이러는 건 아니에요. 즐거운 이야기해요. 생각해 보면 우리가 다닌 야간 대학이 국립 한밭 대학에 흡수된 건 참 다행이었네요. 그래서 당신 책도 모교가 된 국립대학에서 영구 소장 기회까지 얻게 되었고요."

"서정시를 쓰시는 시인께서 세상 물정을 어찌 그리 공리적으로만 보시오, 하하하. 하긴 그래요. 5.16 군사정부의 공과가 두루 많았지만 당시 대학 통폐합은 잘한 것이었지. 나중에는 결국 다 풀어졌지만-."

"정말 비자금 감추어둔 거 없어요?"

"없다니깐-, 그리고 있어도 그런 걸로 당신에게 꿀리지는 않아요."

"그럼 꿀리는 게 따로 있군요-?"

"당신부터 내게 고백 성사하시오. 그럼 나도 다 털어 놓을 테니-."

애초에 그런 말을 할 생각은 전혀 없었는데 책 이야기가 그의 잊고자 했던 과거를 이끌고 나오면서 이상한 방향으로 이야기가 그의 입술을 타고 술술 흘러나왔다. 하긴 그동안 참아왔던 자신의 이야기, 그리고 그가 들어온 아내에 관한 좁은 바닥의 소문들이 그동안 조금씩 발효해 오다가 이제는 더 견디지 못하겠다는 듯이 그의 의식 속에서 살아 움직이기 시작하는 듯도 하였다.

이옥분 선생이 무슨 말을 하려는 듯 바튼 기침을 하였다. 양 교수가 옆으로 힐끗 보니 그녀의 얼굴이 그 예전 어느 때처럼 창백하게 바래어있었다.

"여보, 후회할 일이면 말하지 말아요."

그는 걱정이 되어서 아내를 제지하려고 하였다.

"아녜요. 결정적인 흠이나 고백할 잘못은 저지른 게 없지요. 하지만 조금 마음속에 찝찝하게 걸리는 건 있어요. 이제 와서 털어놓는다고 당신이 날 내쫓을 것도 아니고, 간직하기 보다는 고백하는 게 낫겠어요, 호호호."

그녀가 조금 안색이 돌아오며 웃었다.

"말씀해 보시오. 우리 교장 선생님."

그가 아내에게 말문을 터 주었다.

"제가 당신하고 결혼하기 전에는 솔직히 이민형 선생하고 더 가까웠잖아요. 그분의 시가 정말 좋았어요. 그때 이미 학원이니 학생계니 하는 고등학생 문예지에 그 사람의 시가 장원으로 뽑혀서 활자화 되어 나오고-. 그래서 요즘 말로 하면 이민형 선생은 킹카였고 나는 또 여학생 부장인가를 해서 자연스레 가까웠지요."

"그래, 그래. 당신이 좀 여우라야 말이지. 그때는 이 선생한테 정을 주다가 내가 문부성 장학생이다, 유학이다 뭐다 떠들썩하니까 얼른 내게로 와서 결혼 작전을 폈지-. 내가 실은 다 알았지만 당신이 워낙 미녀, 퀸카라서 그냥 속아준 것이었지."

"남편감으로는 처음부터 당신이 훨씬 더 좋았어요. 솔직히 고백하오니 다른 말씀은 마시옵고 제 이야기나 좀 잘 들어주세요. 저와 이 선생하고는 추억이 많았어요. 아슬아슬한 추억까지 말이지요. 그런 사연을 기분 나쁘실지 모르겠지만 사진으로도 많이 기록해 남겼어요. 그걸 이 선생 시가 나온 학원 잡지 몇 권의 책갈피에 나누어 보관하고 있답니다. 이 선생의 편지도 함께-. 그때는 그 사람이 편지도 참 잘 썼어요. 지난번 불태우다 떨어뜨린 편지는 이 선생이 한참 질투심에 들떠서, 당신을 샘내면서 작위적으로 쓴 것이었지요. 어쩌다가 당신이 보면 약 오르라고 쓴 것이니 이미 순수시대를 지난 다음의 무가치한 것이었어요-."

그녀가 잠시 말을 끊고 그를 쳐 다 보았다.

"용케도 감추어두었다가 적시에 적소에서 들킨 셈이 되었네. 그러고 보면 일부러 떨어뜨렸는지, 원-."

"아이구, 내가 미쳤게요. 하여간 지난번에 보신 그 엉터리 편지하고는 비교할 수도 없이 순정한 편지들을 자작시와 함께 많이 보냈고요, 저는 또 잘 보관해 왔지요. 그게 태우지 않은 학원 잡지 서너 권에 지금 보존되고 있다니까요-. 지금에라도 태울까요?"

"그런 순정한 시절의 기록을 왜 태워-. 내가 젊을 때라면 욱하는 기분으로 찢어버리라고도 했을지 모르겠지만 지금은 인생을 정리할 때가 아니겠소. 간직하시구려. 아, 내가 지금 좋은 생각이 떠올랐어요. 생각들을 조금 정리해 봅시다."

그는 차를 천천히 운전해가며 한참 생각에 잠겼다가 다시 말을 이었다.

"내가 도서관에 보낼 책들 중에는 진짜 보물급들이 꽤 많어-. 특히 고지도들은 값을 매길 수도 없고 역사적 자료로도 대단하지. 그게 책처럼 접어서 보관하게 되어있는 경우가 많아요. 범례라든가 지역별로 상세 지도를 다시 만들어 합 철한 것은 부피만 해도 보통의 책 보다 더 두껍고 아예 표지도 하드 카버로 해 놓았다니까-. 그런가하면 내가 일본 교도 대학에서 박사학위를 할 때에 지도 교수께서 내게 주셨거나, 그 후 그 분이 정년퇴임을 하시면서 물려주신 책들 중에도 진짜 희귀하거나 귀중한 자료들이 많아요. 예컨대 중국 동북지방의 만주국에 관한 연구와 그 강역에 관한 지도를 함께 모아 엮은 책도 인상에 남는데 그가 주장한 현상적 연구에 따르면 만주국은 예전 우리의 고구려 국과 여러모로 꼭 같더라구.

그분이 주신 책에는 그네들 표현대로 조선 근대화 계획에 관한 연구서도 많았지. 부산 지리지라는 건 부산의 개발을 위한 기초 자료로서 항구 조성에 관한 상세 계획서였는데 지도는 모두 컬러로 인쇄했더군. 그런데 그 인쇄 연도가 아주 오래되어서 소화 시대도 아니고 대정 시대의 인쇄물이었는데 통 믿기 어려울 정도로 선명하더라고. 아, 백두산정계비에 관한 연구서적도 있었는데 작가의 주장을 따라가 보니 그 위치가 여러 차례 편의적으로 옮겨진 과정이 명증되었더라고. 청국 관헌이 원래의 위치에서 옮겨버린 것을 일제가 처음에는 도루 원위치 시켰다가 나중에 만주국을 세울 때는 다시 또 만주국에 유리하게 옮겼다는 것을 연구해 놓은 것이었어요. 이 연구서로 그 학자는 나중에 일본에서 큰 고초를 당했다는군-.

내 지도 교수가 또 자신의 지도 교수로 부터 물려받은 오래된 책도 두 권이나 내게 주셨는데 그 중 하나에는 쓰지 않은 단성사 티켓이 두 장 책갈피에 들어있더군. 식민지 경성 제국 대학의 교수를 지낸 분이었던 모양인데 영화 티켓 두 장이 무엇을 뜻하는지는 결국 상상의 세계로 넘어가는 부분이겠지."

양 교수는 시골 국도의 분기점에 있는 붉은 신호등을 받으며 갖고 온 생수로 목을 축였다.

"저런! 예나 지금이나 남자들이란-."

단성사 티켓 이야기가 나오자 이옥분 선생이 조금 발끈하였다.

"글쎄 당신의 상상력의 세계가 고작 발끈하는 수준이니 당신의 의식계도 한심하구려."

"미안해요. 여자란 그렇게 반응해야 정상적이란 소릴 들으니 한번 추임새를 넣은 걸로 여기세요."

"솔직해서 고맙구려, 얼쑤~. 하하하."

양 교수도 가급적이면 분위기를 느긋하게 만들려고 하였다.

"물려받은 두 권 중, 또 한권은요?"

"그건 천문과 풍수지리와 선禪을 다룬 비의에 가득한 책이었어. 그런데 그런 내용도 신비로웠지만 그 책갈피에 옛 우표가 붙은 편지가 봉투째 들어있었는데 내용이 애절한 것이었어. 조선 총독부 관리의 아내로 들어간 제자가 그 책의 저자인 스승과 깊이 사랑을 했는데 이제 그 관리가 경성부에서의 근무를 마치고 도쿄로 돌아가게 되면서 서로 이별을 해야 하는 슬픔과 기약 없는 재회를 다짐하는 그런 내용이었어. 일본말도 그 때 이래로 많이 변천사를 겪었지만 더듬거리며 지금 읽어보아도 가슴이 찡하더군."

"아니, 여보! 학문적 서적이야 당신의 고유한 세계라 치더라도 방금 그런 재미있는 사연이야 제게도 미리 좀 알려주실 수 있었잖아요. 도대체 당신은 나를 제대로 사람대접도 하지 않고 살아오셨어요."

"미안하오. 미안한건 사실이지만 이런 내용을 당신에게 말하기는 싫었지. 당신의 인생에는 항상 이민형 시인이라는 존재가 항상 이보다도 더 깊은 사연으로 인각되어 있을거야-, 그런 오기가 내겐 있었어. 이런 정도의 감성 세계는 막말로 새 발의 피라는 고까운 생각도 들었고, 그리고 또 이제 이 선생이 떠나서 당신 가슴의 풍파도 가라앉은 형편에 또 다시 이런 센티멘털 스토리로 물결을 일으킬 필요가 있을까하는 나 나름의 깊은 분별과 지략도 작용하였다오."

"아이구, 참! 고맙기도 하셔라."

"뿐만 아니라 당신은 일본어를 잘 모르니까 일본어로 된 이 고서적을 내게 필요한 도구로 쓰려는 생각 때문이기도 했소. 그러니까 당신이 관심도 없고 손도 대지 않을 책으로서의 도구로-."

"도구요?"

"그래요. 내가 다 이야기할게. 당신은 이민형 시인이 보낸 만지장서의 연서와 우리 기쁜 젊은 날의 세레나데를 담은 사진까지 간직하고 있지만 나는 당신도 풍문으로 알고 있는 어술라와의 사이에 오간 편지도 한 장 없고 또 몇 장의 기념이 될 사진은 귀국할 때에 모두 버리고 왔지. 그러던 어느 날, 한 참 세월이 흐른 어느 날, 어술라에게서 한통의 편지가 왔는데 내용이라고는 정말 아무 내용도 없이 소녀의 사진 한 장 만 달랑 들어있었다오."

"맙소사! 내용이 없다라구요? 그만한 내용이 세상에 또 어디 있겠어요. 백 마디 말이나 글보다 더한 내용이네요. 지금은 아무 문제도 없어요? 법적인 분쟁 같은 건 없었어요?"

"여보, 아무리 나이가 들어 고목나무가 되었다 칩시다. 문학한다는 여류시인의 반응이 어쩌면 그렇소?"

"당신이야말로 허구 헌 날 현실 세계는 무시하고 살아온 책상물림에 딸깍발이가 아니던가요?

유성구의 새 아파트와 여기 농가주택을 장만한 것도 다 제 현실감각이었어요. 아니, 그 뿐만 아니지요. 일본 유학은 또 어떻게 하셨어요?"

"그래 당신 말이 다 옳아요. 내가 결혼 하나는 참 잘했어. 우리 딸을 캐나다로 조기유학 시킨 것도 다 당신의 아이디어였고 지출도 당신 월급에서 감당하였지."

"너무 비행기 태우지 마세요. 무슨 꿍꿍이가 있는 것 같아서 불안하고 기분이 썩 좋지는 않아요."

"내가 그 소녀의 사진을 그 책갈피에 넣어서 간직해 오고 있다오."

"뭐라구요? 정말 기분 나빠 죽겠어요. 사진은 찢어버리세요. 그리고 그 책은 오늘 저녁에 가서 당장 태워버릴 거예요."

"당신 기분은 이해하겠소. 하지만 그 희귀본 책까지 태워버리겠다는 심사는 너무 고약하네."

"내 심사가 고약하다구요? 아이구, 사람을 돌아버리게 하는군요. 나 여기 내려주세요, 당장!"

"여보, 여기에서 내려드릴 수는 없고 일단 우리 전원주택으로 갑시다. 가서 찢을 건 찢고, 하여간 태워버릴 우선순위나 정합시다. 당신이 이민형 시인에게서 받은 만지장서 연서도 태우고 그의 시가 들어있는, 아니 당신들의 사진이 들어있는 학원, 학생계 잡지도 태우고 이선생이 떠나면서 당신에게 넘겨준 폐허, 개벽, 장미촌, 현대문학 창간호도 태우고-."

"아니 그건 또 어떻게 알았어요?"

"책을 태우려면 다 태우지 그런 추억이 남은 것들은 왜 뒤로 빼돌리고 이중 잣대, 이중 플레이를 했소? 당신과 나의 이 좁은 공간에서 내가 아무리 책상물림에 딸각발이라 한들 당신의 그 일거수일투족까지 모르고 지냈을 성 싶소? 오늘 다 태웁시다. 거기 당신 화장대 뒤에 숨겨놓은 이민형 선생의 브라질에서 온 편지와 그의 시가 실린 상파울로 교포 문학지도 다 태웁시다. 한 가지 미리 밝혀둘 것은 내가 당신에게 온 편지를 훔쳐 읽지는 않았소. 우연히 무얼 찾다가 겉만 보게 된 것이오."

이옥분 선생의 얼굴이 새하얗게 다시 질렸다. 그녀는 갑자기 울려고 하는 모양이었으나 꺼이꺼이 숨이 넘어가는 소리만 낼뿐, 정작 울음은 나오지 않았다.

"제발 그렇게 너무 격하지는 마시게. 나도 울고 싶도록 감상이 많다오. 이번 경우 때문만이 아니라 항상 과거라는 족쇄가 잘 가꾸어 온 생애의 끝 부분을 붙들고 늘어지게 하지는 말아야겠다는 생각으로 많은걸 절제하며 자기관리를 해왔는데, 이제 와서 우리가 이렇게 감정의 소용돌이에 말려들어간다면 참으로 인생 헛살았다는 이야기가 나올 수도 있겠지-. 인생의 패자가 어디 따로 있나요. 생각해 봅시다. 어술라가 조울증에 빠진 건 그 이모의 탓이었소.

자유를 위하여 투쟁하는 레지스탕스, 그 중에서도 첩보를 빼내는 스파이 노릇을 하면서 나중의 활동에 지장이 올까봐

제 가족 건사도 제대로 못하고 겨우 조카 하나만 빼내온 그 이모가 조울증에 빠진 건 당연한 귀결일 텐데, 그게 천형처럼 어술라에게로 고스란히 감정 이입이 되었다는구만. 무슨 생물학적 유전처럼 말이오. 정신과 의사의 말이래요. 그런데 이제는 그렇게 된 어술라의 슬하에서 또 하나의 소녀가 성장을 하고 있을지도 모르는데, 오로지 여기 내 울타리 안쪽 만을 보호하기 위하여서 시치미를 떼고 살아온 자가 바로 나란 말이오."

"궤변 같아요. 내게서 위안이나 칭찬을 기대해요? 그리고 어쩌면 그 소녀 사진은 어술라인지 뭔지 하는 여자의 유년 시절 자기 사진인지도 몰라요. 조울증 환자의 이상심리가 그런 식으로 모태 회귀 본능이 되어 나왔는지도 모르잖아요. 뭘 좀 아는 체 한다고 생각지는 말아요. 이게 다 교감, 교장 연수하면서 들은 교육 심리학 풍월이라요."

이옥분 선생이 울음을 포기하고 현상을 유리한 국면으로 타개하면서 다시 달려들 태세를 갖추려고 하였다.

"여보, 싸우지 말자고 했지요. 하긴 당신의 말이 크게 위안도 되지만 지금은 누가 이기고 지거나, 칭찬이나 비난 받을 근거에 대해서 내가 이야기하는 게 아니라오. 빨리 결론으로 들어가리다. 내가 평생의 소원이 만권당萬劵堂을 지어 오거서五車書로 채우고 가는 것이었는데, 능력이 모자라 그걸 이루지는 못하였으나 다행하게도 모교 도서관의 별실에서 그 꿈을 흉내는 내는가 보오. 지금 내가 그곳으로 기증하는 도서에 나와 당신이 갖고 있는 이 모든 자료들을 다 넣어서 보냅시다. '영원히'라던가, '영구적'이라던가, 하는 말의 현실적 한계를 내가 모르는 바 아니지만 적어도 우리의 인식력이 상상하고 우리의 상상력이 허락하는 시간 동안은 이 책과 자료들이 '영구 소장 도서'로서 불멸의 생명력을 갖게 될 것 같소. 우리 대학 도서관이 참으로 훌륭한 기획과 발상을 했어요. 내가 구한 귀하거나 일반적인 모든 책들 뿐만 아니라 지도교수로 배출해낸 제자들의 석, 박사 학위 논문, 내가 논문 작성을 위하여 준비했던 카드와 기초 자료 일체, 심지어 해적판이라는 혐의를 쓸 수도 있는 복사본, 또 그럴 마음만 있다면 내 사적인 일기장, 공식적인 앨범은 물론이려니와 내 사사로운 앨범까지도 기증만 하면 모두 소장해주겠다니 이렇게 고맙고 의미심장할 데가 어디 있겠소. 아무래도 수집과 전시와 보존의 목적이 한 시대를 열심히 살아간 인간들의 모습을 후대들에게 고스란히 남겨서 보여주자는 깊고 높은 뜻이 발견되는 대목이란 말이오. 그 자료 속에 아직도 태우다 남은 당신이 보존해온 모든 공식적인 보물, 그리고 그보다 몇 십 배 더 가치가 있을성 싶은 당신의 사적인 보물 보따리도 모두 넣어서 내 문고 코너에 영구 보존합시다-. 저 빛나는 이민형 시인의 작품과 자료들까지 모두."

"그런 내용을 왜 이제야 알려줘요? 엉엉-."

그녀의 입, 아니 목에서 그제야 제대로 울음이 생성되어

나왔다.

"당신도 이제 와서야 사정을 다 털어놓았으니 나도 그걸 받아들여 짧은 시간이나마 고통스럽게 삭이고 타협하여 방금 내린 결정이 아니겠소. 그건 그렇고 당신도 알다시피 내가 아호 받은 게 더러 있잖소. 그걸 넣어서 영구 소장 문고의 이름을 지으라는데 무어라고 할까? 당신이 한번 결정해 주시지-."

"제가 뭘 알아요. 당신이 알아서 다 하셔야지-."

말은 그렇게 하면서도 그녀는 얼른 양미간을 좁히며 무얼로 고를까 고심하는 표정이었다. 두 사람을 태운 차가 어느새 그들의 농가주택으로 들어서고 있었다.

김자현

<문학의식> 시 신인상 등단
대표저서 시집 「앞치마를 두른 당나귀」, 장편소설 「태양의 밀서」
소설가협회, 한국작가회 회원

영리한 머슴

1. 소년은 뛰면서 수정체를 먼 곳으로 돌렸다. 영사기를 돌리듯 소년은 넓은 벌판을 한 바퀴 휘둘러본다. 강에서 시작된 바람이 햇살을 흔들며 아침 들판을 건너는 중이다. 햇살이 여름 같지 않고 힘이 없다는 생각이 들었다. 안채에 왕할머니 희부연 머리칼이 떠올랐다. 어느 날 부르심을 받고 안채에 들어섰다가 경대 앞에 앉은 노 할머니를 보았다. 쪽진 머리만 보았지 풀어헤친 머리가 그렇게 길 줄이야. 요즘엔 방물장수가 왜 오지 않을까? 병이 났나? 방물장수가 밤을 새고 가는 날이면 그녀의 이야기 속에 나오는 머리 풀은 귀신처럼 소름이 오싹 끼쳤다. 하지만 이야기 때문이 아니다. 단 한 번도 목격한 일 없는 그 정갈함과 빈틈없음이 뿌시시 다 삭은 짚단처럼 흐트러져 있는 것 아닌가. 왕 할머니의 범접할 수 없는 위엄은 바로 동백기름을 발라 차르르 빗어 넘긴 그녀의 머리 때문이었다는 것을 그날 깨달았

다.

바람이 후르르- 갈대와 억새, 마른 풀들을 흔들며 다시 지나갔다. 타들어가는 김장배추 밭이 여기저기다. 아버지와 김장밭에 물을 줄 때가 제일 힘들다. 똥장군이에 다가 물을 퍼 나르니…. 으잇! 그래도 새벽이면 하늘에서 이슬이라는 은총을 내린다. 죽어가는 들판의 입술을 축이는 것이라고 소년은 생각했다. 다리에 휘감긴 홑겹바지 속으로 축축한 한기가 올라왔다. 빨리 집으로 들어가서 쇠죽 솥 아궁이 앞에 앉고 싶다. 그러면 정강이부터 사타구니가 얼마나 따뜻하다고. 뒤미처 최 서방도 떠올랐다. 쇠죽 쑤다가 어디로 없어졌느냐고 난리가 났을 거다.

"빨리 뛰지 않고 뭘 해! 다리도 짧으면서…."

대답도 하지 않고 소년은 냅다 뛰어 애기씨를 바짝 따라붙는다. 소녀는 헐떡이면서도 도무지 쉴 생각이 없는 모양이다.

"어디야 어디, 네가 보여준다는 곳이?"

"숨이 차면 쉬었다 가요. 애기씨!"

"애기씨가 내 이름이야? 그러지 말래두…. 내 이름이 있잖아…."

대답 대신 소년은 소옥이를 흘끔 곁눈으로 바라보며 계속 뛴다. 이쁘게 생기진 않았지만 소년은 애기씨의 모습만 보면 웃음이 나온다. 통통하고 발그레한 볼이 귀엽다.

"거기에 뭐가 있냐구?"

"다 왔어요."

"다 왔다는 소리 몇 번이나 했는지 알아?"

소년은 여전히 대답은 하지 않고 풀숲을 헤치고 들어갔다. 갈대와 강아지 풀 그리고 끈끈이주걱, 말라비틀어진 달맞이꽃대궁들이 다리를 붙들고 놓지 않는다. 짚신 속으로 빳빳한 풀들이 발바닥을 찌르지만 소년은 다리에 감기는 풀들을 싸잡아 발로 팍팍 밟는다. 소옥이가 들어오기 좋게 길을 만들어야 한다.

"여기에 뭐가 있다고 그래?"

"조금만 더 와 봐요, 애기씨!"

풀씨가 잔뜩 붙은 옥양목 치마를 걷어 부치고 풀밭을 힘겹게 헤치며 소옥이가 다가왔다. 깨돌이의 귓가에 새된 음성의 나으리 목소리가 바람결을 타고 들리는 듯 했다. 소옥을 바라보던 소년은 조금 가파른 곳으로 애기씨를 인도하기 위해 자신이 먼저 한 단 높은 바위 위로 기어 올라갔다. 그리고 소녀를 향해 손을 내밀었다. 깨돌이보다 조금 키가 큰 소옥이가 껑충 올라간 곳에는 늙은 소나무 한 기가 있었다. 그 옆으로 아이들 키 만한 입구가 자신들을 잡아먹을 듯 어두컴컴한 입을 열고 있었다.

"이구 무서워!"

"굴이야. 여우 굴일지도 몰라."

2. 발을 동동 구르며 깨돌이 어멈이 들어온다.

"무슨 일이랴? 왜 여편네가 아침나절부터 호들갑이여?"

험상궂은 얼굴을 하고 상쇠가 바라보지만 깨돌어멈은 어깨를 잔뜩 움츠리고 입은 열지 않는다. 얘기를 하고 나면 자신에게 떨어질 타박이 뒤미처 생각 난 것이다.

"아- 무슨 일이냐니께?"

상쇠의 목청에 어멈은 순간 좁은 어깨를 오그려 붙인다. 그리고 다시 어깨를 펴며 용기를 내 본다. 연신 지푸라기를 서너 개씩 간추려 새끼를 꼬던 그가 소리를 가다듬는다.

"괜찮어. 어서 말 혀!"

"쩌어기- 쩌어기…."

"쩌어기는 고만 하고 후딱 말 못 혀!!"

그녀는 다시 어깨를 움츠리고 한발 짝 뒤로 물러난다. 이제 그는 꼬던 새끼줄을 집어치고 일어섰다. 이건 일이 나도 큰일이 난 것임에 틀림없다. 더럭 겁이 났다. 대체 이년이 굼띠다 해도 이렇게 뜸을 들이는 경우는 드물기 때문이다.

"무슨 일이야? 괜찮으니께 어서 말혀!"

이마에 불끈 힘줄이 솟는 것을 보았다. 성질이 지랄 같은 그가 얼마나 참고 있는지 그녀는 너무나 잘 안다.

"깨돌이가 대감마님이 불러 들여서 사랑채에 갔어유."

"그런데…."

그녀의 입에서 자초지종을 다 들으려면 해를 넘길 것이다. 상쇠는 옷을 탁탁 털고 짚이 잔뜩 쌓여있는 헛간을 서

둘러 나섰다. 깨돌이 녀석이 또 무슨 일을 저질렀을까. 늦게 얻은 자식이 어른 뺨치게 영리하기 까지 하니 흐뭇하긴 한데 사흘이 멀다 하고 일을 저지르니 요즘 들어서는 쫓겨날까 두렵기까지 하다. 천자문으로 시작해서 어린놈이 지금은 소찬이가 읽는 소학을 읊고 다니는 중이다. 실제로 글을 아는지는 모르지만 말이다. 사랑채로 이어지는 중문을 들어서는데 대감마님의 쇳소리가 들려왔다.

'애가 무슨 잘못을 했기에 어린 것을 향해 저렇게 날카로운 소리를 지른담!'

상쇠는 돌아서서 중문을 나왔다. 찬방에 딸린 침방에 가면 오늘의 사태가 뭔지 알 수 있을 것이다. 찬방의 뒷문을 열자 넓은 마루가 보였다. 실밥과 보푸라기를 허옇게 붙인 침모, 늙고 젊은 둘이 상쇠가 들어서는 것을 보고 바지에 솜을 두다 말고 일손을 놓는다.

"깨돌이가 또 일을 저질렀다지?"

둘 중에 늙은 양주 댁이 걱정스러운 표정으로 입을 열었다.

"대체 뭔 일을 저질렀는지 사태를 알고나 사랑채로 가보려구요."

"나으리께서 화가 나실 만도 하지. 조반들 자시고 애기씨를 여태 찾았는데 종아리에 피가 밸 정도로 갈대에 쓸려가지고는 풀씨를 잔뜩 묻혀서 돌아왔잖아. 나도 봤는데 애기씨 몰골이 말이 아니더라고. 옷이 다 찢어지고, 그러니깐두르 아주 초죽음이 되었던걸!"

세상에 금이야 옥이야 하는 소옥이를 그 꼴로 만들어 놨다니. 상쇠도 이야기를 듣자 화가 났다. 고 이쁜 것을 어디로 끌고 다녔담. 침방에서 나와 그는 사랑채로 들어섰다.

"너 뭐하는 놈인데 제 자식 하나 건사를 못하고 사흘 도리로 일을 저질러!!"

"황공하옵니다. 나으리."

상쇠는 두 손을 모으고 머리를 조아렸다. 그리고 땅 바닥에 무릎을 꿇고 있는 죄 지은 꼬마를 곁눈으로 내려다보았다. 기가 막혀서. 아니 나으리 앞에서는 기가 센 마름도 쩔쩔 매는데 이 녀석은 여전히 눈을 말똥거리며 제 아비를 쳐다보는 것 아닌가!

"저 깨돌이 녀석을 무슨 벌을 주어야 할지, 네 애비가 궁리해 가지고 내일까지 와서 보고 하렸다, 알았느냐!!"

"예- 예, 나으리 감사합니다. 요 녀석을 오늘은 정말 주리를 틀겠습니다. 그런데… 그런데…."

"그런데 뭐어?"

"애기씨는 어떠신지…?

"어떻긴 뭘 어때? 억새에 쓸린 데가 독이 올라서 기둥뿌리만큼 부어올랐지."

"죽을죄를 지었습니다요. 용서해 주십시오."

"대체 죽을죄를 수도 없이 짓고도 너희는 여태 살아있더란 말이냐?"

"예에- 예, 은혜가 하해와 같사옵니다. 그럼, 저는 녀석을 데리고 가 물고를 내겠습니다. 깨돌아, 나으리께 다시는 그러지 않는다고 말씀드려, 어서!"

"나으리 마님! 아니, 소옥이 아버님, 예에- 예, 은혜가 하해와 같사옵니다."

"아니- 나으리더러 소옥이 아버…."

상쇠는 등골이 오싹했다. 아니 요놈이 지금 다시 새로운 사태를 만들고 있잖아! 아니 나으리더러 소옥이 아버님이라니!! 자리를 뜨는 것이 우선 상책이다. 머리에 피딱지도 마르지 않은 종놈의 콩 알만한 자식이 뭐라고!! 놀라자빠진 나으리가 입을 다물지 못 하는 사이 상쇠는 놈의 손을 잡아끌고 서둘러 사랑채를 나왔다. 나으리가 보란 듯이 깨돌이의 머리를 힘껏 쥐어박으면서. 하지만 중문을 나서면서는 무언지 모르는 쾌를 동반한 기포가 저 아랫배에서 끓어오르는 것을 느꼈다. 무엇일까? 동헌의 머릿돌을 들이받는 황소 뿔이다!

"너 깨돌이 이놈아! 너 애기씨 데리고 다니지 말라고 몇 번을 일렀냔 말이야?"

집으로 들어서자마자 상쇠는 아들을 닦달 한다. 종아리를 걷어 부치고 깨돌이가 제 애비에게 매를 맞는 중이다. 가느단 종아리에 피멍이 들었다. 작은 눈에서 방울방울 눈물이 떨어졌다.

"아부지, 저는 잘 못 한 게 없어요. 애기씨가 쇠죽을 쑤고 있는데 아궁이 앞으로 왔어요. 심심하다고 어디로 데려다 달라고 하도 졸라서…. 난 쇠죽을 끓여서 줘야 하는데…. 최서방한테도 혼이 났단 말이에요."

"그럼 대감마님께 그대로 고했어야지. 애기씨가 하도 졸라서 그랬다고…"

"하이 참, 아부지두. 그럼 애기씨가 혼쭐이 나잖아요. 애기씨 체면은 뭐가 되구요."

3. 칼바람이 몇 날 며칠을 불더니 눈이 흠뻑 내렸다. 솜이불처럼 두껍다란 눈이 포천 들판을 덮은 날이었다. 한양을 갔다 돌아 온 대감이 오랜만에 사랑에서 안채로 들어서자 웬 신음소리가 높았다.

"아니 이게 무슨 소리요?"

영감의 에험- 하는 기침 소리에 아씨는 소스라치게 놀라 아이들 방에서 나온다.

"아- 별 일 아닙니다. 나으리!"

"별 일 아니라니요. 이건 소찬이의 신음소리가 아니요?"

"아이들이 눈이 온다고 놀러나갔더니 얼어 돌아왔어요."

그냥 지나쳐서 안방으로 들어가려는데 또 남자 아이의 끙끙대는 소리가 연이어 들려왔다. 따라 들어오던 부인을 돌아보고는 나으리는 건넛방으로 향했다. 방문을 열자 방 안 가득 역겨운 냄새다.

"이건 또 무슨 냄새요?"

놋화로 위에 얹은 놋 양푼에서는 누르뎅뎅한 것이, 무첨

이 물속에서 끓고 있었다.

의아한 눈으로 아이와 화로에 끓이고 있는 것을 일별하고 부인에게로 돌아섰다.

“손이 너무 얼어들어온 것 같아 언무를 끓이고 있어요. 혹시 동상이 걸리는 건 아닌가 해서요.”

“또 깨돌이 녀석하고 놀다가 이렇게 된 거 아니요?”

이불을 뒤집어쓰고 아비의 눈을 피하고 있던 소찬이가 이불을 젖히고 볼멘소리를 한다.

“아버님, 깨돌이가 얼음을 깨더니 절보고 개울물 속에 손가락을 넣으랬어요. 물고기가 낚시 밥인줄 알고 몰려든다고. 손가락을 물 때 손을 얼른 꺼내면 고기를 단번에 여러 마리를 잡을 수 있다고.”

치미는 울화를 간신히 참으며 그는 다시 아들을 향해 입을 열었다.

“깨돌이도 똑 같이 했느냐? 너만 했느냐?”

“깨돌이는 처음에 해보이더니 손을 꺼냈어요.”

폭발할 거 같은 화를 간신히 참으며 나으리는 앉아서 아이의 손가락을 들여다본다. 오른 손 검지가 제일 빨갛고 아이의 손은 거의 선홍색일 정도로 새빨갛게 닳아있었다. 얼음이 빠지지 않으면 살이 썩는데…. 나으리는 벌떡 일어섰다. 아씨는 화로에서 끓고 있는 무 달인 물을 대야에 쏟는다.

“소찬아 어서 일어나! 이 물에 손을 담그자. 얼음이 빠지게. 처음에는 좀 아프지만 아마도 근질거릴 거야. 그리고 차츰 냉기가 빠진단다. 알겠지? 언 데는 이것만큼 좋은 게 없어."
화가 충천해 있는 나으리가 들었으면 하고 아씨는 힘주어 말했다.

"당신은 뭐하고 있었소. 아이들 건사가 그렇게 안 되오? 소찬이는 읽으라는 소학小學은 읽지를 안고 종놈의 자식하고 놀러 다니다 몸이나 상해서 들어오고…."

잠시 숨을 가다듬은 그가 소리를 벽력 같이 질렀다.

"게 아무도 없느냐!! 누구든 어서 가서 깨돌 아범 불러오렷다."

"예에에-, 나으리 마님!"

툭탁거리는 소리가 나고 조용하더니 바로 얼마 지나지 않아 밖에 여러 사람의 발자국 소리가 들려왔다.

"대감마님, 깨돌이 아범 대령했사옵니다."

헛기침을 크게 하더니 나으리가 방밖으로 나왔다. 조금 전 보다는 한참 작은 일성이 나으리의 입에서 흘러서 댓돌 아래로 떨어졌다.

"깨돌이 녀석은 요즘 뭘하고 있느냐?"

나으리의 의도를 모르는 상쇠가 두려움이 섞인 어리벙벙한 표정으로 나으리를 올려다본다.

"쇠죽솥에 불을 때면서 소학이라나 책을 거꾸로 들고 있는 것을 보고 왔습니다."

"소학~! 네 놈은 아들 하나 잘 두어서 좋겠구먼. 소찬이가 손가락에 동상이 걸려서 큰일 난 것은 알고 있느냐?"

"무슨 말씀이신지요?"

"깨돌이가 아이들하고 오늘 어떤 짓을 하고 다녔는지 애비란 녀석이 몰랐단 말이냐?"

"예에-예, 자초지종은 모르겠습니다마는 죽을죄를 지었습니다. 용서해 주십시오. 놈을 거꾸로 매달겠습니다."

"놈을 거꾸로 매달을 일이 아니라 아들 녀석 잘 못 가르친 죄로 너를 거꾸로 매달기 전에 놈을 격리 시켜라. 놈을 결박하여 다시는 상전의 애들과 놀지 못하도록 극적인 조처를 취하란 말이다!"

나지막하게 시작했던 나으리의 음성은 드디어 높아져서 안채에 딸린 찬방 밖의 장독을 깨고도 남을 정도로 쇳소리가 집안을 쨍쨍하게 울렸다. 중죄를 지은 것처럼 옆에 서 있던 마름과, 깨돌이 아범을 부르러 갔다 온 언년이, 어디를 갔다 오는지 아이들 유모가 울상을 짓고는 읍을 한 채 달달달 떨고 있었다. 함박눈이 내려 날이 누그러졌다고는 하나 포천의 겨울은 만만치 않다. 언제 나왔는지 나으리 뒤에 서 있던 아씨가 남편을 향해 한 마디 한다.

"날이 춥습니다. 고정하세요."

"아, 고정하게 됐어요? 그리고 또 하나 오늘 사태에 대한 징벌로 소찬이의 동상이 낫도록 약을 구해오는 것은 말할 것도 없고 살이 해동하는데 가장 좋다는 딸기를 구해 오너라. 내일까지 구해오지 못하면 그 다음은 각오해!! 알았느냐??"

"예에예, 나으리 마님, 이렇게 벌로 다스려 용서해 주시니 그 은혜가 하해와 같사옵니다."

"은혜가 하해와 같사옵니다."

모여 있던 아랫것들이 모조리 합창 했다. 자신들에게 튈지도 모를 불똥을 미연에 방지해 보자는 것이다.

나으리는 도포를 흔들며 안방으로 들어가고 아이들 방으로 들어가는 아씨의 뒷모습을 보고는 떨던 것들은 모두 제 위치를 향해 흩어졌다. 상쇠는 안채를 나왔다. 그리고 일군들이 머무는 봉놋방으로 걸음을 재촉했다. 앞서간 최 서방이 불을 때고 있는 깨돌이를 불러들였다.

"깨돌이 이 녀석, 대체 오늘 무슨 짓을 해서 이 사단이 나게 하는 것이냐?"

나이에 비해 키가 작은 녀석이 짜우뚱 짜우뚱 걸어 들어오는 것을 보고 나으리가 하듯 최서방이 갖은 위엄을 갖추고 소리를 질렀다.

"하하 아자씨, 또또또 최 서방 나으리 납시셨네!"

녀석의 얼굴은 숯 검댕이 묻어 빤한 데가 없다.

"이 녀석이 아직도 정신을 못 차리고 어른을 능멸하려드는 것이냐!"

바로 그 때 상쇠가 들어선다. 깨돌이가 맞받아치는 말을 듣고는 하- 어이가 없다고 하품이 나오는 순간 다시 화가 충천하여 들어서던 말에 깨돌이를 쥐어박는다.

"요놈, 뭐이 어째? 너 오늘 도련님하고 뭐하다 왔어?"

"앞개울에 가서 고기 잡고 싶다고 도련님이 떼썼어요."

"그래서?"

"그래서 혼자 가시라고, 소학 읽으시던 것은 어쩌고 그러느냐고 했지요. 나으리가 돌아오시면 혼난다고…"

"그랬더니…."

"그래도 막무가내잖아요. 그래서 할 수 없이 개울로 가서 얼음을 깼지요."

"뭣이 어째! 그러다가 얼음에 금이라도 가서 깨지고 빠지면 어쩔 뻔 했어, 임마!!"

얼음판이 아작 소리를 내면서 깨지는 착각에 상쇠가 소리를 지른다.

"제가 그걸 모르겠어요, 아부지! 불을 때던 차라서 화롯불 집개를 아궁이 속에 푹 찔러 넣었죠. 새빨갛게 달구어졌던 걸요."

"그나저나 제발 도련님과 애기씨하고는 놀 생각을 절대 하지 말라니까!!"

"아부지, 제가 놀자고 하는 일은 절대 없어요. 그 아이들이 놀자고 저한테 찾아오지."

"그 아이들이라니?"

최서방을 비롯해 누가 듣기라도 하는 것 같아 주변을 훑으며 상쇠가 소리를 지른다.

"소옥이는 맨 날 절더러 왜 제 이름이 있는데 애기씨라고 부르냐고 종주먹을 대는 데요 뭘!!"

"그러나 저러나 이제 동상에 좋은 약과 이 겨울에 딸기를 구해오라고 하시니 너 어쩔 거야, 엉??"

"딸기요?"

"그래- 딸기!!"

아홉 살짜리 깨돌이가 스물너덧 살 청년이나 되는 듯 상쇠는 소리를 질렀다.

"딸기요!!"

딸기 소리를 두 번이나 입속으로 중얼거리더니 깨돌이의 표정이 밝아져 온다.

"허구헌 날 네 녀석 때문에 편할 날이 없으니 이 노릇을 어쩐담!! 결박을 지워 바깥 출입을 절대 못하게 하라는 엄명이신데 이제 어쩔껴??"

"좋은 수가 있으니까 염려를 놓으세요, 아부지!"

"좋은 수라니?? 이러다 쫓겨나는 건 아닌지 네 어미가 밤참도 설치는 것을 아느냐?"

"밤참이 아니라 밤잠이겠지요. 어쨌든 아부지, 저를 내일 결박을 지워주세요. 묶인 채로 무릎걸음으로 나으리 앞에 나가겠습니다. 그리고 아부지는 집에서 한 걸음도 하지 말고 누워 계세요."

"뭔 사단을 또 꾸미려고??"

소리는 질렀지만 상쇠는 녀석을 믿을 수밖에 없다. 일을 저지르기도 많이 했지만 그동안 깨돌이로 인해 위기를 넘긴 것이 어디 한두 번인가! 겨울에 어디 가서 딸기를 구해온단 말인가.

다음 날 나으리가 출타하시기 전에 부자는 하나는 묶으라고 몸을 내밀고 앉아있고 하나는 아들을 꽁꽁 묶었다. 깨돌어멈이 무슨 일이냐고 다그쳐 물어도 부자는 묵묵부답이다. 결박을 지우고 나서 깨돌이를 반짝 들어 삽짝 문 밖에 내놓고 상쇠는 각본대로 집으로 돌아 와 안방에서 나오질 않았다.

한편 무릎걸음으로 대감댁 안채로 들어간 깨돌이가 댓돌 밑에 무릎을 꿇고 앉아 안방을 향해 고한다.

"죄인 깨돌이 나으리께 볼 일이 있어 대령하였나이다. 죄인 깨돌이를 하해와 같은 은혜로 감싸시는 나으리 마님, 은혜가 하해와 같사옵니다."

방문이 홱딱 열리며 나으리의 좀 뚱뚱한 몸뚱이가 뛰쳐나왔다.

"감싸긴 누가 감싸느냐, 요 맹랑한 녀석아! 말이라도 못하면 밉기나 덜 하지!!"

"그럼, 감싸지 않으시는 나으리 마님, 여전히 은혜가 하해와 같사옵니다."

"이 노옴-!! 입 다물지 못해!! 어디다가 어른이 말씀하시는데 꼬박꼬박 말대꾸를 하느냐!!"

옆에 있던 마름 길서방도 참을 수가 없는지 입을 다물지 못하는 나으리를 대신해서 소리를 높였다. 그 사이 한 박자를 쉰 대감이 심정을 가다듬고 입을 열었다.

"이노옴!! 그래 구해오라는 것은 다 구해 왔느냐?"

“약을 구하고 더구나 딸기를 따러 간 저의 아비가 기구하게도 뱀을 만났나이다.”

이건 또 무슨 고약한 시나리오란 말인가? 어의가 없어 입을 벌린 채 마름이나 대감이나 다음 말을 기다렸다. 그리고 이를 지켜보러 나와 있던 아씨도 그렇고 유모도 소찬이와 소옥이도 마루에서 숨을 죽이고 있을 찰라! 나으리 입에서 신음 소리처럼 나지막한 소리가 흘러나왔다.

“그래서?”

“그래서 뱀에게 물리는 바람에 딸기는 물론 약도 구하지 못하고 다리가 기둥뿌리만큼 부어올라 지금 꼼짝도 못하고 누워 있나이다.”

깨돌이에게 하지 못한 분풀이가 자신들에게 떨어질 것이지만 언년이는 통쾌했다. 마루 위에서 이 광경을 지켜보던 소옥도 손으로 입을 막았다. 고개를 숙이고 읍 자세를 취하고 있던 모든 종들은 터져 나오는 웃음을 참느라 모두 고개를 더 깊이 숙였다.

“그래서?”

“그래서 제가 왔사오니 나으리 마님, 저의 아비를 용서하여 주십시오. 또한 저를 잘 못 가르친 저의 아비를 하늘도 용서치 않으시고 나으리 대신 뱀을 시켜 징벌하게 하셨사오니 나으리 마님, 하해와 같은 은혜로 저희 부자를 용서하여 주시옵소서! 제 결박을 풀어주시면 아비 대신 제가 딸기를 구하러 저 눈 덮인 벌판으로 떠나겠나이다.”

울먹거리는 음성으로 깨돌이가 읊조리자 총원은 숙연해졌다. 내심 나으리는 정말 저 콩알만한 놈에게 내가 지고 말아야 하나? 하는 생각이 고개를 들었지만 연이어 내부에 똘똘 맺혀있던 끈이 스르르 풀어지는 느낌도 어쩔 수 없었다.

"구해오라는 딸기는 구해오지 않고 이야기책을 하나 꾸며왔으니 오늘은 여기서 끝낸다만 대신 다 용서한 것은 아니고 숙제가 또 하나 있다."

"예에-예, 나으리 마님, 은혜가 하해와 같사옵니다."

"요놈, 그 번지르르한 말은 대체 누가 가르쳤느냐?? 여보! 침모를 시켜 저 놈 입을 인두로 지지든가 바늘로 꿰매든가 하라 하시오! 그리고 황소가 낳은 새끼를 구해 오라 하시오!!"

용서라는 말을 뱉자 화가 더 충천하는지 나으리의 얼굴은 차마 볼 수 없이 일그러지고 울그락 푸르락했다. 다른 쪽으로 불똥을 뿌리며 나으리는 마고자 앞섶을 탁탁 털더니 들어갔다. 아랫것들 앞에서 체면이 땅에 떨어진 나으리가 과연 자신들에게 어떻게 나올지 걱정이 앞서면서도 종들은 깨돌이 결박을 풀었다.

* 향토조사자료 : 2013년 간행 「포천의 설화와 문학」(이병찬 저. 37쪽)
〈영리한 머슴이야기〉
자료 전문 : 대감이 "딸기를 구해오라."고 아이의 아버지에게 명령하자 영리한 아이가 "아버지가 딸기를 따러갔다가 뱀에게 물렸다."고하는 이야기.

남동우

강원도 춘천 출생
서울대 문리대 사학과 졸업, 서울대 행정 대학원 졸업
미국 펜실베이니아 주립대학원 수료
강원도 정무부지사
강원발전연구원장
대통령지방자치 특보
2013년 <문학의식> 소설부문 신인상 등단

까치아파트

1.

우리 아파트 옆 길 건너 키 큰 플러터너스 우듬지에 까치집이 있다. 지상에서 20미터 쯤 되는 나뭇가지 위에 멋있게 만든 둥지다. 높고 풍성해 보일 뿐 아니라 건축학적으로나 미학적으로 아주 그럴 듯하게 지어놓은 까치의 호화 아파트다. 그 둥지에는 두 마리가 사는 것 같다.

까치둥지로부터 대각선 방향에 내가 사는 아파트가 있다. 까치집의 높이보다 내 집이 15미터 정도는 더 높을 것이다. 내 집도 근처 수십 채 아파트 숲의 우듬지에 위치하고 있다. 15층 아파트의 최정상인 15층, 여기가 나의 거처다. 내가 먹고 자고 배설하며, TV를 보고 책을 읽으며, 누군가와 전화를 주고받으며, 가끔 요리를 하고 설거지도 하며, 매일 청소를 하는 상주공간이다. 이 건물 안에서 나는 매일 생물학적인 기능을 되풀이하고 사회적인 교감을 지속하며 글을 쓰고 있다. 일 년 내내 해맞이를 하고 해넘이를 구경하며 거실에 앉아 동쪽에서 떠오르는 보름달을 맞는다.

등기면적 34평의 보통 아파트지만 나에게는 까치의 호화아파트 못지않게 갖출 것은 제법 갖춘 집이다. 일곱 평 정도의 다락방이 있고 다락방 바깥에 역시 일곱 평의 옥상 베란다가 있으며 베란다 안쪽으로 다섯 평이 넘는 창고가 있다. 그러니까 실제 가용면적은 53평정도 되는 셈이다. 이만하면 내 아파트 시세의 열배가 넘는 도곡동 타워팰리스도 부럽지 않다. 내 집은 말하자면 공중에 떠있는 독립된 펜트하우스니까! 요즘 문제가 되고 있는 층간 소음으로부터도 자유로운 공간이다. 다만 아파트 부근을 통과하는 경춘선 전철이 약간의 소음을 일으키지만 큰 문제가 되지는 않는다.

내가 마음먹고 활용하기에 따라 싱글을 씌운 지붕은 도시 조망용 타워나 천체관측소가 되기도 한다. 어떤 밝은 보름날 나는 천체망원경을 지붕 꼭대기에 설치하고 달을 관찰하기도 했다. 그때 망원렌즈 속에서 코페르니쿠스 분화구와 고요의 바다, 구름의 바다와 풍요의 바다가 선명하게 드러났다. 렌즈 속에 비친 달에는 토끼도 계수나무도 없었지만 밝은 빛 속에서 명멸하는 검고 하얀 반점들은 태고의 정적과 향수를 느끼게 했다. 내 집 지붕에서 바라보는 달은 우주의 중심이었고 내 집 지붕은 첨성대의 꼭대기였다.

지붕 한쪽 끝에는 피뢰침이 솟아있는데, 천둥번개가 칠 때 번개가 우리 집 지붕 피뢰침으로 떨어졌는지 어쩐지는 알 수 없다. 낙뢰현장을 한 번도 목격한 적이 없으니까. 그러나 나는 피뢰침의 발명자인 벤자민 프랭클린의 경험론적 이론을 신봉하기 때문에 아무리 천둥번개가 친다고 해도 안심한다. 벼락이 내 집 지붕을 무너뜨리는 일은 없을 것이기 때문이다. 이런 까닭으로 나는 내 아파트에 그럭저럭 만족하고 있다.

그러나 아파트에 대한 만족감을 느낀 것은 근래의 일이다. 내가 이 아파트로 이사해 온 2011년 2월 이후 3년 동안 나는 아파트 시행사와 시공회사를 상대로 하자보수를 위한 투쟁을 끈질기게 벌여왔다. 다른 집과 달리 내 아파트는 손볼 곳이 많았다. 이사 오던 해 여름 장마 때 거실천정과 창틀에서 물이 새들어와 벽과 마룻바닥을 흥건히 적셨다. 옥상 방수공사의 부실이 누수의 원인으로 밝혀짐에 따라 그 뒤 세 번이나 보수공사를 했는데, 공사 때마다 발생하는 진동과 소음이 우리 집 뿐만 아니라 동 전체를 시끄럽게 했으므로 나는 이웃 주민들에게 몹시 미안했다.

한 번의 공사는 보통 3,4일 씩 걸렸으므로 소음과 진동과 먼지를 참는 고통이 이만저만이 아니었다. 그러나 끈질긴 보수공사 끝에 천장 누수 걱정은 덜게 되었다. 그런가 하면 겨울철 부엌 천정에서 결로현상이 발생해 물이 새는 일이 반복되어 귀찮기 짝이 없는 하자보수를 역시 세 번씩이나 단행했던 것이다. 그 결과 지금은 누수도 결로도 없는 안전한 주거공간이 되었다.

그래도 나의 까치아파트 -나는 내 아파트를 까치아파트로 부르기로 한다- 의 문제가 모두 해소된 것은 아니다. 겨울철을 따뜻하게 지내기가 쉽지 않기 때문인데, 그 이유는 종전 아파트보다 천정의 높이가 20센티 이상 높고 특히 부엌은 유럽풍을 흉내 내 천정이 2미터 정도 더 높기 때문이다.

따뜻하게 지내려면 난방비가 그만큼 더 들어갈 수밖에 없다. 그래도 나와 아내는 절약을 위해 웬만하면 참고 산다. 왜냐하면 여름철에는 전혀 냉방을 하지 않아 그만큼 전기요금이 절약되기 때문이다. 아파트 창문을 모두 열면 앞뒤로 맞바람이 불어와 선풍기가 필요 없을 정도로 시원하다. 겨울철의 서늘함을 여름철의 시원함이 상쇄해 준다. 이것이 계절의 변화와 아파트 관리비를 감내해내는 한 방편이다. 달리 무슨 묘책이 있겠는가?

2.

이사를 해왔던 3년 전 12월 고교동창들 몇 명을 집으로 초대해 송년회 겸 저녁식사를 한 적이 있었다. 실내 난방온도를 높여 놓았지만 바깥 추위가 워낙 사나웠으므로 거실이 생각만큼 따뜻하지 않았다. 내가 친구들에게 말했다.

"우리 집은 워낙 추워. 그러니까 조금 참아줘. 지금 온도가 22도니까 견딜 만 하지 않아?"

"우리 집보다는 춥군. 천장이 높아서 그런가?"

"음, 그래. 이 아파트는 구조적으로 추위에 약해. 그래도 여름철 더위에는 강하거든."

"미안하지만 온도를 조금만 더 높일 수 없어? '고위층'이 사는 스카이라운지가 추우면 안 되지."

"알았어. 꼭대기에 사는 사람이니까 나는 고위층인 게 맞아. 조금 더 온도 올려줄 테니 이 오리털 재킷을 입으라고."

나는 친구들에게 미리 준비해 둔 오리털 재킷을 걸치게 했다. 재킷은 겨울철 내 집을 방문한 손님을 위해 준비해둔 것이었다.

"폭탄주를 몇 잔 마시고나면 몸이 후끈 달아오를 거야. 나중엔 덥다고 재킷을 벗어버리게 될 걸?"

"폭탄주도 좋지만 정종이 있으면 좀 데워줘."

"알았어. 한겨울 정종대포도 좋지. 난방용으로도! 그렇지만 오늘은 포도주가 먼저야."

"와인? 안주가 뭔데?"

"집사람이 고기를 조금 구웠지. 흑돼지등심 스테이크!"

친구들은 아내가 구운 스테이크를 맛있게 먹고 와인에 이어 폭탄주와 정종을 차례로 마셨다. 스테이크의 맛과 주종의 변화와 재킷 착용이 체감온도를 높여 주었다. 세상 돌아가는 얘기와 노래가 겨울을 잊게 했다. 음악을 좋아하는 친구들은 화음을 넣어 합창을 했다. 고교시절에 배운 언덕 위의 집, 홍하의 골짜기 그리고 한때 유행했던 노래 사랑해 당신을, 가수 노사연의 만남, 그밖에 여러 곡들을 불렀다. 층간소음을 걱정할 필요가 없는 아파트는 아늑한 노래방이 되었다. 노래 도중에 내가 말했다.

"겨울철 난방을 절약하는 방법이 있어."

"그게 무언데?"

"내복을 단단히 끼어 입는 거지. 특히 춘천에선. 그걸 '삭주 난방법'이라고 부른다고."

"삭주 난방법? 처음 듣는 얘긴데?"

"그래. 춘천의 옛 이름이 삭주 아니야? 삭풍이 불어오는 곳…. 신라시대에 오죽 추웠으면 그렇게 이름을 지었겠어?"

"친구야, 난방비 절약하려고 삭주 난방법을 써먹겠다는 거야?"

"자네 집도 마찬가지야. 여기 사는 사람들 모두 삭주 난방법을 실천하도록 해. 돈 아끼는 게 좋을 거야."

"허긴 우리 집도 추운 건 마찬가지야. 내복을 단단히 입어야겠군."

친구들은 먹고 마시며 얘기하고 노래하는 동안 바깥 추위도 실내온도도 모두 잊은 채 흥겨운 시간을 보냈다. 그 뒤 겨울철에 내 집을 방문하는 친구들은 으레 오리털 재킷을 입는 것을 당연하게 여기기 시작했다. 나의 까치아파트에서는 삭주 난방법이 요긴한 보조난방 수단이 되었다.

올가을 중앙부처 차관을 끝으로 공직을 끝낸 고교 후배 P가 그의 아내와 친구를 동반하고 나의 까치아파트를 방문했다. 저녁을 먹으며 주방 밖을 내다보던 P가 말했다.

"아, 저 석양 좀 봐. 기가 막히는군!"

"오늘이 마침 추분이로군. 정 서쪽에서 해가 지니까 여기 주방에까지 햇빛이 비치네."

"선배님, 여기는 완전한 스카이라운지네요. 여보, 저 바깥 풍경 좀 봐. 저기 멀리 보이는 산이 화악산이고…. 봉의산, 삼악산도 보이네."

"어머나! 멋지네요. 아파트 앞쪽 저기 저 산은 무슨 산이에요?"

"왼쪽은 대룡산, 오른쪽은 금병산."

동쪽에서 대룡산이 저녁 해의 기운을 받아 붉게 물들어가고 있었다.

"P 차관, 여기가 스카이라운지 비슷하지?"

"네, 그래요. 이런 전망대가 없네요. 저 아래 도로에 자동차 불빛이 장관이네요."

"이런 재미에 살지. 싸구려 아파트긴 하지만…."

"싸구려 아파트라니요? 선배님 아파트는 기가 막힌 전망대예요. 좋은 전망도 프리미엄에 포함되지 않겠습니까?"

"사람 구경하는 전망대긴 하지. 하루 종일 전철 왔다 갔다 하는 것, 슈퍼마켓에 사람들 출입하는 것, 저 아래 텃밭에서 사람들 일하는 모습을 돈 안 들이고 구경하고 있으니까."

사실 우리 아파트는 바깥에서 볼 때는 여느 아파트나 다름없는 밋밋하고 평범한 겉모습을 하고 있으며 조금 짓궂은 표현을 한다면 인간닭장 같은 구조물에 불과하다. 다만 지은 지 아직 네 해가 되지 않았을 뿐이다.

"전망대에서 식사하니까 음식 맛도 좋고 술맛도 끝내 주네요."

"서민아파트를 좋게 봐주니 고맙군."

밤늦게 P가 집을 나서며 말했다. "선배님, 자주 와도 되겠습니까?"

P의 친구도 말했다. "저도 스카이라운지에 가끔 끼워 주십

시오. 선배님 거실이 꼭 화실 같았습니다."

그들은 내 집 거실에 걸린 M 화백의 오방색 추상화와 르노와르를 복제한 그림 그리고 내가 그린 정밀 풍경화를 말하고 있었다. 그림 몇 장이 서민 아파트 거실을 아틀리에로 만들어 놓았던 모양이다. 그림이 고맙지 않은가? 옷이 날개라고 했었지. 그러고 보니 거실에 걸린 그림이 옷이었군 그래…. 다락방에는 내가 세계일주를 하고난 뒤에 그려둔 구십여 점의 정밀화와 그림이 걸려 있거나 쌓여 있었다. 내가 숨겨놓은 화실 다락방. 그들은 다락방의 그림들도 둘러봤던 것이다.

3.

지금의 까치아파트로 이사 오기 전 나는 인근의 HJ 아파트에서 17년 동안이나 살았다. 50평 규모의 아파트는 햇빛이 잘 드는 남향받이였고 12층이어서 전망도 좋았으며 대형마트 같은 편의시설이 가까이에 있어 살기에 불편함이 없었다. 지척에는 300미터 높이의 산이 있어 아침마다 가벼운 등산을 하기에도 좋았다. 거기에서 사는 동안 좋은 일 궂은 일을 많이 겪었으며 거주의 평화는 계속되었다. 손자를 두 해 동안 키우면서 손자사랑이란 것이 무엇인지를 알게 된 곳도 그 아파트였다.

아파트 거실 벽에다 낙서 겸 취미삼아 내 나름의 예술행위를 한 곳도 그곳이었다. 나는 무늬 없는 하얀 벽에 광화문,

만리장성, 피라미드, 스핑크스, 파르테논 신전, 피사의 탑 등 인류문화의 유산을 유화로 그렸다. 우리 집을 방문한 사람들은 대부분 호기심 어린 표정으로 내가 그린 벽화를 바라보곤 했지만 그게 벽지 원래의 문양인지 그린 것인지는 분간하지 못했다. 내가 그린 그림이긴 했지만 나는 아파트 벽화가 마음에 들었으며 날이 갈수록 애착이 갔다. 벽화 때문에도 다른 곳으로 이사를 하기가 싫었을 정도였다.

그런 HJ 아파트에서 내가 까치아파트로 이사를 하게 된 데에는 두 가지 이유가 있었다. 첫 번째 이유는 HJ 아파트가 지은 지 비교적 오래되었기 때문이다. 두 번째 이유는-이것이 결정적인 이유였지만-정신적, 심리적인 것이었다. 간단히 말해 층간소음 문제로 인해 아래층 사람과 해소할 수 없는 다툼과 갈등-증오에 가까운-이 생겼기 때문이다.

HJ 아파트에서 이사하기 3년 전 바로 아래층에 퇴직교사인 70대 부부가 이사를 해 오면서 거주의 평화는 깨져버렸다. 두 내외는 거의 병적으로 소음에 민감한 사람들인데, 특히 부인이 더 심했다. 저녁에 설거지를 할 때, 음식장만을 위해 도마에 칼질을 할 때, 대낮에 피아노를 칠 때, 밤중에 조용히 오디오를 켜놓고 즐길 때, 심지어는 밤에 놀러온 친구들과 이야기를 나눌 때에도 아래층 아주머니는 인터폰을 통해 시끄럽다고 항의-차라리 욕설이라는 편이 좋을 것이다-를 해왔다. 손자를 키우고 있는데 애 울음소리가 시끄럽다고 불평했고, 창문 여닫는 소리가 시끄럽다고 야단치기를 서슴지 않았으며, 목욕탕의 물소리가 너무 요란하다고 시비를 걸어왔다.

한 번은 밤 두시가 넘어 한참 자고 있을 때 누군가 현관문을 쾅쾅 두드리는 소리에 깜짝 놀라 눈을 비비고 나가보니 문제의 그 아주머니가 문 앞에 버티고 서서 소리를 질러대는 게 아닌가?

"여보, 시끄러워 잠을 못 자겠어. 바스락 바스락하는 소리 때문에 미칠 지경이야. 잠 안 자고 대체 뭘 하는 거야?"

"아주머니, 저는 자다가 깜짝 놀라 깼습니다. 바스락 소리라뇨? 무슨 소리를 들으신 겁니까? 자면서 제가 혹시 코는 골았는지는 몰라도 잠자면서 무슨 소리를 내겠어요?"

"바스락거리는 소리를 들었단 말예요!"

"혹시 아주머니 댁에 쥐가 있는 거 아닙니까? 한 밤중에 이렇게 남의 잠을 깨우시다니요?"

"당신들 때문에 미치겠어. 날이면 날마다 불면증이야."

"우리 때문에 시끄러웠다면 사과드리겠습니다. 그러나 지금은 아주머니가 우리를 괴롭히고 있군요. 잠자는 사람을 깨우는 건 어느 나라 법도에 있는 겁니까? 저도 이웃의 눈이 있어 그동안 많이 참아왔지만 아주머니도 참 대단하십니다. 아주머니 자신이 지나치다고 생각하지 않으세요? 앞으로는 저도 참지 않겠습니다. 돌아가셔서 주무세요."

그 뒤의 얘기는 더 거론할 필요가 없으리라. 다만 한 마디만 더 보탰을 뿐이다. "병원에 가서 진찰이라도 한 번 받아

보시지요."

아랫집과는 더 이상 타협의 여지가 없을 것 같았다. 갈등의 해결은 다른 곳으로의 이주를 의미했다. 그 집이 이사를 가든지, 내가 이사를 가든지. 나는 내가 이사하기로 주도적인 결정을 내렸다. 두 해 동안 키우던 손자 녀석을 서울로 보내고 난 뒤 지체 없이 지금의 아파트로 이사를 결행했다. 추위가 한창인 2011년 2월 초 영하의 바람 속에서.

이사는 층간소음으로부터의 해방인 동시에 반문화적, 비타협적 공존으로부터의 탈출이었다. 이사한 뒤로 지금의 아파트에서 층간소음 문제는 전혀 발생한 적이 없다. 나는 새집 아래층인 14층 집주인에게 혹시 우리 집에서 소음이 발생하지 않는지를 물었으며 소음이 발생하는 즉시 알려달라고 부탁했다. 그러나 아직 한 번도 아래층으로부터 어떤 항의나 불평도 제기해 온 적이 없다. 오히려 아래층에서 여학생 자매가 다투는 소리가 가끔 위로 전해지는 경우가 있을 뿐이다. 그런 소음은 그저 듀엣 자매의 이중창 정도로 감상하면 될 일이다. 들리는 바에 의하면 HJ 아파트의 매입자가 내가 겪었던 것과 똑같은 곤란을 겪고 있다고 하는데, 요즘은 그쪽 위아래 층이 소음문제를 해결하기 위해 어떤 타협을 벌이고 있는지 궁금하다.

4.

이 까치아파트에서 살기까지 내가 거처해온 집들을 회고해

본다. 거처에 대한 회고는 인생에 대한 반추일 뿐 아니라 역사와 문명에 대한 반추일 것이다. 인간은 누구나 일정한 거처에서 생로병사의 과정을 겪으며 교육되고 사회화되고 세계화되고 있기 때문이다. 집은 생명유지에 필수적인 공간이며 생각의 지붕이며 문명창조의 거푸집이 아닌가?

68년 전 태어나서 잠깐 살던 춘천 우두마을의 열다섯 평 초가는 기억에 없으므로 어떤 집인지 알 수 없다. 6.25전쟁 직전까지 살던 춘천 석사리의 적산주택은 연못까지 갖춘 널찍하고 멋진 집이었다고 하지만 전쟁 때 불타 없어지고 말았다. 원주의 피난민 수용소였던 향교는 단칸방이었지만 전시의 불편함 따위는 모르고 두 해 동안 잘 지냈다. 휴전 후 춘천으로 돌아와 살던 약사동의 방 두 칸짜리 셋집은 그것이 우리 집인지 남의 집인지도 모른 채 그냥 그렇게 한 해 동안 살았다. 아버지가 우리식구도 모르게 지은 운교동 언덕의 새 집은 국민학교 4학년생인 나를 감격하게 만들었다. 세상에 우리 집이 생겼다니! 이렇게 근사한 기와집이! 그때 나는 너무나도 행복했다.

아버지의 사업이 실패하자 춘천을 떠나 서울로 와서 맨 처음 살던 곳은 뚝섬의 두 칸짜리 셋집이었다. 대학교 3,4학년 때인 당시 뚝섬 셋집은 학교수업과 아르바이트를 끝낸 뒤 밤중에 돌아와 잠을 자는 숙소에 불과했다. 그것은 집이 아닌 취침용 막사였을 뿐이다. 애착도 없고 다만 연민으로 가득 했던….

내가 공무원이 된 후 은행융자를 얻어 모험삼아 지은 동대문 밖 묵동의 열여덟 평짜리 블록 집은 내 인생에서 처음 내 이름으로 등기를 한 서민주택이었다. 작은 집이지만 식구가 안정적으로 머물 수 있는 둥지가 되었으므로 나는 안도와 함께 작은 자부심을 느꼈던 것이다. 강원도로 발령을 받은 후 나는 춘천 어느 하숙집에서 한 해 가까이 지내다가 거두절미 체면불구하고 아내 집에 들어가 살게 되었다. 결혼도 하기 전에! 그러나 하느님인들, 천지신명인들 남여의 인연을 어떻게 막을 것인가?

1975년 초 결혼을 하고 서울 중앙청으로 발령을 받아 다시 이사를 와서 살게 된 집은 명륜동 뒷골목의 열두 평짜리 한옥-장인이 마련해 준-이었다. 이때까지 나는 단독주택에서 살아왔지만 명륜동 한옥만큼 애정을 느낀 집이 없었다. 춘천의 옛 운교동 새집보다, 묵동에 내가 지은 집보다 더 애착이 갔다. 새둥지 같은 작은 집이지만 방 세 칸에 좁으나마 마루도 있고 두 평 정도의 마당도 있었다. 마당이 있었으므로 강아지도 길렀다. 공휴일이나 일요일이면 나는 톱과 망치를 들고 집안을 손질했고 대문과 담벼락을 페인트칠했다. 옆집 팔순 노인-그는 대통령의 T 사범학교 은사였다-이 가끔 집수리하는 나에게 훈수를 들기도 했다.

10.26사태 후 혼란이 계속되고 있을 때 미국에 잠시 망명유학을 다녀온 뒤 나는 영등포구 당산동의 H 아파트로 이사했다. 비록 전세이기는 했지만. 그것은 단독주택과는 전혀

다른 새로운 주거공간이었다. 모든 집의 구조가 똑같이 생겨먹었으므로 닭장을 방불케 하는 건축물이었지만 단 한 가지, 생활하기에는 너무도 편리했다. 특히 주부들이 지내기에는! 아파트는 그야말로 신문명의 지평을 여는 발명품이자 서민대중의 궁전이었다. 1983년은 내가 생애 처음 신문명의 거주공간으로 이전해 간 역사적인 해였다.

그 뒤 몇 번에 걸친 인사발령과 전근으로 나는 또 몇 번에 걸쳐 다른 아파트로 이사를 했다. 동대문구 장안동 H 아파트에서 두 해, 잠실 J 아파트에서 한 해, 다시 춘천 H 아파트에서 세 해, 그리고 층간소음으로 말썽 많았던 HJ 아파트로 이사를 와 17년이라는 장구한 세월을 보내다가 오늘의 까치아파트로 옮겨왔던 것이다. 거처의 이전은 인생의 유전이며 생애의 저녁을 향해 노를 저어가는 항해였다.

돌이켜보면 여기저기 이사하며 사는 동안 잊지 못할 일도 많았다. 뚝섬 셋집에서 지낼 때인 1971년 9월 초 한강이 범람해 뚝섬일대가 물에 잠기고 집 앞으로 운행하던 버스가 끊어졌다. 간밤에 집이 온통 물에 잠기는 바람에 식구들은 인근 건물로 급히 대피했다. 공교롭게도 다음날 아침 나는 행정고시 1차 시험을 치르기 위해 집을 나서야 했지만 식구들의 처량한 모습을 뒤로하기가 안쓰러웠다. 집에서 버스정거장까지 가는 동안 나는 장화를 신고 헤엄을 쳐야만 했다. 젖은 몸을 추스르며 버스를 갈아타고 간신히 시험장인 S 대학교에 도착한 시각은 시험시작 30초 전이었다. 시험을 어떻게 치렀는지 모른다. 집 걱정, 식구 걱정 때문에 답안이나 제대로 검토했는지 기억조차 나지 않았다.

그러나 시험장을 향해 길을 나서는 나의 손을 잡아주시던 할머니의 눈길을 나는 부도옹의 응원과 격려로 받아들였다. 나는 시험에 합격했다. 할머니는 합격자가 발표되고 나서 석 달 뒤에 돌아가셨다. 아버지 말에 의하면 할머니가 돌아가시기 전에 남긴 말씀이 있다고 했다. '아범아, 물이 드는 집에서 살지 말거라.' 아! 할머니, 저는 물이 차는 곳에서 살지 않을 게요….

H 군에서 근무할 때 관사로 사용하던 사택은 대지 200여 평에 건평이 50평을 넘는 큰 집이었다. 그때 나는 관사에 큰 개 한 마리를 길렀다. 덩치는 큰데 순해빠진 포인터 잡종은 어떤 사람이 다가와도 꼬리를 치며 겅중겅중 뛰어오르곤 했다. 멍청한 탓인지 순한 탓인지 모르지만 개는 도무지 짖을 줄을 몰랐다. 어느 날 퇴근 후-그날은 아내도 볼일이 있어 출타했으므로 온종일 관사를 비웠다-관사로 돌아와 주방에 들어갔을 때 나는 너무나 놀라고 당혹스러웠다. 주방 바닥에 누군가 오줌과 똥을 잔득 갈겨 놓았던 것이다. 나는 직감적으로 도둑이 든 것으로 판단하여 경찰서에 신고했다. 더군다나 가관인 것은 식당 벽 한 가운데 삐딱한 글씨체로 다음과 같이 적어놓은 백지 한 장이 붙어 있었던 것이다.

'야, 이 군수 놈아, 집안에 돈 좀 놔두고 다녀라. 돈이 아니면 마누라 금반지라도 놓고 다니던가. 재수 없는 집에 들

어왔다가 똥만 내지르고 간다.'

경찰에 범인을 조사해보도록 요청했지만 당사자는 그 뒤로도 오리무중이었다. '도둑 아저씨, 내 집을 방문하실 줄 알았더라면 미리 용돈이라도 놔두고 출타했을 텐데, 이거 정말 미안하게 됐소. 내 불찰이었소. 다음에 방문할 때는 미리 알려주시구려.' 도둑을 향해 역시 꼬리를 치며 침묵으로 환영했을 잡종 개는 직원들이 군청으로 끌고 갔다. 녀석은 한 달여 동안 청사 뒤에서 지내더니 어느 날 자취를 감췄다. 지상에서 영원으로….

그 일이 있은 후 나는 관사의 담장을 아예 헐어버릴까 생각했다. 담장을 허물면 오히려 사람들이 은밀하게 출입하기가 어려워질 것이다. 대낮에 도둑이 태연하게 관사에 잠입하기도 쉽지 않을 것이다. 동네 사람들 모두가 감시인이 될 테니. 그러나 나는 후임자를 위해 담장을 유지하기로 했다.

S 시에서 근무할 당시 관사로 이용했던 N 아파트는 지은 지 오래되어 노후한 건물이었다. 3,4월이면 바람이 거세게 불어 가뜩이나 산불 걱정 때문에 뜬눈으로 밤을 지새울 때가 많은데, 바람은 산불만 부채질하는 것이 아니었다. 어느 날 아침 출근 전, 그 시각에 바람이 유난히 강하게 불고 있었다. 8층 관사에서 내려와 출입구를 나서는 순간 '우당탕!' 하는 굉음이 울리면서 무언가 부서지는 소리가 났다. 깜짝 놀라 밖으로 나가보니 관사 창문 두 쪽이 바람에 날려 떨어져 그중 하나가 주차해 놓았던 시장 승용차 전면을 박살내

버렸다. 너무나 창졸간의 일이었으므로 정신을 차릴 겨를도 없이 승용차로 달려가니 운전기사 K가 얼굴과 손에 피가 묻은 채 옆으로 누워있었다. 나도 모르게 소리를 질렀다.

"K 기사! 어떻게 된 거야? 다쳤나? 괜찮은가?"

"…괜찮습니다."

"하마터면 큰일 날 번했잖아! 이런, 심하게 다쳤구먼!"

"괜찮습니다…. 중상이 아니니까 다행입니다."

"시장 관사가 사람 잡을 뻔했네!"

K 기사가 그만하기를 천만다행이었다. K가 잘 못 됐더라면 어떻게 될 번했을까? 만약 다른 주민들 머리 위로 떨어졌다면 어떻게 됐을까? 나는 K를 하루 동안 병원에 보내 쉬게 하고 부서진 승용차는 공장에 보내 수리하게 했다. 전임 시장과 관계 공무원들이 어떻게 이런 불실 건물에 준공검사를 해줬는지 시정책임자인 나 자신이 창피하고 당혹스러웠다. 결국 내가 나에게 사고를 친 셈이었으니. 사고를 알게 된 아파트 입주자들은 모두 불안해했다. 나는 건축과장에게 관사가 들어있는 아파트 전체를 대상으로 즉시 안전점검을 실시하도록 지시했다. 가해자나 피해자나 모두 시장이 아닌가? 바람에 날리는 집도 집이라고…. 집도 집 나름인 것을…. 그래도 운수 좋은 날이었다. 죽음의 사자가 비켜갔으니…. 이사를 다니다 보니 그런 일들도 있었던 것이다.

5.

오늘 아파트 옥상에 올라갔다. 말리려고 바닥에 널어왔던 땅콩들이 젖지 않게 줄어들었다. 아파트에서 자동차로 15분 거리에 있는 텃밭은 나의 거처를 '인간화'하는 공간이다. 매년 텃밭에 땅콩과 고구마, 고추와 도라지를 심어 심심치 않게 거두고 있다. 아파트 생활의 단조로움을 덜기 위해 마련한 텃밭에 나는 작은 농막을 지어놓고 아내와 함께 일하다 낮잠을 자거나 음악을 틀어놓기도 하고 밥을 지어먹기도 한다.

올해도 고구마는 제법 거둬들였지만 땅콩은 텃밭을 시시각각 노리는 까치와 산비둘기들의 사료가 됐다. 스무 평 땅콩밭에서 건져 올린 수확량은 겨우 다섯 됫박. 새들이 수확의 70퍼센트를 공물로 가로채갔다. 작년의 사분의 일도 안 됐다. 그나마 수확한 땅콩을 거둬 집으로 가져와 아파트 옥상에 말리려고 널어놓았던 것인데, 이번에는 동네 까치들이 가로채고 있다.

우리 아파트를 향해 날아오던 까치가 나를 보더니 옆 동 지붕에 앉아 망을 보고 있었다. 내가 일부러 실내로 들어와 자리를 피해주자 까치는 잠시 후 옥상으로 날아와 땅콩을 물어가기 시작했다. 까치는 즉석에서 껍질을 벗기는 게 아니라 그냥 물고 어디론 가로 날아갔다. 한 마리가 아닌 두 마리였다.

아하, 네 녀석들이로구나! 아파트 맞은편 플러터너스에 둥지를 튼 녀석들…. 나는 땅콩 한줌을 베란다 밖으로 던져놓고 나머지는 망에 넣어 바닥에 그대로 널어놓았다. 까치들은 다시 날아와 베란다 밖에 던져놓은 것들만 입에 물고 사라졌다. 그래, 같이 먹고 살자. 그렇지만 손자 녀석 줄 것과 내년에 종자로 쓸 것은 남겨둬야지. 사람과 동물은 역시 공존할 수밖에 없는 것 같구나. 인간이 지구의 주인공은 아니니까. 그런데 이상하기도 하지. 해마다 곶감을 만들기 위해 껍질을 깎아 옥상 건조기에 매달아 놓은 감은 왜 거들떠보지도 않지? 베란다에 널어놓은 고구마에도 왜 관심이 없지? 모두 달콤한 것들인데, 왜 땅콩에만 그렇게 관심을 보이는 것이냐?….

저녁 해가 저물어간다. 까치아파트 서재에서 바라보는 늦가을 석양풍경은 점점 갈색, 주홍색, 보라색으로 물들어간다. 도로변 은행나무는 가을의 끝을 재촉하는 노란색 벨트의 화려함을 한껏 뽐내고 있다. 나의 거처는 오늘도 전망대로서의, 스카이라운지로서의 역할을 해내고 있다. 비록 17년동안 은행융자금에 대한 원리금은 상환해나가야 하겠지만 펜트하우스에 사는 재미를 누리려면 그 정도의 부담은 짊어져야 하리라. 지붕 위에서 바이올린은 켜지 않지만 해가 뜨고 지는 광경을 목격하는 즐거움은 여기 사는 동안 누리리라. 젊은 시절 가슴 뭉클한 감동을 안겨줬던 영화 지붕 위의 바이올린의 어떤 주제가가 저녁 빛 속에서 아련하게 다가온다.

해는 뜨고 지고, 해는 뜨고 지고
이 처녀가 내가 안고 다니던 그 작은 소녀인가?
이 청년이 장난꾸러기였던 그 작은 소년인가?
난 나이 먹은 걸 기억하지 못해.
걔들은 언제 저렇게 나이가 들었지?…

내가 이 까치집에서 사는 동안 자식들은 나이 먹고 손자 손녀는 자라 더 성숙해 지리라. 나는 돌아올 수 없는 곳을 향해 마지막 촛불을 들고 인생의 한밤중 속으로 천천히 걸어가고….

그런데 나는 이 까치아파트에서 앞으로 몇 년이나 살게 될까? 여기저기로 이사 다니는 게 점점 싫어지고 있으니. 오늘 저녁도 창밖 도로위에 세속문명의 불꽃이 흐르기 시작한다. 나는 또 까치아파트 스카이라운지에서 저녁의 조망을 시작한다. 지붕에서 우주 쇼를 감상할 시간이 다가오고 있구나.

안혜숙

1989년 <문학의식>에서 중편소설[아버지의 임진강]으로 신인상 당선.

1990년 중편소설 [저승꽃]으로 KBS문학상 수상.

창작집 「창밖에는 바람이 불고 있었다」

장편소설 「고엽1.2부」「역마살 낀 여자」「 쓰루가의 들꽃」「다리위의 사람들」「잃어버린 영웅」

시집 「멀리 두고 온 휘파람소리」「사랑」「사랑의 뮤즈가 주는 장미목걸이」

베트남어 번역소설 「잃어버린 영웅」「고엽」

태초에 사랑은 울지 않았다

대로변을 낀 골목치고는 약간의 경사로여서 50미터만 지나면 숨이 차올라 걸음을 멈추지 않을 수 없다. 나는 허리를 펴고 숨을 고르기 위해 발을 멈추고, 가쁜 숨을 내쉬다 바로 눈앞에 보이는 초록색 지붕을 올려다본다. 가끔 그 집 앞을 지나칠 때면 은근한 유혹이 내 발목을 잡곤 하는데, 오늘은 그 유혹이 발동을 걸어서 멈칫 걸음을 멈추고 마음을 가다듬느라 엉거주춤했지만 발길은 이미 놀이터를 지나 집 울타리를 넘어 담벼락을 기어가고 있었다.

얼마 전 동생과 함께 산책을 하다 이곳 놀이터를 발견했다. 잠시 쉬었다 갈 요량으로 나는 그네에 앉고 동생은 놀이터에 어울리지 않는 우람한 뽕나무 한 그루를 두 손을 벌려 가슴에 품듯 안아보고는 듬직하네, 라며 웃었다. 덩달아 나도 웃긴 했지만 내 눈길은 뽕나무 너머로 보이는 외딴 집에 가 있었다. 빛바랜 초록색 슬레이트 지붕이 몇 군데 천막 천으로 덮어져 있고 그 사이로 벽을 타고 올라온 담쟁이 넝쿨은 제 멋대로 뻗어나가 얽혀 있었다.

"누나는 저 집에 사는 사람 봤어?"

동생도 내 눈길을 따라잡았는지 내 옆으로 다가왔다. 나는 대답 대신 그네에서 일어났다. 우리는 약속이나 한 듯 놀이터 울타리를 넘어 남의 집 뒤뜰로 돌아가 집안을 훔쳐볼 수 있는 뒷담 쪽으로 바짝 붙어서 창문으로 다가갔다. 동생이 먼저 커튼이 드리워져 있는 창문을 자세히 살펴보더니 엄지와 검지로 동그라미를 만들어 내게 보였다. 동생은 커튼자락이 중앙으로 맞물린 양쪽 사이에 약간의 틈새가 벌어져 있는 걸 손가락으로 가리키더니 창문에 눈을 가져다 댔다. 뭐가 보이냐는 내 귓속말에 동생은 조용히 하라는 시늉으로 입술에 손만 대고는 한참을 들여다보더니 갑자기 내 손을 잡아채듯 아무것도 안 보인다고, 그만 가자고 잡아끌었다. 나는 마지못해 끌려나왔지만 동생의 입가에 번진 이상야릇한 미소를 놓치지 않았었다.

그날 이후 가끔 이 집 앞을 지나칠 때면 동생의 그 묘한 미소 때문인지 초록색 지붕이 그전보다 더 선명하게 보였다. 그러다 결국 며칠 전에는 창틈으로 방안을 훔쳐보고야 말았다. 그날을 떠올리자 얼굴부터 화끈해 졌다. 나는 숨을 한 번 고르고 창문 틈새에 눈을 갖다 댄다. 방안은 의외로 환했다. 불빛에 드러난 수족관 안에는 형형색색의 구피새끼들이 부채질을 하듯 꼬리를 흔들고 있었다. 수족관 옆 책꽂이에는 서너 권의 책들이 반듯하게 꽂혀 있고 책상 앞에 의자는 침대를 향해 돌려져 있었다. 혼자 사는 집은 아니라고 생각이 들었지만 침대가 싱글이어서 저절로 고개가 갸웃해졌는데 흐트러져 있는 이불과 베개도 일인용이어서 더욱 호기심이 갔다. 바로 그때 마른 기침소리가 들렸다. 흠흠…. 분명한 남자 목소리에 나는 겁이 왈칵 나서 그대로 창문 밑으로 몸을 숨겼다가 발소리가 나지 않게 도망을 치고 말았다. 하지만 무슨 조화인지, 그날 이후로 그 기침소리를 냈던 인간의 얼굴이 궁금했다. 어쩌면 동생의 그 야릇한 미소 때문인지도 몰랐다. 오늘은 그 얼굴을 기어코 보고 말리라….

마침내 도둑고양이처럼 창문에 착 달라붙어 커튼자락 사이를 들여다봤다. 헐! 나는 눈을 떼고는 입술을 깨문다. 실오라기 하나 걸치지 않은 남자가 앉아 있었기 때문이다. 숨이 막힐 정도로 가슴이 뛰어 한 손으로 가슴을 누르고 입술을 지그시 깨물었다. 당장 돌아서 도망치려했던 의지와는 상관없이 내 호기심은 기어코 창틈 사이에 눈을 붙이고 구멍이라도 내서 봐야겠다는 결단으로 머리까지 쑤셔 박았다.

침대 끝에 걸터앉아 있는 남자는 나나 비슷한 또래로 보였고, 무엇인가를 열심히 들여다보는 것 같았다. 옆모습으로밖에 볼 수 없는 남자의 오른 팔 손놀림이 뭔가를 열심히 닦거나 문지르는 듯 손이 올라갔다 내려갔다 했다. 나는 좀 더 고개를 약간 옆으로 돌렸고, 그 순간 남자의 고개가 번쩍 쳐들어졌는데. 그의 두 눈이 초점을 잃고 멍 하니 금방 뒤집힐 것처럼 보였다. 간질병인가? 나는 순간 핸드폰을 가방에서 꺼내 11까지 눌러 놓고 다시 한 번 창틈을 들여다봤다. 엉덩이를 쳐든 그의 손이 책상 위 사각 티슈통에서 한 움큼의 종이를 뽑아내고 있었다. 그의 손이 사타구니로 가는 걸 보고서야 나는 눈을 떼고, '왕재수'라고 읊조린 후 핸드폰을 가방에 집어넣었다. 정말 어처구니가 없었다. 하마터면 119를 부를 뻔 했으니, 9를 누르지 않은 것만도 천만다행이라는 생각뿐이다. 왜 금방 그 생각을 못했을까?

나는 괜히 허탈한 생각도 들고 누군가에게 배신을 당한 기분이어서 발길을 놀이터로 돌려 그네에 자리를 잡고 앉았다. 우두커니 앉아있는 내 머리 속이 텅 빈 것 같아서 하늘만 멍청히 바라보다가, 자리를 털고 일어났지만 영 기분이 개운치가 않다. 불쌍한 사람 또 있네! 나도 모르게 튕겨져 나온 말에 어깨를 들썩하다가 오동나무를 보자 동생이 했던 것처럼 두 팔을 활짝 펼치고는 나무를 보듬어 안았지만, 나무는 내 품으로는 어림없다는 듯 들어오지 않는다. 나는 다시 그네로 돌아가 중심을 잡고 앉았다. 두 다리를 쭉 뻗고 엉덩이에 힘을 바짝 주어 그네를 굴렸더니 내 몸이 허공으로 난다. 다른 때 같으면 하늘을 나는 기분에 다시 한 번, 구름이라도 뚫을 듯 힘찬 발 돋음을 했을 것이다. 그러나 나는 발을 구르지 않았다. 허공으로 솟아야 할 내 몸이 마치 바람인 듯 허공에서 흩어져 버리는 것 같아서 맥이 빠졌다. 갑자기 씁쓸하다는 생각이 들고, 낮에 선 본 남자의 콧구멍이 벌렁거렸던 생각까지…. 나는 고개를 휘젓는다. 방금 전에 본 이상한 남자의 마스터베이션 때문인가? 암튼 기분이 더럽다. 이런 기분은 한 방에 날려버려야지….

나는 그네에 두 발을 올리고 일어서서 발을 가지런히 모아 그네 줄을 잡은 뒤, 두 발을 힘껏 굴리며 엉덩이를 앞으로 내밀었다. 내 몸이 나비처럼 사뿐 차올라 하늘을 향했다. 구름 속에 나부끼지는 않았지만 참새들은 놀라서 잠을 깨고 나래를 폈을 것이다.

두 손을 맞부딪쳐 박수를 치듯 툴툴 털고 걸음은 뗐지만 구두창이 철근이라도 붙어있는 듯 걸음이 성큼 떨어지질 않는다. 뭔가 놓치고 있는 기분이랄까, 암튼 한참을 걸었는데도 제자리인 것 같아 뒤를 돌아보는데 눈 안에 들어 온 창문 불빛이 유난히 환하다. 나는 그대로 걸음을 멈추고 창문을 뚫어져라 쳐다보다가 머리를 번개처럼 스치고 지나간 생각을 붙잡는다. 맞아, 그 남자가 낯설지 않았어. 분명 아는 얼굴이었어! 나는 혼잣말을 중얼거리며 괜히 혼자 흥분해서 두 손을 맞대고 목소리를 키운다.

고개를 뒤로 젖히던 그 남자의 눈빛이 눈앞에 삼삼하다. 누구지? 누군가? 누구…였지? 그러나 누구인지, 아무리 생각해도 떠오르지 않았다. 혹시나 하는 생각에 나는 집으로 달려갔다. 그리고 동생을 불러서 다그친다.

"그 남자 봤지? 놀이터 옆집 말이야, 그 집 남자 누군지 알고 있지?”

동생은 무슨 소리냐는 듯 눈을 둥그렇게 뜨다가는 웃음을 터뜨린다.

“그 남자, 그 짓 하는 거 봤어? 봤구나, 보고 그러는 거야? 그러게 왜 그런 걸 훔쳐 봐? 그리고 놀라긴 뭘 놀래? 포르노 영화도 보면서….”

이게, 동생 머리를 한 대 쥐어박았다. 그런데도 동생은 엉뚱한 대답을 한다.

“선 본 건 어떻게 됐어?”

“왜 딴 소리야? 말 안 하면 뻔하지, 뭘 기대 해?”

“또 아니야? 이번엔 뭐가 트집이야?”

“어처구니가 없어서…. 뭐 그런 남자가 다 있니? 글쎄,”

말을 하다 보니 내가 한 행동이 조금 우습게 보이는 것 같아 슬그머니 방으로 들어가 버렸다. 하지만 동생은 내 뒤를 졸졸 따라 들어오더니 의자에 앉아 나를 본다.

“말 할게, 그 친구 웃기더라. 글쎄, 차만 겨우 마셨는데, 기가 막혀! 호텔가서 편히 쉬면서 얘기 하잔다. 미친 놈 아니니?”

“난 또 뭐라고. 솔직해서 좋네. 40대 맞선은 섹스부터 챙긴다잖아, 그 남자 괜찮다~ 우우~흣흣.”

“그 웃음은 뭐야?”

“그냥 미친 척 하고 따라가지 그랬어. 또 놓친 거야? 그 놈의 첫사랑이 또 발목을 잡은 거지?”

나는 티슈를 툭 뽑아 얼굴을 쓱쓱 문질러 화장을 지운다.

“그렇게 빡빡 문지르니까 주름살이 생기지. 가만가만 닦아내, 남자도 가만가만, 부드럽게 다뤄봐….”

나는 쿡 튕겨 나온 웃음을 참지 못하고 깔깔거리고 동생은 왜 그러냐고 묻는다.

“그 남자 티슈 뽑는 건 못 봤지? 난 봤는데.”

“완전 맛이 갔군. 어쩌냐? 더 이상 버티다간 무슨 수라도 내겠네.”

나를 멍 하니 쳐다보는 동생을 밀쳤다.

“너나 여자들한테 잘하고, 장가도 가고. 엄마도 모셔와. 너 장가가면 요양소에서 나오신다잖아.”

동생이 횡 하니 방을 나가버려서 삐졌나 했는데, 금방 되돌아오더니 비디오테이프를 하나 툭 던져 준다. 나는 그걸 집어서 다시 동생에게 던졌다.

“이상한 거 아니야, 봐봐!”

동생은 내 얼굴을 심각하게 보더니 고개를 살래살래 흔든다.

“누나는 중기형 아니면 안되는 거지?”

나는 동생을 쏘아봤다.

“그거 내 여행 선물이야, 중기 형을 봤거든. 일정이 너무 바빠서 비디오로 대충 훑었는데, 편집하다 보니까 중기형이 찍혔더라. 관광 가이드를 찾아봐.”

“내가 봐서 뭘 어쩌라고?”

“어쩌긴, 아직도 가슴이 뛰는 지 확인해 보라고. 가슴이 뛴다면 내가 데려다 줄려구."

동생은 비디오 박스에 테이프를 넣고 전원 스위치를 누르면서 나를 슬쩍 훔쳐본다.

"선 본 건, 잊어버려! 신세 진사람 부탁이라 거절할 수가 없었다며? 빚 하나 갚은 거지 뭐…."

위로랍시고 던지는 동생의 말에 고맙다는 시늉이라도 해야 될 것 같아서 모니터에 눈길을 돌렸다. 화면에는 벌써 올리브나무가 울창한 계곡 사이로 한 줄기 햇빛이 내려오고 있었다. 이미 오래 전 잃어버렸다고 생각했던 그 빛이 나를 향해 비치고 있는 것 같아서 나는 좀 더 앞으로 다가 앉았다. 그 빛 사이로 중기의 음성이 내 귓가에 쟁쟁 울렸다.

"오이디푸스가 왜 자기의 두 눈을 뽑고 왕좌를 버렸는지 알아?"

"오이디푸스의 아버지 테베왕은 선지자의 예언이 두려워 갓 태어난 아들을 버렸어. '아들을 낳으면 그 아들의 손에 죽는 다'는 말을 믿은 거지. 그러나 그 아들은 목동의 손에 구출되고, 성장하여 테베 왕인 자신의 아버지를 죽이고 어머니가 되는 여왕과 결혼을 해서 영웅이 됐어. 결국 오이디푸스가 그 사실을 알게 되면서 절망하고 자신의 두 눈을 뽑아버리고 왕좌도 버렸다. 뭐 그 정도?."

"운명의 장난이라고 하기엔 너무 가혹한 형벌이지."

"형벌이라기보다는 운명이 아닐까?"

"그래, 그 운명이 더 무서운 거야. 신들도 거역하지 못하는 운명을 우리 인간이, 감히 어떻게 그 운명과 맞서겠니?"

"오빠는 지금 집에서 반대한 결혼이 운명이라는 거야? 그래? 그래서 포기하자는 거야? 말해봐! 오빠의 운명을 누군가 가로 막고 있다는 거야? 아버지의 결혼 반대를 그런 식으로 비약하고 있는 거지? 아니면 나와 헤어지고 싶어?"

"아니야, 말이 헛나갔어."

"왜 얼버무려? 도대체 그 형벌은 누가 내리는 건데?"

"물론 신만이 내릴 수 있지. 인간과 신의 차이가 뭔 줄 알아? 인간이 모르는 비밀을 신은 알고 있다는 거야. 인간이 아무리 발버둥 쳐도 신을 이길 수 없다는 거지."

중기는 말을 하다말고 멀뚱히 나를 쳐다봤다. 도대체 무슨 생각을 한 걸까? 뚱딴지 같이 운명론은 뭐야? 나는 대수롭지 않게 흘렸다. 그래서 나는 마냥 즐거운데 오빠는 계속 우울해 있었다. 아마 그때부터 이별을 준비했던 것이리라. 그렇지 않고서야 대전에서 붙잡혀 간 그 해, 나한테는 전화 한 통 없이 결혼을 할 수 있었겠는가. 결국 나는 버림을 받았고, 그 악몽 같은 실연의 세월을 지금까지 견디며 살고 있는 것이야….

나는 잠시 과거 속으로 들어갔다 다시 눈을 들어 화면을 본다. 눈에 낯설지 않은 성벽들, 미케네 성벽의 암사자 성문이 지나간다. 그 순간 아가멤논과 크리타임네스트의 침실이 떠오르고, 그 침실을 보면서 나는 오빠와 둘이 나란히 눕는 상상으로 가슴이 부풀었는데 오빠의 심각한 얼굴은 가혹한 형벌을 받는 운명의 신들에게 솔려 있었다.

나는 또다시 과거로 빠져드는 내 어리석음이 싫어서 리모컨을 들고 전원을 누르려다 멈칫 화면에 집중한다. 폐허가 된 미케네 성에서 깃발을 든 남자가 지나갔기 때문이다. 나는 좀 더 화면 앞으로 다가갔다. 암사자 성문이 클로즈업 되면서 곧바로 성문에서 많은 관광객들이 밀려나오고 깃발을 든 남자의 얼굴이 측면으로 비쳤다. 나는 그 얼굴을 자세히 보기위해 고개를 돌렸지만 남자의 얼굴은 더 이상 보이지 않았다. 나는 그 깃발을 따라가면서 입술을 잘근잘근 씹기 시작했고, 금방 관광객들 사이에서 모자를 벗어 이마에 땀을 닦는 중기의 얼굴이 오버랩 되는 순간, 내 심장이 요동을 쳤다. 나는 가슴을 두 손으로 짓누르고 그를 쳐다봤다.

한 손에 깃발을 들고 인원이 맞는 지 확인하듯 성 앞에 모여 있는 사람들에게 줄을 세우며 누군가를 찾느라 고개를 돌렸다. 그 찰나, 중기의 얼굴이 화면 가득히 그대로 멈춰 있다. 나는 갑자기 긴장했으나 아무 생각이 없다. 어쩌자고 동생은 이 얼굴을 보여준 것일까? 내가 그리스를 자주 가고 그리워하는 걸 중기와의 추억 때문이라고 생각한 건가, 나는 침대로 돌아가 주저앉았지만 가슴에 한 방의 총을 맞은 듯 심장은 무쇠덩이 같이 굳어버렸다.

잃어버린 것은 완전히 잃어버려야 한다. 무엇인가 남아 있다면 그것은 지독한 통증뿐이다. 그 통증이 깊은 나락으로 떨어져야만 다시 살아날 수 있다는 걸 알고 있지만 나는 아직 그 나락에서 떨어지고 싶지가 않았다. 세상에 억지로 되는 일은 없다고 한다. 그러나 미리 포기하는 일처럼 어리석은 일은 없다. 그래서 나는 중기를 기다린다? 천만에…. 나는 모니터를 끄고 욕실로 들어간다,

휴가를 내고 여행이라도 갈 생각이었지만 마음이 내키지 않아 며칠 째, 빈둥거리다가 놀이터로 나오곤 했다. 오늘도 습관처럼 그네에 앉았지만 눈길은 옆집을 흘금거리고 있다. 어제는 슬쩍 뒷담으로 돌아가 창문 틈새를 몰래 훔쳐보기도 했지만 방안은 텅 비어 있었다. 분명 아는 얼굴인데 생각이 나질 않는다. 사실은 그 얼굴을 한 번만 더 보면 누군지 알아낼 수 있을 것 같다는 생각이 줄기차게 머리에서 떠나질 않아서인지 대문만 나서면 걸음은 저절로 이쪽 방향으로 틀었다. 돌아서려다 그래도 미련이 남아 방안을 슬쩍 훔쳐보는데, 뒤에서 사람의 기척이 느껴졌다. 소스라치게 놀란 나는 하마터면 담벼락에 머리를 박을 정도로 놀라 뒷걸음질을 쳤다.

"당신 누구요?"

내 앞으로 그 남자가 불쑥 다가왔다. 나는 당황하고 섬뜩해서 벌벌 떨면서 꼼작 못하고 그 자리에 서 있다.

"누군데 남의 집을 엿 보냐고? 말 안 해? 신고한다?"

듣다 보니 은근 열이 받쳤다.

"근데 왜 반말이야? 언제 봤다고?"

나는 목소리를 내자 간이 커진 듯 당당해 졌다. 그를 똑바로 쳐다봤다. 그런데 그는 슬쩍 얼굴을 돌리더니 그만 가보라는 손시늉을 하고는 가버린 게 아닌가. 나는 황당했다. 나를 피한 것도 같고, 귀찮아서 그냥 가라는 것도 같았다, 암튼 개망신 당하지 않은 것만도 다행이라는 생각에 줄달음질을 쳐서 집으로 돌아왔다.

분명 아는 얼굴 같은데 기억이 나질 않아 눈살을 찌푸리고 생각을 모아봤지만 전혀 실마리도 찾지 못했다. 보통 키에 유난히 콧날이 오뚝하고 살집이 없는 체구, 비슷한 사람이 있었던가? 나도 모르게 눈을 똑바로 뜨고 그를 쳐다봤는데, 그 남자 역시 나를 알아보는 듯 흠칠 놀란 눈치였다. 누굴까? 아는 얼굴들을 하나하나 떠올렸다.

그동안 중매든 소개든, 맞선이란 형식으로 마주했던 남자들을 떠올리면서 방금 전에 만났던 남자의 얼굴을 다시 그려봤다. 앞이마를 가려서 이마는 볼 수가 없었고 코는 길었던가? 아니, 뭉툭한 것도 같고, 꾹 다문 입 때문인지 전체적인 인상이 과묵해 보여서 보통은 호감이 가는 얼굴인데, 왜 섬뜩하게 느껴지는지 몰랐다.

집에 돌아와서도 나는 줄곧 그 남자를 떠올리느라 동생의 말에도 건성이었다.

"누나 왜 그래? 넋 나간 사람처럼, 무슨 일 있었어?"

나는 고개만 저었다.

“아직도 비디오 때문에 충격 받은 거야?“

“혹시 그 남자 얼굴 자세히 봤니?”

“누구? 또 그 남자야? 우리 누나 불쌍해서 어떻게 하냐. 그 남자 마음에 들어서 그래?”

“그게 아니야,”

“그럼 시집 못가더니 남자 귀신까지 붙은 거야? 그 남자가 누구야? 무슨 남자? 길바닥에 깔린 게 남자잖아!”

나는 동생 보기가 민망해서 욕실로 들어가 세수를 하다말고 옷을 훌훌 벗어버린다. 속이 타는 것 같아서 샤워 꼭지를 잡다가 거울에 비친 내 모습에 흠질 놀란다. 눈 꼬리 잔주름은 자글자글하고 입가에 팔자 주름은 푹 페였고 목에는 세로 주름까지 보인다. 두 달만 넘기면 40이니 당연한 현상이다. 나는 좀 더 아래로 눈길을 주고는 가슴을 두 손으로 감싼다. 살이 빠져서 그런지 탄력이 없다. 내 보금자리! 중기는 내 가슴을 안을 때마다 내 보금자리라고 얼굴을 묻곤 했다. 나는 찬물로 뜨거워진 눈시울을 식힌다. 주인을 잃은 보금자리, 황폐해지는 건 당연한 일이 아닌가.

중기와 나의 사랑, 그 기원은 언제부터일까, 나는 내가 초등학교에 들어가던 날이라고 기억하고, 중기는 내가 더 어려서 나를 봤다고 했다. 내가 기억하는 중기는 입학식 날 엄마가 낯선 남자와 인사를 나누다가 교문 옆에 매달려 있는 그네를 가리키며 그곳에 가서 놀고 있으라고 했다. 엄마 말이 떨어지기도 전에 그네가 있는 곳으로 달려갔다. 그네에 올라앉은 나는 엄마가 있는 곳을 봤는데, 아저씨 옆에 있던 남자 애가 내가 있는 곳으로 달려오더니 아는 체 했다. 또 보네, 나는 그 말뜻을 몰라서 잠자코 있었고 그 애는 자연스럽게 내 옆으로 오더니, 내 그네를 조심스럽게 밀었다.

"하지 마!"

나는 한 번도 타보지 않은 그네라 무서워서 소리를 질렀지만, 내 몸은 이미 공중으로 날았다. 내가 제자리로 돌아오자 다시 그네를 밀었는데 처음 보다 더 높이 올라서 소리를 지르면서 울음을 터트렸다. 그 애는 놀라서 내려오는 그네를 잡더니 괜찮냐고 나를 달랬다. 내가 울음을 그치자, 이번에는 가만가만 밀어주겠다고 했다. 나는 무서우면서도 기분이 좋아서 그대로 그네에 앉아 고개를 끄덕이자, 다시 내 몸이 공중을 날았다. 점점 높이 나는 내 몸이 깃털을 단 듯 가벼워져서 나중에는 소리 내어 웃기까지 했다. 그때 아저씨가 그 애를 불렀지만 한 번 더 그네를 힘껏 밀어주고는 아저씨한테로 달려갔다.

그리고 며칠 후 학교 복도에서 그 애를 만났다. 난 중기야, 그 애가 먼저 말을 걸었다. 나는 수줍어서 고개만 숙였고 그 애는 3학년 반 교실을 가리키면서 자기는 3학년이니까, 자기 보고 오빠라고 부르라고 했다. 중기는 우리 이모가 돌아가시던 날 아버지를 따라서 병원 영안실에 왔다가 나를 봤다고 했다. 인형처럼 예쁜 내가 계속 울기만 해서 너무

속이 상했다면서 내 볼을 꼬집었고 나는 볼이 많이 아팠지만 아무 말 안 했다. 그때부터 중기는 나에게 하나밖에 없는 오빠가 되었고 우리 집도 드나들었다.

우리는 대학생이 되면서 방학이 되면 함께 여행을 할 만큼 가까워졌다. 결혼은 기정사실이었는데 느닷없이 오빠에게 혼처가 나타난 것이다. 그날부터 오빠의 발걸음이 끊어졌지만 나는 중기오빠를 믿었다. 내 믿음처럼 오빠는 졸업 기념으로 학교 동아리에서 그리스를 가는데 함께 가자고 했다.

그 여행을 나는 오빠가 내게로 완전히 돌아온 것이라고 믿었다. 그런데 집에 돌아오자마자 이번에는 우리 부모님의 반대가 심했다. 아버지는 부녀관계를 끊자는 말까지 나올 정도로 완고했다. 그래도 나는 포기할 수 없다고 버티다 아버지에게 감금까지 당하게 되었지만 중기에게서는 아무런 소식이 없었다. 나는 점점 절망감에 빠져 침식도 잃어갔는데 엄마로부터 중기의 소식을 들었다.

"이제 더 이상 버텨봤자 너만 손해야. 우리도 어쩔 수 없다. 그 쪽 집에서는 결혼식 날짜도 잡았단다. 나도 어제 아버지한테 들었어. 그러니 이제 포기하자."

나는 할 말을 잃고 이불을 뒤집어썼다. 얼마나 울었는지 울다 지쳐서 깜박 잠이 들었던 것 같다. 엄마 목소리에 잠이 깼지만 그대로 잠자코 있었다.

"이제까지 울다가 금방 잠들었어요."

"당신 말 듣고 포기 한 거야?"

"저라고 무슨 수가 있겠어요? 아무 말 않는 게 포기한 것 같아요."

"잘했어. 이럴 줄 알았으면 일찍 말해줄 걸. 어쩔 수 없는 상황이었는데,"

"모든 게 다 운명이라고 생각해요. 모르고 그렇게 된 걸 어떻게 해요."

"그래도 우리 연이가 빨리 포기를 해 줘서 고맙네."

아버지의 목소리가 원망스러웠다. 도대체 뭘 모르고 한 일이라는 건지, 말의 진의를 파악 할 수가 없었다. 어떻게든 오빠를 만나야 된다는 생각뿐이었다. 나는 다음 날 엄마가 가져다주는 죽을 한 그릇 다 비웠다. 그리고 옷도 갈아입고 일상으로 돌아간 척 책상에 앉았다. 저녁나절에 아버지가 들어오시더니 내 등을 토닥이셨다.

"여보, 나도 이제 해방이요. 나 잠깐만 나갔다 올 테니 저녁은 맛있는 요리 좀 해봐요. 연이 좋아하는 콩국수할까? 아니지, 그동안 못 먹었으니 갈비찜이 좋겠다."

아버지의 들뜬 음성과는 달리 엄마의 목소리는 힘이 없었다.

"금방 무슨 입맛이 돌겠어요. 그 속이 제대로 된 속이겠어요. 나도 이렇게 가슴이 아픈데 저 어린 것이 얼마나 아플지…."

"세월이 해결해 주겠지. 우리 잘못도 아닌데, 당신도 마음 쓸 것 없어. 모든 게 다 운명이야, 그래도 지어미를 닮아서 결단력이 없을 줄 알았는데,"

"여보!"

엄마가 버럭 소리를 지르고 아버지는 아, 실수! 라고 작은 소리를 냈다. 내가 엄마 성질을 닮아 결단력이 있다고? 나는 아니라는 생각이 들었다. 엄마야 매사가 분명하고 똑 부러진 성격이지만 나는 매사가 좋은 게 좋고 남의 말도 잘 듣는다. 나는 싸움 자체를 싫어하기 때문에 누구와 시비가 될 만한 일이 있으면 피해버리던지 포기해 버린다. 하지만 이번 일은 달랐다. 내 운명을 결정하는 일이다. 무엇보다 중기오빠 없는 내 미래는 한 번도 생각해 본 일이 없기 때문이었다. 아직도 내 성격 파악을 못하시는 아버지가 서운하긴 해도 다행이다 싶었다.

"연이야, 우리 저녁에 갈비 먹을까? 너 영양보충 해야지, 아버지도 갈비 해 주라고 했어."

엄마는 서둘러 나가시면서 마트에 좀 다녀오시겠다고 했다. 나는 엄마가 나가시는 걸 보고 바로 중기에게 전화를 해서 무조건 집 근처 초등학교 교문 정문으로 오라고 했다. 무슨 일이냐고 묻는 말에 무조건 지금 당장 나오지 않으면 평생 후회할 거라는 말을 남기고 전화를 끊었다. 하지만 내 수중에 가진 게 아무것도 없었다. 내 소지품은 아버지한테 압수당한 상태였고 안방문은 잠겨있었다.

이미 사랑에 눈이 멀어버린 내 안중에는 부모에 대한 미안함이나 가책 같은 것도 없었다. 당장이라도 부모님께 잡히면 내 인생은 끝이라는 생각밖에 들지 않았다.

중기는 오래 걸리지 않아서 나타났다. 그를 본 순간 와락 눈물이 쏟아질 것 같아 이를 악물었다. 그의 눈에서도 물기가 비쳤다. 그 순간 나는 안도의 숨을 내쉬었다. 그러면 그렇지, 오빠도 지금 처해 있는 현실이 가슴 아픈 거야, 그렇다면 나라도 용기를 내야지. 나는 중기에게 당장 도망가자고 했다. 그는 아무 말 없이 내 손을 꼭 잡았다.

"다시 한 번 생각해보란 말은 못하겠다. 널 어떻게 설득시킬 방법도 없고…. 집으로 돌아갈 생각은 전혀 없는 거야?"

나는 고개가 땅에 떨어질 만큼 깊숙이 숙였다.

"그럼, 여기서 한 시간 정도만 기다리고 있어. 일단 어디든 가서 너를 좀 쉬게 해야겠어. 집에 가서 돈을 좀 마련해 올 테니…."

중기는 내 어깨를 힘껏 안아주고 찻집을 나갔다가 무려 세 시간이나 지나서 나타났다.

"많이 기다렸지. 너의 집에서 우리 집에 전화했나봐. 아버지 감시가 심해서 겨우 도망쳐 나왔다. 일단 고속버스 타고 대전으로 가자. 그곳에 가면 농장하는 친구가 있어."

나야 목적지가 어디든 상관없었다. 버스가 출발하고도 한동안 누구도 먼저 입을 열지 않았다.

우리가 목적지 대전에 도착한 시간은 자정이 가까워서 시골로 들어가는 차는 이미 끊긴 상태였다. 우리는 모텔을 찾아들어갔고, 이미 지쳐있었기 때문인지 침대에 나란히 눕자마자 금방 잠이 들었다. 새벽녘에 눈을 뜨고서야 내 옆에 중기가 있다는 사실에 마음이 놓였다. 나는 깊은 잠에 빠져 있는 중기를 바라보면서 마음의 안정을 찾았다. 이 남자만 있으면 모든 것이 다 해결 될 것 같았다. 순간 그의 가슴에 안기고 싶었다. 나는 그의 어깨에 가만히 얼굴을 기댔고 그는 기다리고 있었던 듯 나를 껴안아 내 입술에 입을 맞추었다. 내 숨결은 이미 그의 입술에 끌려들어가면서 심장에서는 북소리가 울리기 시작했고 그 북소리에 내 몸이 출렁거렸다. 그의 숨결이 내 숨결을 삼키려는 찰나였다. 그는 나를 밀어내고 넋이 나간 듯 우두커니 앉아있었고, 나는 무안하고 부끄럽고 당혹감에 두 손으로 얼굴을 감쌌는데 그만 울음이 터져 나오고 말았다. 그는 나를 다시 품안에 보듬어 안고 어린애 달래듯 내 등을 한 손으로 토닥거렸다.

"내가 잠시 이성을 잃었던 거야, 미안해, 더 이상 너에게 상처를 줄 수는 없어. 더구나 이런 상황에서…."

나는 너무 큰 충격에 잠자코 있었다. 상처라니? 우리가 처음도 아닌데. 우리의 사랑을 확인 할 때마다 그의 희열을 내 몸으로 느낄 수 있었는데, 그는 도대체 무슨 생각을 하는 걸까? 나는 차마 결혼 날짜를 잡았느냐고 물어보지 못했다, 내 전화 한 통에 바로 뛰어나오지 않았는가. 나는 침대에서 일어나 창문을 열었다. 어둠밖에 깔리지 않은 세상이지만 밤하늘은 찬란하게 빛났다. 그 속에서 별들만 숨을 쉬고 있는 것 같았다.

별처럼 붉게 타오르던 내 몸이 바싹 말라비틀어지는 듯 움츠러들었다. 어디선가 들려오는 자동차의 소음이 밤 부두에서 들려오는 고동소리처럼 구슬프게 들렸다. 내 목숨보다 더 사랑한 남자, 나는 침대에 넋 놓고 앉아 있는 중기를 돌아봤다. 그는 나를 물끄러미 바라보다가 손을 들어 옆에 와 앉으라는 시늉을 했는데 그 순간 내 가슴이 시리고 아팠다. 어쩌면 저 남자는 이별을 준비하기 위해 온 것인지도 모른다는 생각이 들었고, 그 생각은 나를 초조하게 만들었다. 나는 침대에 앉아있는 그의 무릎 앞으로 다가가 그의 무릎을 두 손으로 가슴에 보듬었다.

"연이야! 제발… 이러지마!"

중기는 후다닥 나를 밀어내듯 일어나 밖으로 나가버렸다. 나는 그 자리에 화석이 된 듯 움직일 수가 없었다. 그러다 눈물을 흘렸던가? 아니, 욕실로 들어가 샤워기를 틀었던 것 같다. 그리고 눈물을 흘렸으리라.

중기는 한 시간 정도 지난 후 모텔로 돌아왔다. 손에는 햄버거와 우유가 들려있었다. 나는 달려가 그의 품에 안겼다. 그냥 가버린 줄 알았다는 내 말에 배고프겠다고, 우선 먹고 생각하자고 했다.

"친구가 이곳 교외에서 농장을 한다고 했어. 며칠만이라도 그곳에 가서 좀 쉬자. 그리고 생각하자. 친구를 만나보고 올 테니 꼼짝 말고 여기서 기다리고 있어. 알았지?"

어린애 달래듯 내 몸을 침대에 눕혔다. 나는 가만히 눈을 감았고 그는 아무 말이 없었다. 나는 숨이 가쁘기 시작했다. 그래서 그의 손을 가만히 잡았다. 연이야, 걱정 마, 오빠가 꼭 돌아올 테니, 내 손을 가만히 놓는 오빠의 손을 놓치고 싶지는 않았지만 나는 입술을 깨물고 대답하지 않았다. 왜 그래, 입술에 피 나지 않아, 오빠는 손가락으로 내 입술을 꾹 눌러 주고는 일어났다. 그는 완전히 변해 있었다. 예전 같으면 입술을 포개서 내 입술을 눌러주곤 했다. 불만이 있으면 말로 해, 왜 죄 없는 입술을 깨물어…. 내 볼에 얼굴을 부비면서 속상해 했는데 지금은 내 입술에 피가 나도 덤덤한 표정으로 나갔다. 사랑이 식으면 그 대상도 귀찮아 지는 것이리라. 나는 이불을 뒤집어쓰고 눈을 감았다. 버림을 받았다는 생각이 들자 온 몸이 나락으로 떨어진 기분이었다.

밤새 중기는 돌아오지 않았고 밤을 지킨 나는 절망감으로 방안을 왔다갔다 제자리걸음만 하고 있었는데, 새벽녘에 방문을 두드리는 소리가 들렸다. 한달음에 달려가 문을 열자, 우뚝 서 있는 경찰관이 대뜸 김중기씨를 아느냐고 물었다. 나는 경찰관 앞으로 바짝 다가섰다.

"어디 있어요?"

"김중기씨를 기다리신가요?"

나는 고개만 끄덕거리면서 경찰관의 입만 쳐다봤다.

"그 사람 회사 공금횡령으로 수배된 인물인 줄 몰랐어요? 어제 밤 검문에 걸려 서울로 이송되었습니다. 집에 가 있으면 연락하겠답니다."

경찰관은 그의 부탁이 하도 절박해서 전해주는 것이라고 했다. 나는 꿀 먹은 벙어리처럼 멍 하니 경철관만 쳐다 볼 뿐이었다.

"그럼,"

그가 갑자기 두 발을 모은 다음 경례를 하고 돌아서 가버리는 걸 보면서 내 몸은 스르르 모래성이 무너지듯 그 자리에 허물어지고 말았다. 아무 생각도 없었다. 그리고 와락 솟구치는 눈물을 참기 위해 입술을 깨물었다. 아니 잘근잘근 씹히는 입술에 짠 맛이 돌았다. 핏물 맛이나 눈물 맛이나 그 맛이 비슷하다는 걸 나는 유년시절부터 알고 있었다.

이모가 죽었다는 날, 나는 아무 영문도 모르면서 울음을 그치지 않아 어른들이 애를 먹었다고 했다. 마침 이모 친구들이 몰려들어오는 바람에 엄마는 나를 주방에 좀 데려다 놓으라고 해서 누군가 나를 주방에 데리고 갔고, 그 여자는 나를 달래면서 계속 울기만 할 거면 여기서 나오지 말라고, 너처럼 그렇게 울기만 하면 죽은 사람이 구천에 떠돈다는 말을 하면서 나를 안쓰럽게 쳐다봤다. 나는 구천이 어딘지는 몰랐지만 나쁜 곳이라는 생각이 들어 그때 입술을 꼭 깨물었다. "그래, 그렇게 입술을 꼭 다물고 있으면 울음이 그쳐, 그렇게 울지 말고, 꼼작 말고 여기에 있어야 해" 그녀는 나한테 한 번 더 다침을 하고 나가버렸다. 그런데도 나는 울었고, 주방에 어떤 아줌마가 나를 보면서 "뚝" 했다. 나는 그 순간 입술을 악물었다.

“그래, 그렇게 입술을 꼭 깨물고 있는 거야, 니가 그렇게 울면 돌아가신 분이 어떻게 눈을 감겠냐?”

나는 그 아주머니 말에 또 울음이 터질 것 같아 입술을 꽉 깨물고는 그 자리에 쪼그려 앉았다. 그렇게 앉았다가 정신이 희미했다. 그러다 문득 나 홀로 있다는 걸 깨달았다. 사람들의 울음소리가 점점 멀어지는 걸 느꼈지만 그 의미가 무엇인지 몰랐다. 너무 조용해서 주방 밖으로 살그머니 나갔는데 아는 얼굴이 아무도 없었다. 나는 급한 마음에 밖으로 뛰어나갔고, 내 눈 앞에서 버스에 오르는 사람들을 봤다. 그들은 분명히 검은 옷을 입었기 때문에 나는 그들을 놓치지 않으려고 달려가서 그 버스에 올랐고, 그 버스는 바로 출발을 했다. 그때 누군가 내 손을 잡아주고는 옆 자리에 앉혔다. 버스는 금방 출발을 했지만 나는 버스 안을 돌아볼 수가 없었다. 그때 뒷좌석에서 아이고~ 하는 울음소리가 들렸다. 그 소리에 나도 덩달아 울음을 터트렸다. 옆에 아주머니가 내 어깨를 감싸주는 바람에 나는 울음을 뚝 그치고 입술을 깨물었다. 세 살 버릇 여든 간다더니 그 버릇을 지금까지 써먹느라, 억울하면 입술을 악다물고 초조하면 입술을 깨문다.

나는 아예 입술을 잘근잘근 씹고 있었다.

청천벽력이 따로 없지 않은가. 그가 다닌 회사는 그의 아버지 회사였으니 이해할 수 없었다. 다만 그의 아버지가 아들을 지명수배 내릴 정도로 나를 싫어한다는 사실. 잘 사는 사람들은 못사는 사람들을 벌레 보듯 한다던 아버지의 말이 떠올랐다. 사업에 실패하고 부도만은 막아보겠다던 아버지가 잘 나가는 친구들을 만나고 돌아와서 하던 말이었다.

아버지는 부도수표 남발 죄로 2년의 구형을 받고 수감생활을 마쳤지만 심한 우울증으로 집 밖 출입을 삼가하고 계시는 중이었다. 이번 일로 얼마나 상처가 크실까, 다급해지니 부모생각이 난 건지 엄마와 동생 얼굴도 스쳤다. 가슴이 먹먹하고 눈앞에 펼쳐진 상황이 무섭고 두려웠다. 그렇다고 이대로 집에 들어가는 일은 너무나 뻔뻔스러운 일이었다.

나는 한 숨을 내 쉬고 내가 처해 있는 현실을 똑똑히 인식했다. 명문가의 딸과 결혼이 정해져 있는 현실 앞에 오빠라고 별다른 수가 있었겠는가. 그는 아버지의 말에 늘 복종하는 스타일이었고, 어머니의 사랑은 늘 자애롭다고 자랑했다. 그런 아들이 어떻게 부모님의 말을 거역하겠는가. 내가 바보였다. 나는 우리의 사랑만 생각했지 현실에는 어두웠다.

모텔을 빠져나오는데 길가에 앉아 몇 가지 채소들을 놓고 파는 50대 중반의 아주머니가 나에게 손짓을 했다. 하나만 팔아주고 가라는 말에 내 입술이 저절로 깨물렸다. 내 수중에 땡 전 한 푼 없는 설움보다는 안쓰러운 아주머니의 청을 들어주지 못하는 내 처지가 슬펐다. 돈을 벌어야겠다는 생각이 들었다. 대학만은 졸업시키겠다고 아버지는 요즘 경비일 자리까지 알아보고 계신다고 들었다.

어쩌면 아버지가 부도만 나지 않았어도 이렇게 심한 반대에는 부딪히지 않았을 거라는 생각도 들었지만 금방 머리를 흔들었다. 마침 가로등 가판대에 꽂혀 있는 벼룩시장 광고지가 눈에 띄었다. 우선은 숙식제공이 된 곳부터 찾아갔다. 낮에는 차를 팔고 밤에는 술도 판다고 했다. 찻집은 몰라도 술까지는 마음이 내키지 않아서 돌아서려는데 주인이 나를 불러 세웠다.

"그럼 카운터를 보면 어떻겠어요?"

나는 고개를 갸웃했다. 경리라고 했다. 돈만 잘 받으면 된다고 해서 그대로 그 집에 눌러 있기로 했다. 그렇게 시작한 내 일자리는 말이 경리지 급할 땐 안주접시를 날라야 했고 손님이 옆에 앉으라고 하면 앉아야 했다. 겨우 이틀이었지만 손님들은 막무가내로 술을 권했고 싫다고 거절하면 욕부터 퍼부었다. 그들의 요구는 끝이 없을 것 같아서 주인에게 그만 두겠다고 했다.

"당장 나가면 오늘 밤 장사는 어떻게 해. 오늘 밤만이라도 봐주고 가야지."

그날따라 손님이 많아서 테이블까지 도와줘야 했다. 손님 테이블에 안주접시를 내려놓는 순간, 내 허벅지로 들어오는 손에 기겁을 하고 옆 자리 손님 얼굴을 봤다. 그 손님이 씨익, 웃는데 화가 머리끝까지 솟았지만 입술만 깨물고, 접시를 놓을 수 있는 공간을 만들기 위해 허리를 숙였다. 그 순간에 또 그 손이 내 허벅지를 더듬는 게 아닌가. 나는 더 참지 못하고 접시를 들어 남자의 면상에 쳤다. 악, 소리와 함께 얼굴에서 피가 튕겨 나왔다. 나는 두 손으로 내 얼굴을 가렸고, 홀 안은 금방 아수라장이 되어 시끄러웠다. 누군가 112에 전화를 했는지 경찰관이 오더니 나를 경찰차에 태워 경찰서로 데려갔다. 신분증도 없는 처지이다 보니 바로 유치장에 수감되어 어쩔 수 없이 엄마를 불렀다. 그 이후 중기오빠는 아직까지 한 번도 내게 연락한 적이 없다. 그때만 해도 나는 순진해서 세상 이치를 몰랐다. 사랑 같은 걸 믿는 게 아니었는데….

이 세상에 영원한 건 아무것도 없다. 불같이 타올랐던 사랑도 길어야 삼 년이란다. 하긴 삼 년을 넘긴 연인들이 몇 %나 될까 싶은 의문도 들 때가 있었지만 지금은 그깟 사랑, 개나 물어가라고 외치고 싶다.

며칠 간 다녀오겠다고 훌쩍 떠난 동생이 공항이라고 하면서 내친 김에 엄마 요양소에 다녀오면 어떻겠느냐고 물어왔다. 나는 쾌히 승낙하고, 엄마에게 가져갈 물건들을 챙기느라 혼자서 분주하게 움직이는 데 현관 벨이 울렸다. 동생이 벌써 온 줄 알았는데 의외의 남자가 서 있어서 흠칠 놀랐다.

"안녕하십니까?"

놀이터에 그 수상한 집 남자라는 걸 알았지만 나는 바로 대답을 못하고 머뭇거리다 누구시냐고 물었다.

"날 보고 누구냐고?"

의외로 그는 다그치고 덤벼들었다. 나는 지은 죄가 있어서

한 발 뒤로 물러섰다.

"아, 봤어요? 나는 그냥 호기심에…."

나는 말하기도 부끄러운 장면을 설명하는 것 같아서 입을 닫아버렸다.

"남의 신세를 망쳐 놓고도 뻔뻔스럽게 내가 누구냐고? 그래놓고는 호기심이라고? 당신, 정말 잘 만났어. 원수는 외나무다리에서 만난다더니, 이렇게 같은 동네 사는 줄은 정말 몰랐네,"

다짜고짜 잡아먹을 듯 대드는 바람에 나는 현관문을 닫아버렸다.

"문 안 열어? 문 열고 내 얼굴을 똑똑히 보라고, 내가 너 때문에 십 년을 어떻게 지냈는지 알아?"

뚱딴지 같이 전혀 알아듣지도 못할 말에 나는 문을 열었다.

"나는 빈 집인 줄 알았단 말에요, 그리고 누가 그런 짓 하고 있는 줄 알았나? 그래서 날 어쩌라고? 훔쳐봤다고 고소라도 할 거야? 그리고 누구한테 반말이야?"

"어디서 둘러대기는? 시치미 딱 떼겠다 이거지? 기가 차네, 설마…. 아, 이름이 뭐였더라, 그래 비너스, 맞다 비너스 카페. 이래도 발 뺌 할 거야?"

나는 비너스를 몇 번 읊조리다 심장이 딱 멎는 줄 알았다. 대전의 카페 이름이 비너스였다.

그렇다면…. 나는 남자의 얼굴을 자세히 봤다. 그때 얼굴이 아니었다. 잠깐, 코가 부러졌다는 말은 경찰서에서 들어 알고 있다. 그렇다면 코를 성형해서 몰라봤는지도 모른다. 그래서 어디서 본 듯 했는지도. 나는 당황하여 어쩔 줄을 모르다가 화를 벌컥 냈다.

"당신이 그 뻔뻔하고 음흉한 그 치한이란 말이지요? 나 같으면 창피해서도 아는 체 않겠다. 뭐가 큰 자랑거리라고 이렇게 달려 와 다짜고짜 행패에요? 당장 나가세요. 불결해!"

그때 동생이 대문으로 들어오면서 무슨 일이냐고 다가왔다.

"별 미친놈이 다 있어, 글쎄 그때, 대전서 내 허벅지에 손 밀어 넣던 그 놈이란다. 난 못 알아봤는데 자기 입으로 이실직고 하네.그 말 해 주려고 여기까지 찾아왔다니 웃기는 일 아니니?"

그 사이 남자는 더 고래고래 소리를 지르자 동생은 남자를 달래며 함께 나갔다가 30분이 지나서 돌아왔다.

"아, 피곤해서 오늘은 엄마한테 못 가겠다. 너무 늦기도 했고. 아, 전화해야겠네."

동생은 어딘가에 전화를 걸었다.

"형, 내일 갑시다. 너무 늦어서 안 되겠어. 내일 호텔로 모시러 갈게요. 네? 혼자 다녀오겠다고요? 그래요? 그럼. 내일 연락주세요."

"누군데?"

동생은 얼버무리며 그냥 아는 형이라고 만 했다.

"누군데 그래?"

"아는 형이야, 그 형도 그곳 요양소에 아는 사람이 있어서 같이 가기로 했는데, 내일은 시간이 없다고 지금 혼자 다녀온다고 하네."

"사실은 나도 지금 다녀오고 싶은데, 내일은 시간이 없을 것 같거든. 많이 피곤하구나? 그럼 나 혼자 다녀올까? 어차피 준비도 했고. 넌 좀 쉬어. 아, 밥은 밥통에 있으니까 알아서 먹고. 참, 그 미친놈 얘기는 다녀와서 듣자."

"잠깐, 나도 갈래. 그 대신 운전은 누나가 하기다."

나는 운전대에 앉자마자 그 남자 어떻게 됐느냐고 물었다. 동생은 그 남자에게 관심이 많은 것 같다며 나를 놀리더니, 그 남자도 불쌍한 인생이라고 했다.

"누나 앞길이 왜 그렇게 꼬이는 가 했더니 바로 그 남자 때문이었던 가봐. 누나한테 얻어맞고 콧대 부러져 성형하고 그 바람에 직장까지 잃었다나봐. 더구나 성추행하다 코뼈 부러졌다고 소문이 나기 시작해서 마누라한테 이혼까지 당했단다. 이유야 핑계고 직장 잃고 백수로 오래 살다 보면 마누라가 붙어있겠어? 요즘 여자들이 얼마나 영악한데, 그러고 보면 누나는 영악하지도 못하면서, 그깟 첫사랑이 뭐라고 자기 인생을 패대기치듯 내던져? 그러면서 뭐? 개나 주라고? 사랑이 그렇게 하찮은 거야?"

"아, 됐어, 너나 실컷 해."

"그래도 그 남자는 살아보려고 안 해 본 일 없이 다 해 봤다더라. 그나마 어머니가 그 집에 살다가 가셔서 자기 몫이 됐다고. 하지만 이제는 그 어머니마저 돌아가시고 없어서 사는 게 아무 희망이 없다나? 아마 누나가 그 남자 만났던 날인가 봐, 누나가 눈 똑바로 들고 쳐다 볼 때 알아봤대. 처음엔 창피해서 피했는데 집에 들어가 곰곰이 생각해 보니 자기가 피할 일이 아니더래, 맞는 말이라고 맞장구를 쳐 주었더니 청산유수로 늘어놓더군. 술 취한 사람 얘기 들어주는 것도 보시라는 엄마 말, 우리 귀가 닳도록 들었지. 아버지 생각이 나서 그 사람 얘기 좀 들어주고 오느라 이제 왔어. 누나 만나려고 매일 집 앞에서 망보다가 우리 집을 알아냈나봐."

"그래서 날 보고 어쩌라고?"

"자기 인생 책임지라고 하면 어쩔래?"

나는 브레이크를 밟았다.

"재수 없는 소리 할래?"

"솔직히 그 남자 괜찮았어. 사람이 순수한데가 있더라고, 나 같으면 누나 만나자마자 한 방 갈겨버렸을 텐데. 누나가 무슨 죄냐고 하더라. 자기가 처신을 잘못해서 당한 망신이라고, 그날은 회사 회식자리였는데 과장이 다음 달 승진에 자기 이름이 올라있다는 말을 해 주는 바람에 술잔이 모두 자기한테로 왔단다. 그래서 그냥 받아 마시다 보니 자기 정신이 아니었다고, 그날 누나 얼굴이 천사처럼 이쁘더래. 피부가 하얗고 볼이 복숭아 빛이었다나…. 그래서 그 피부를 한 번 만져보고 싶었대. 나도 술 먹는 사람이라 그 정도는 약과라고 했지. 따지고 보면 자기 잘못이지 누구 탓을 하겠느냐고 한숨만 푹푹 쉬는 데 좀 안됐더라고. 그래도 부모님이 물려준 시골 땅이 있어서 시골로 내려가 베트남 여자라도 얻어서 살림을 차릴까 싶다고 하는 걸 보면 착한 사람 같지 않아? 그 소릴 들으니 나 보다 낫다는 생각이 들어서 내 처지가 한심하더라고, 어떻게 보면 첫사랑을 먹고 사는 누나가 제일 행복한 사람 같기도 하고. 난 그동안 뭐했나 싶기도 하고,"

"넌 이혼한 마누라와 아들 먹여 살리잖아."

"그거야, 내 가 잘못했으니 벌은 받아야지."

"벌은 무슨? 이 세상에 바람 안 핀 남자 있으면 나와 보라고 그래. 그니까, 딱 잡아 뗴 것이지, 왜 이실직고해서 이혼은 당하냐고…."

"일절만 해라~ 그렇잖아도 만사 귀찮구만."

동생은 더 이상 말이 없었다. 나도 생각이 깊어졌다. 나는 전혀 모르는 일인데도 나로 인해 한 사람 인생이 그렇게 무너졌다니, 운명이란 게 있기나 한 건지, 신의 형벌이 공평한 건지 의심스러워져 마음이 무거웠다.

요양소에 도착하자 동생은 담당 의사부터 만나보고 오겠다고 이층으로 올라가고, 나는 엄마 병실로 갔는데 엄마 침대가 보이지 않았다. 옆 침대 보호자아저씨가 나를 알아보고는 조금 전에 손님이 와서 함께 밖으로 나가신 것 같다고 해서, 접견실 쪽으로 걸음을 옮겼다. 복도 끝에 반쯤 올려진 엄마침대를 발견하고 서둘러 가는데 침대 옆에 서 있는 남자를 보고 깜짝 놀랐다. 틀림없는 중기였다. 그는 엄마와 나란히 창밖을 보고 있어서 내가 다가가는 것을 눈치 채지 못했다. 나는 뛰는 가슴을 억누르고 조심스럽게 다가가고, 점점 걸음은 느려지는데 엄마의 목소리는 점점 커졌다.

"그럼 아직도 재혼을 안했단 말이야?"

"결혼이야 아버지 사업 때문에 어쩔 수 없이 한 거죠. 저 같은 죄인이 어떻게 재혼씩이나 합니까? 연이가 아직도 혼자일 줄은 정말 몰랐습니다. 훈이가 말해 주지 않았다면 전 평생 모르고 지낼 뻔했지요. 그래서 훈이를 따라왔어요. 저는 연이가 알고 있는 줄 알았거든요."

"만나서 뭐라고 하려고?"

"글쎄요, 저 보다는 어머님께서 이야길 해 주시는 게 좋을 것 같다는 생각에 이렇게 찾아뵙긴 했는데, 제가 할까요?"

"자네는 왜 그때 이야길 안 했나? 그 애가 도망치자고 했으면 말을 했어야지. 함께 왜 도망은 쳐? 무슨 속셈이었어?"

"속셈은 없었습니다. 걱정 마세요. 이번에는 제가 꼭 말을 하겠습니다. 이제는 알아도 무슨 큰 상처가 되겠나 싶군요. 그때는 연이가 무슨 일이라도 저지를까봐, 혹시나 스스로 목숨을 끊지나 않을까 싶어 차마 입도 벙긋 못했던 겁니다. 이렇게 된 건 모두 제 탓입니다. 죄송합니다."

"어떻게 자네 탓인가? 이 일은 누구의 죄도 아니네. 내 동생이 그렇게 비명횡사로 가지만 않았어도 두 사람이 만날 수 있었겠는가. 모두가 하늘의 뜻이었네. 오히려 내 죄가 더

크지. 그 애를 내치지만 않았어도 그렇게 생목숨을 끊었겠는가. 그래서 내가 이렇게 벌을 받고 있는 거야."

"무슨 말씀을 그렇게 하세요. 아까 의사선생님 만났는데 많이 좋아지시고 있답니다. 요즘은 암은 병도 아니랍니다. 더구나 위암치료는 대한민국이 최고라지 않습니까? 걱정 마세요. 수술경과도 좋다고 하던데 무슨 걱정이십니까?"

"나야 죽어도 여한이 있겠나, 우리 연이가 저렇게 있으니, 차마 눈도 감을 수가 없네."

"이번에는 말 할 수 있을 것 같습니다."

도대체 무슨 말들을 하는지 전혀 연결이 되질 않았다. 무슨 말을 하겠다는 거지? 혹시 나와 다시 결혼이라도 하겠다는 건가? 나는 어이가 없었다. 이제 와서…. 하지만 못할 것도 없다는 생각이 들었는지 내 어깨가 저절로 들썩 한다. 그때 뒤에서 동생이 누나를 부르며 다가왔다. 동시에 중기와 엄마도 내 쪽을 돌아봤다.

엄마는 당황하면서도 나를 반겼고 중기 역시 당혹스런 얼굴로 나를 대했다. 동생이 다가와 너스레를 떠는 바람에 분위기가 부드러워졌다. 동생이 자연스럽게 엄마 침대를 잡아밀면서 두 사람은 밖이 더 시원하다며 회포라도 풀고 오라고 했다.

중기와 나는 정원에 있는 의자에 나란히 앉았다. 중기가 먼저 잘 있었느냐고 묻고 나는 고개만 끄덕였다. 중기의 입이 쉽게 열리지 않을 것 같아서 내가 먼저 입을 뗐다.

"복도에서 엄마와 하는 얘기 다 들었어. 놀라지 않을 테니까 다 말해봐, 무슨 말이야? 그리고 나 안 죽어, 무슨 말을 해도 상처도 안 받어. 그러니까 겁먹지 말고 말해. 어서, 빨리!"

중기는 조심스럽게 입을 열었다.

"대충 들은 것 같으니까 돌려서 말하지 않겠다. 우리 아버지의 결혼 반대는 나한테도 충격이었어. 너하고 내가 남매라는 사실이었으니까."

나는 쇠망치로 머리를 한 대 얻어맞은 듯 정신이 몽롱했다. 아득한 초원에서 말 한 마리가 달려오는 듯 말발굽소리가 귓가에 울리는 것 같아 나는 귀를 감쌌다. 중기는 내 어깨를 한 팔로 감싸고 내 얼굴을 본다. 괜찮아? 그는 잠시 말을 잊고 있다가 나를 다시 쳐다보고는 흑흑 소리를 삼키는 것 같더니 그만 울음을 터트리는 게 아닌가? 나는 당혹해서 중기를 손을 잡았다. 나는 괜찮다고 그의 어깨를 감사 안았다. 겨우 진정을 한 듯 마음을 가라앉힌 중기는 다시 말을 잇는다.

"내가 널 처음 만났던 곳이 병원 영안실이라고 했지? 이모님이 돌아가셨다는 날을 기억하니? 넌 아무 영문도 모르고 울기만 했다더구나. 그 이모가 바로 네 엄마였어. 이루지 못한 사랑 때문에 가슴앓이를 하다가 돌아가셨단다. 우리 아버지 회사 경리부에 근무했다가 감사받는 일로 가까워지셨대. 그래서 널 갖게 됐고, 우리 어머니가 알게 되고, 이모가 사는 너희 집을 찾아간 바람에 이모가 집을 나갔다가 그렇게 되셨나봐. 그동안은 왜 몰랐냐고? 장례식 날 너의 아버지가 우리 아버지한테 연이와의 인연은 끊어달라고 하셨다구나. 당신 딸로 잘 키울 테니까 죽을 때까지 비밀로 하자고. 그래서 아버지는 비밀을 지켰는데, 내가 너 아니면 죽어도 결혼을 안 하겠다고 하니까, 널 한 번 만나보신다고 했다. 그리고 다음 날 아버지로부터 우리는 안 된다는 사실을 알게 되었고… 그때 내 심정이 어땠는지 넌 짐작도 못할 거야, 정말 죽고 싶었다. 그래도 널 생각하면 그렇게 죽는 건 아닌 것 같았어. 그래서 궁리 끝에 널 그리스여행에 데려간 거야. 너에게 알려야 된다고 생각했지. 아니면 같이 죽던지…."

나는 중기의 손을 꼭 쥐었다. 중기는 잠시 말을 잃고 구둣발로 땅을 치기 시작했다. 나는 중기의 발을 내 발로 걷어차서 멈추게 했다. 미안해, 중기가 입을 다시 열었다. 정말 미안해. 나는 가슴이 울렁거려서 말을 할 수가 없었다. 다만 중기 손만 붙잡고 입술을 깨물었다. 그리고 입술을 잘근잘근 씹었다.

"그만 해, 그러다 입술 깨물면 피나잖아, 아직도 그 버릇 못 버렸구나."

중기가 내 얼굴을 두 손으로 감쌌다.

"정말 많이 보고 싶었다. 이제는 정말 너한테 좋은 오빠가 돼 줄 수 있을 것 같다."

나는 입술만 깨물고 고개를 숙였다.

"우는 거야?"

나는 입술을 한 번 악물었다가 고개를 들었다.

"아니야, 오빠가 미안해 할 일은 아무것도 없어. 미안해하지 마. 우리가 전생에 죄를 많이 지었었나봐. 그래서 그 죄 값을 받았다고 생각하자."

"그렇게 생각해 주니 내가 고맙다. 어쩌면 그 날 내가 검문에만 걸리지 않았어도 친구 농장으로 가서 기회를 만들었을 거야, 나는 그날 붙잡혀 가서 바로 미국으로 추방되다시피 비행기에 탔다. 그리고 미국에서 결혼을 하고 일 년도 못 살고 헤어졌지만 나는 한국에 들어오고 싶지 않았어. 그랬는데 며칠 전 훈이가 찾아온 거야. 아직도 날 기다린 것 같다는 말에 훈이를 따라 온 거지."

아버지의 말이 생각났다. 중기를 만나기 위해 도망치기 하루 전인가, 세월은 모든 걸 잊게 한다고. 정말 아버지의 말이 맞는 것 같았다. 그때 내가 이 사실을 알았다면 아마 나도 우리 엄마처럼 스스로 목숨을 끊었을 지도 모른다. 그러나 지금은 너무나 담담했다. 나는 웃었다. 그리고 중기의 어깨를 툭 치면서 알려줘서 고맙다고 했다.

"역시 오라버니 자격이 있네. 이제부터 동생한테 잘 하세요."

하지만 병실로 들어서는 내 발걸음은 무거웠다. 나는 엄마부터 껴안고 한참동안을 그대로 있었다. 뎁다, 왜 이러니? 엄마의 목소리가 떨렸다. 나는 한 번 더 엄마를 껴안았다. 이제 다들 가봐야지? 중기가 먼저 렌트카를 돌려줘야 한다고 나가고, 우리도 뒤따라 나오다 나는 다시 엄마에게 달려가 엄마 가슴에 안겼다. 엄마 고마워요, 엄마는 내 등을 가만가만 다독여주면서 고개를 돌리시는데 눈가에 번지는 엄마의 눈물이 메마른 내 가슴을 촉촉이 적셔주었다.

"여자들은 뭐가 그렇게 복잡해? 엄마는 왜 누나만 보면 말도 잘 못하고, 오늘은 눈물까지 보이던데, 엄마 속 작작 썩이고 제발 시집 좀 가라."

동생은 운전석 쪽으로 가는 나를 밀어내고 자기가 하겠다고 손을 내민다. 나는 호주머니에서 키를 내주고 옆 좌석에 앉으려고 문을 열었다.

"뒤에 타시지. 오늘은 머리도 복잡할 텐데 푹 쉬셔. 졸리면 자고."

나는 뒷좌석에 자리를 잡고 등을 깊게 등받이에 묻고 눈을 감았다. 갑자기 아버지가 보고 싶었다. 돌아가실 때까지 우리 연이, 우리연이 하시던 아버지의 환한 얼굴이 눈앞에서 아른거려 눈을 떴다. 돌아가시기 전 일주일동안 병원에 계셨는데 나만 보면 미안하다고 했다.

"널 고생시켜서 미안하다. 내 욕심이 널 고생시킨 거야. 미안하다. 대학이라도 졸업시켰으면 내가 이렇게 미안하지는 않는데…. 하긴, 지금이라도 마음만 바꿔먹으면 너 하나만은 호강시켜 줄 수도 있는데, 이제는 틀렸어. 너무 멀리 와 버린 거야. 널 보냈어야 했는데…."

"괜찮아 아버지, 이젠 다 잊었어. 아버지 말대로 다 운명이지 뭐. 미안 해 하지 마, 아버지 때문 아니잖아요."

"아니야, 좀 더 일찍 그 집에 너를 보내줬다면…."

"여보, 다 지난 얘기를 왜 끄집어내려고 해요? 이제 와서 어쩌려고, 왜 쓸데없는 소리를 하는 거예요."

나는 그때 엄마가 화를 내는 이유를 알지 못했었다. 아버지의 사랑, 엄마의 사랑, 중기오빠의 사랑, 앞 운전대에 앉아 백미러로 나를 훔쳐보는 동생의 사랑, 나는 갑자기 동생이라도 껴안아 주고 싶었다.

"훈아!"

동생이 뒤를 돌아본다.

"한 숨 자지 그래, 잠이 안와?"

"그 남자 있잖아? 나, 그 남자한테 시집갈까?"

"또 그 남자야? 헛소리 말고 잠이나 자지! 너무 걱정 말고 기다려 봐. 중기형이 누나 혼자라는 말 듣고 나 앞세워 온 거야."

"넌 괜한 짓 한 거야."

"무슨 말 듣고 그러는지는 몰라도 난 중기형을 믿어. 집까지 가려면 아직 두 시간은 더 가야 해. 그냥 푹 자라고."

나는 더 이상 입을 열지 않고 눈도 감아버렸지만 볼 위로 흐르는 눈물은 막지 못했다. 이제는 아무 희망이 없을 것 같았다. 기다림은 고통스러웠지만 늘 긴장과 생동감을 줬다. 우리의 사랑은 아득한 태초부터 시작 되었을 것이다. 사랑은 내가 죽는 날까지 영원히 이어질 것이라고 믿었다. 사랑의 변증법을 그때 짐작이라도 했다면 사랑의 고통을 짐작이라도 했을 것이다. 사랑이 자유가 될 수 없듯 자유 또한 사랑이 될 수 없다. 그래서 나는 미쳐 눈치 채지 못했다. 아무도 가르쳐 주는 사람도 없었고 그 사랑이 찰나에 사라질 수 있는 것이라는 걸 알지 못했기 때문이다. 자유가 사랑이 될 수 있다는 말을 믿었던 내가 어리석었던 것이리라. 운명의 장난에 놀아난 세월을 어디서 보상받을 것인가. 하긴, 사랑의 도피는 원래 시작은 황홀하고 끝은 절망이라는 말을 믿지 않은 것도 나의 어리석음이었으니 이제 정신을 차릴 때가 된 것이리라. 삶의 근원에는 질서가 있다. 절박한 문제일수록 더 반듯한 질서가 필요하다. 나는 그 질서를 지키기 위해 또 다른 삶을 선택하게 될 것이다. 중기 역시 그 질서를 위해 또 다시 자기의 영역을 찾아가리라.

"누나 자는 거야?"

나는 대답대신 몸을 비스듬히 눕혀 차창 밖 하늘을 본다. 어둔 하늘에 보석처럼 빛나는 무수한 별들이 나를 사랑했던 그리운 얼굴들로 변해서 눈앞을 어지럽게 한다. 항상 짓누르고 있었던 이상한 괴리감, 그 괴리감으로 늘 가슴이 아리고 시린 그 축축함이 바로 그 이유였단 말이지. 나는 깊은 늪과도 같은 구렁텅이에서 금방 빠져나온 것 같은 후련함을 맛본다. 문득 영화 'out of africa' 첫 장면에 메릴 스트립의 대사가 떠오른다. 신은 아프리카를 창조하셨고 그는 나에게 아프리카를 사랑하는 법을 가르쳤다.

윤인영

1957년 부산 출생
이화여자대학교 졸업
2011년 <문학의식> 소설부문 신인상 등단
저서 「동화 서편제」

고스트 버스터

산등성 양지바른 곳에 산개나리가 노랗게 피었다. 동생이 후드득 꽃잎을 훑는다. 두 팔을 높이 들고 겅중겅중 뛴다. 별 사탕 같은 꽃잎이 그의 머리위로 나풀나풀 내려앉는다. 몸이 영화 고스트 버스터즈에 나오는 귀여운 유령 머시멜로우 같다. 마침 흰옷을 입은 데다 고깔 모양의 모자까지 쓴 터라 더욱 그렇다. 거구의 몸이 그렇게 가벼워 보일 수가 없다. 통통 튀어 오르다 둥실 하늘로 날아오를 듯하다.

"고스트버스터즈~고스트버스터즈~"

나는 노래를 부르며 두 팔을 쭉 뻗어 두드득 전자총을 발사했다. 휘리릭 동생이 사라졌다. 하하 나는 몸을 한껏 젖히고 웃었다. 햇살이 나른하다.

"삐꾹삐꾹 "

어디선가 뻐꾸기 소리가 들려왔다. 나는 사방을 둘러보았다. 환청인가? 아무 소리도 들리지 않는다. 어렸을 때 선산에 가면 늘 뻐꾸기가 울었다. 검은 옷을 입고 고개를 푹 숙이고 있던 엄마는 뻐꾸기가 울면 고개를 들어 주위를 두리번거렸다. 덩달아 나도 주위를 둘러보았지만 뻐꾸기는 보이지 않았다. 나는 엄마 치맛자락을 꼭 잡았다. 아버지가 절을 하고 봉분위에 풀을 뜯는 동안 엄마는 고개를 숙인 채 미동도 하지 않았다.

"이 아이 동생은 언제 낳을 거냐?"

할머니는 매번 그 말을 물으셨다. 할머니는 혀를 찼다.

"언제까지 제 혼자 나둘 거냐. 자손이 번창 하여야 집안이 잘 되는 법이거늘."

동생은 그들에게 보이지 않는 존재였다.

앞서 가던 동생이 보이지 않는다. 사방을 둘러보며 허둥대다 나무부리에 발이 걸려 넘어졌다. 동생 이름을 부른다. 현아 현아, 풀숲에서 동생이 엉거주춤 일어섰다. 반쯤 내려간 바지를 잡고 있다. 나는 주섬주섬 주머니를 뒤졌다. 마침 휴지 몇 장이 들어있다. 나는 동생의 뒤를 닦아주었다. 살에 파묻혀 항문이 잘 보이지 않는다. 다리를 벌려 꼼꼼히 닦는다. 벌린 다리 사이로 붉은 성기가 보인다. 제법 털도 숭숭 났다. 지긋이 그것을 손에 쥐어본다. 투실한 청년의 성기다. 동생이 키득키득 웃는다. 자식. 바지를 올려주고 옷매무세를 바로 잡아주었다. 잘생긴 녀석이다. 어디를 봐도 지적 장애아 같은 구석이 없다.

동생의 손을 잡고 산길을 오른다. 아기 같이 포동포동하고 부드러운 손이다. 커다란 청년의 몸속에 세살 박이 동생이 산다. 집이 너무 큰 아이는 좌충우돌 부딪치며 혼란 속에 빠졌다.

흰 나비가 풀꽃 위를 팔랑이며 난다. 나무엔 아직 싹이 나지 않았는데 야생화들은 부지런히 꽃을 피웠다. 아직 찬바람에 몸을 낮추고 살랑살랑 나비를 부른다. 허리를 굽혀 꽃을 만지려다 따끔한 통증에 깜짝 놀랐다. 가는 줄기에 솜털 같은 가시가 촘촘히 박혔다. 나는 손가락을 질근질근 씹었다. 동생이 나비를 쫓아 이리 뛰고 저리 뛴다. 거대한 몸 때문에 땅이 울린다. 발밑에 풀꽃들이 무참히 짓밟혔다.

"고스트 버스터즈, 고스트 버스터즈."

나는 동생의 손을 잡고 힘차게 노래를 불렀다.

동생을 맡아주던 시설에서 더 이상 동생을 맡아줄 수 없다고 했다. 동생이 여자아이를 덮쳤다고 했다. 발달 장애아이면서 소아마비를 앓아 한쪽 다리를 쓰지 못하지만 얼굴이 하얗고 예쁘게 생긴 여자 아이다. 동생의 나이 스물다섯, 정상이면 한창 여자 친구를 밝힐 나이다.

시설에서 동생을 데리고 나와 엄마 집으로 갔다. 엄마는 현관에 뜨악한 얼굴로 서 있었다. 나는 동생의 등을 밀며 안으로 들어섰다. 금방 녹차를 우려냈는지 거실에는 은은한 녹차향이 배어 있었다. 찻잔이 놓인 테이블에는 하얀 레이스로 된 테이블보가 씌워져 있었다. 엄마는 애써 동생을 외면했다. 나는 동생을 소파에 눌러 앉혔다. 자초지종을 들은 엄마는 미간에 주름을 만들었다.

"나는 할 만큼 했다. 이제 돈도 없고."

엄마 얼굴이 밀랍 인형같이 딱딱해졌다. 나는 깊은 숨을 쉬었다. 엄마의 이마에 푸른 실핏줄이 꿈틀거렸다. 늘 그랬다. 얼굴이 가면 같이 굳어지고 긴 속 눈썹이 불안하게 떨리고 이마에 푸른 핏줄이 서면 어김없이 뒤이어 비명 소리가 튀어 나왔다.

조용히 앉아 있던 동생이 벌떡 일어섰다. 동생은 냉장고 문을 열고 우유병을 꺼내 병째 마셨다. 우유가 바닥에 흘렀다. 빈 병을 바닥에 팽개치고 냉장고 속을 뒤졌다. 동생은 사과를 찾아내어 버석거리며 먹었다. 나는 찬찬히 엄마 얼굴을 살폈다. 엄마의 속눈썹이 바르르 떨렸다. 이마를 짚고 있는 손이 떨리고 있었다. 희고 앙상한 손에 커다란 진주 반지를 끼고 있었다.

"엄마 새끼잖아. 어떻게 자식을 버려요? 짐승도 새끼는 거두는데."

"사자가 약한 새끼를 벼랑 밑으로 밀어내는걸 보지 못했니?"

"차라리 밀어버려. 약한 새끼가 살아남아 온갖 굴욕을 당하는걸 보느니 말이에요."

"너 때문이다. 저 놈이 네 앞길 막을까봐. 그래서 나는 저 놈을 버렸다"

"내 핑계 대지 말아요."

나는 찻잔을 던졌다. 찻잔이 요란한 소리를 내며 부서졌다.

"나는 충분히 불행했다. 충분히."

"엄마의 운명이야. 그게 신의 뜻인 걸."

"그런 신이라면 나는 싫다."

엄마는 머리를 부여잡았다.

"혹시 알아요? 신의 뜻을 받아들였다면 적어도 불행하지는 않았을지."

엄마가 비명을 질렀다. 나는 벌떡 일어났다. 엄마에게 달려들어 손가락에서 진주 반지를 뽑아 들었다. 엄마의 검은 동공이 크게 열렸다. 나는 동생의 손을 잡고 문을 나왔다.

"내가 널 어떻게 키웠는데."

문틈으로 엄마의 비명 소리가 들려왔다. 진주 반지를 팔아 냉장고를 가득 채웠다.

겨울 내내 쓰지 않은 근육들이 굳어 몸을 움직일 때마다 두두둑 소리를 낸다. 두 팔을 쭉 뻗어본다. 팔이 잘 돌아가지 않는다. 몇 달 사이에 체중이 급속도로 불었다. 지난겨울 동생과 나는 방에서 칩거했다. 동생 같은 정신 지체아들은 음식의 양을 조절하지 못한다. 마치 강아지 같다. 강아지는 배터지는 줄 모르고 먹는다. 시설에서의 음식 메뉴는 늘 비

빔밥이었다. 그들에겐 수저가 주어지지 않았다. 보모가 일일이 먹을 것을 입에 넣어주어야 했다. 나는 동생에게 수저를 쥐어 주었다. 상 가득 음식을 놓아두고 동생과 나는 최후의 만찬을 즐겼다. 몸은 점점 부풀어 올랐다. 수소를 가득 채운 풍선 같았다.

동생이 아직 작았을 때는 그런대로 괜찮았다. 동생의 몸도 정신처럼 자라지 않았으면 좋았을 것이다. 동생의 몸이 커지면서 엄마의 히스테리 증상이 나타났다. 언제부터인가 엄마는 늘 어딘가가 아팠다. 엄마는 좀처럼 웃지 않았다. 나는 불안했다. 언제 엄마의 히스테리가 터질지 몰라 전전 긍긍했다. 엄마 신경 줄이 약하기 때문이라고 했다. 엄마는 모자라는 동생을 제쳐 두고 나에게 집착했다. 영어 과외를 시키고 피아노 바이올린 개인 레슨을 받게 했다. 너는 완벽하게 최고가 되어야 해. 엄마는 귀에 못이 박히도록 말했다. 친구를 데려오는 것을 금했다. 동생이 있다는 사실을 비밀로 하게 했다. 나는 외톨이였다. 많은 시간을 만화 영화 비디오를 보며 지냈다. 그때 즐겨본 것이 고스트 버스터즈였다. 텔레비전에서도 고스트 버스터즈가 방영되고 있었고 영화도 나왔다. 아버지는 외국에서 고스트버스터 장난감을 사다주었다. 레이저 광선이 나가는 전자총과 유령을 가두는 박스였다.

만화영화의 주제곡은 아주 경쾌하고 박진감 있었다. 노래를 부르면 침체된 기분이 살아나곤 했다. 노래를 부르며 허공에 레이저 광선을 쏘아대면 휘리릭 하는 소리와 함께 박스의 문이 열렸다 닫쳤다했다. 탁하고 박스 문이 닫히면 그 속에 갇힌 유령들이 다시는 세상에 나오지 못했다. 엄마의 히스테리가 발병할 때면 나는 엄마의 머릿속에 얽혀있는 가는 신경 줄을 향해 레이저 광선을 쏘아 댔다. 얼마 후면 엄마의 머리위로 휘 뿌연 연기 같은 것이 빠져나오는 환상을 보았다.

언제부터인가 동생은 이층에서 내려오지 못했다. 가끔 나는 이층으로 몰래 올라가 동생을 훔쳐보곤 했다. 동생은 점점 살이 찌고 있었다. 혼자만의 고스트 버스터 놀이는 계속되었다. 플라스틱 전자총을 들고 살금살금 계단을 올라가 마치 숨어 있는 유령이라도 찾아내려는 듯 화장실 문을 덜컥 열고 전자총을 쏘아댔다. 동생방의 문은 좀처럼 열리지 않았다. 이층은 상상 속에서 각종 유령들이 떠다니는 공간이었다.

어느 일요일 오후였다. 나는 방문을 열고 나왔다. 거실이 텅 비어 있었다. 조심스럽게 이층으로 올라갔다. 동생 방의 문을 살며시 열고 방안을 엿 보았다. 온 몸이 부풀대로 부푼 동생이 무엇인가를 먹고 있었다. 뺨이 부풀어 눈 코 입이 제대로 보이지 않았다. 일본 만화 영화에 나오는 괴물의 모습이었다. 온천에 사는 그 괴물은 무엇이든지 집어삼켰다. 그 만큼 괴물의 몸집은 커져갔다. 집채만큼 몸이 커진 괴물은 큰 입을 벌리고 주인공을 좇아 다녔다.

보모는 귀에 이어폰을 꽂고 창밖을 내다보고 있었다. 그때 동생이 얼굴을 들고 나를 보았다. 우리는 눈이 마주쳤다. 동생이 커다란 입을 벌리고 웃었다. 오싹 소름이 돋았다. 동생은 나를 삼켜버릴 기세였다. 나는 문을 요란하게 닫고 계단을 뛰어내렸다. 미끄러져 아래로 구른 나는 정신없이 일어나 내 방으로 달렸다. 방문을 잠그고 전자총을 사정없이 쏘아댔다. 한참이 지나 방구석에 무릎을 감싸 안고 앉았다. 괴괴한 정적 속에 깊은 우물 속에서 울려 나오는듯한 동생의 웃음소리 아니 울음소리가 들려왔다.

나는 밤마다 동생이 부풀어 오르는 꿈을 꿨다. 점점 부풀어 올라 드디어 방안 가득 살이 출렁거리고 급기야는 창문으로 살이 삐져나왔다. 나는 진땀을 흘리며 한 밤중에 깨어나 화장실로 달려갔다. 손가락을 입에 집어넣고 먹은 것을 토해냈다.

어두운 방에 누워 동생이 둥실 하늘로 떠오르는 모습을 상상했다. 동생의 살이 창을 빠져나와 커다란 곰돌이 풍선이 되기도 하고 비행기 모양의 애드벌룬이 되기도 하고 하마가 되기도 했다. 둥실둥실 하늘을 떠다니는 동생을 상상하면 마음이 가라앉았다.

내가 중학생이 되자 엄마는 동생을 어디론가 보냈다. 그즈음 엄마와 아버지는 말다툼을 자주 했다. 동생이 사라지던 날도 그랬다. 그날 서재에서 고함 소리가 들려왔다. 무엇인가가 문에 부딪치며 깨어지는 소리가 들려왔다. 얼마 후 고

막을 찢어 놓을 것 같은 엄마의 비명소리가 들렸다. 온몸이 오싹해지며 손발이 차가워졌다. 아버지가 문을 박차고 뛰어나오고 조금 후에 구급차가 도착했다. 기절한 엄마를 싣고 구급차가 떠났다. 그날 오후 동생이 검은 차에 실려 사라졌다.

아빠는 자주 집을 비웠다. 출장이 잦았다. 출장에서 돌아올 때 아빠의 손에는 엄마의 보석이 들려 있었다. 어두운 방문 앞에서 들어가지 못하고 서성거리던 아빠의 모습이 액자처럼 내 마음에 남아있다. 아빠는 내 어깨에 손을 얹고 말씀하셨다. 엄마는 약하니까 네가 지켜드려야 한다. 아빠의 얼굴은 어두웠다. 아무도 동생이야기를 꺼내지 않았다.

엄마는 나에게 집착했다. 너는 일류가 되어야한다. 흠 없고 완벽한 내 아들. 엄마는 나를 안고 귓속말을 했다. 엄마의 뾰족한 턱이 내 얼굴을 찔러 나는 얼굴을 찡그렸다. 향수 냄새 때문에 숨이 막히고 가슴이 답답했다.

아버지가 살아있었으면 사정이 조금 달라졌을지도 모른다. 아버지는 내가 대학을 졸업하던 해에 돌아가셨다. 아침 일찍 출근한 아버지는 책상에 앉은 채 운명을 달리했다. 심장마비였다. 아버지 장례식에 동생은 참석하지 못했다. 대신 그곳에서 나는 장성한 낯선 동생들을 보았다. 검은 옷을 입은 낯선 동생들의 엄마도 보았다. 그 여인은 아버지 영정 앞에 엎어져 울었다. 엄마는 표정 하나 변하지 않고 창백한 얼굴로 서 있었다.

"아이고 지 애비를 꼭 박아놨네 피는 못 속인다니까. 아이 더 낳으라는 말 귓등으로도 안 듣더니 이 사단이 나고 말았네."

고모들은 뒷자리에서 수군거렸다. 아버지는 엄마가 더 이상 아이를 낳아주지 않자 다른 방도를 구한 모양이었다. 엄마는 내 손을 꼭 잡았다. 턱을 높이 들고 엄마는 당당했다. 엄마는 나를 잡은 손에 강하게 힘을 주었다. 엄마의 손톱이 내 살을 파고들었다.

유산 문제로 이복동생들은 유전자 검사를 했다. 유전자 검사를 하지 않아도 그들이 아버지 아들들이라는 것은 의심의 여지가 없었다. 그들은 아버지를 꼭 닮아 있었다. 엄마의 흰 이마에 선명하게 푸른 핏대가 섰다. 표정 없던 엄마의 얼굴이 일그러졌다. 엄마는 부르르 떨었다. 엄마는 거실에 있는 모든 물건들을 집어 던졌다. 아버지의 액자가 일그러지고 꽃병이 깨어졌다. 아버지의 골프채로 아버지 물건들을 산산조각내고도 엄마의 화는 가라앉지 않았다. 유전자 검사 결과가 나오고 상당부분의 재산이 그들에게 넘어갔다. 재산이 쪼개지고 회사는 기울었다.

동생이 있지 않나요? 변호사가 고개를 갸우뚱하며 물었다. 재산분배에 있어서 동생의 존재는 중요했다. 수면 아래에 잠겨 있던 동생이 자연스럽게 수면 위로 떠올랐다. 어느 순간 사라진 동생이었다.

"현이가 어디 있나요?"

"잘 있다. 너는 몰라도 돼."

엄마는 동생에 대해 더 이상 말하지 않았다.

"살아있나요?"

나는 수소문해서 동생의 행방을 찾았다. 놀랍게도 동생은 한때 우리 회사 경비원이었던 사람의 시골집에 있었다. 창호지가 군데군데 뜯겨 나간 어두운 방에 동생이 누워 있었다. 주인이 외출할 때면 먹을 것을 놓아두고 밖에서 자물쇠를 채운 것 같았다. 동생은 창호지를 뜯고 밖을 내다보았을 것이다. 동생은 비썩 말라 있고 눈동자가 불안하게 흔들렸다. 동생은 나를 알아보지 못했다. 동생은 이미 성인이 되어 있었다. 방안에는 텔레비전이 켜져 있고 화면에 사자가 깃털을 날리며 초원을 달리고 있었다.

동생은 그곳에서 감금된 채 몇 년을 보냈다. 돈을 지불하고 엄마는 동생을 그곳에 맡겼다. 경비원의 어머니가 동생과 함께 살고 있었다. 동생에게 유일한 낙은 텔레비전이었다. 동물이 나오는 영상을 좋아해 동물 다큐멘터리를 보여준다고 했다. 동물영상을 되풀이해서 보여주면 동생은 몇 시간이고 화면 앞에서 꼼짝하지 않는다고 했다. 나는 그곳에서 표범 엘리를 만났다. 슬픈 어미 표범 엘리였다.

표범 엘리가 잠시 먹이를 구하러 간 사이 구렁이가 새끼를 삼켰다. 어린왕자에 나오는 보아 구렁이처럼 몸이 불룩해진 구렁이를 엄마 표범은 두발을 세우고 정신없이 후려친다.

구렁이는 마침내 새끼를 토해놓고 도망간다. 이미 숨이 끊어진 새끼의 젖은 몸을 어미 표범 엘리는 한없이 핥아준다. 죽은 새끼 곁을 떠나지 못하고 우두커니 앉아 있는 어미 뒤로 석양이 벌판을 붉게 물들인다. 그 벌판으로 수많은 누떼들이 갓 태어난 새끼들을 데리고 이동하고 있었다. 한참이 지난 후 어미는 죽은 새끼를 꾸역꾸역 먹고 있었다. 불을 놓은 듯 붉게 불타는 아프리카 벌판에 슬픈 어미 표범 엘리의 울음소리가 오래오래 퍼지고 있었다.

온몸에 전율이 올랐다. 가슴이 뜨거워졌다. 울음이 꾸역꾸역 목구멍을 타고 넘어왔다. 나는 동생의 손을 잡았다. 울음이 좀처럼 그치지 않았다. 나는 며칠 동안 그 방에서 동생과 동물 영상을 보며 새우깡을 아삭아삭 씹으며 뒹굴뒹굴 보냈다. 동생은 손가락을 빨며 화면에 몰두했으며 손가락을 문 채 잠이 들었다.

어미 사자가 어린 새끼들과 뒹굴며 놀고 갓 태어난 얼룩말 새끼가 휘청거리며 엄마젖을 빨고 원숭이가 새끼를 꼭 안고 줄을 탔다. 열 마리 새끼가 젖을 빨고 있어도 어미 하이에나는 묵묵히 서 있었다. 새끼를 먹이기 위해 어미들은 쉬지 않고 사냥을 했다. 수컷들은 틈만 나면 암컷을 차지하기 위해 싸웠다. 동물의 세계는 온통 짝짓기와 엄마와 새끼들의 이야기로 가득 차 있었다. 처음으로 꿈 하나가 생겼다. 사진작가가 되어 동물 다큐멘터리를 찍을 수 있다면 더할 나위 없이 행복할 것 같았다.

서울로 돌아온 나는 동생을 맡아줄 기관을 찾아보았다. 사진공부도 시작했다. 동생 같은 장애인을 맡아주는 곳은 생각보다 찾기 어려웠다. 만 18세가 되면 자동적으로 나가야 하는 곳이 대부분이었다. 어렵게 시설 하나를 찾아내었다. 어느 교회 집사부부가 운영하는 곳이었다.

서울 근교 작은 마을에 시설이 있었다. 그곳에는 지적 장애아들이 이십 여명 모여 있었다. 가끔 가족들이 다녀가지만 대부분 자원 봉사자들의 도움을 받고 있는 곳이었다. 먹이고 씻기고 용변 보는 일까지 일일이 다 챙겨야했다. 동네 주변을 산책하는 일도 제한되어 있었다. 10살이 된 남자아이가 제일 어린아이였다. 30세를 넘긴 아이도 있었다. 그들의 평균 정신 연령은 끽해야 서너 살이 되지 못했다. 그들은 죽을 때까지 이곳에 맡겨져 평생을 보내야한다고 했다.

나는 틈나는 대로 간식거리를 가지고 그곳에 갔다. 동생의 산책을 도왔다. 동네 사람들의 눈을 피해 야산으로 산책을 가곤 했다. 그들은 산책을 좋아했다. 자원 봉사자들의 손을 잡고 겅중겅중 뛰었다. 그들의 얼굴은 하나같이 천진난만했다.

동생이 그 여자 아이에게 관심을 보였다. 내가 인절미를 가지고 들린 날이었다. 십여 명의 어른 아이들이 빙 둘러 앉아 인절미를 받아먹고 있었다. 그 여자 아이는 좀 떨어진 곳에 라디오를 귀에 대고 혼자 앉아 있었다. 갑자기 동생이 인절미를 집어 들더니 그녀에게 갔다. 인절미를 그녀 입속에 쑤셔 넣었다. 그녀는 인절미를 뱉어 버렸다. 동생은 그것을 다시 집어 그녀의 입속으로 밀어 넣었다. 말리지 않았다면 같은 행동이 반복되었을 것이다.

그녀는 병약한 아이였다. 복지원을 세운 장로의 조카라고 했다. 발달장애아인 그녀는 음악을 좋아했다. 종일 음악이 나오는 라디오 앞에서 꼼짝 하지 않았다. 핏기 없는 창백한 얼굴에 단발머리를 하고 있었다. 눈망울이 커 작은 얼굴에 눈밖에 보이지 않았다. 스무 살이 넘었다는데 얼굴은 십대 초반으로 보였다. 동생은 그녀 앞에서 잘 웃었다. 그녀의 이름이 예지다. 얼굴만큼이나 예쁜 이름이라고 생각했다.

나는 복지원에 큰 텔레비전과 비디오 기기를 증정했다. 그녀에게는 음악이 끊임없이 나오는 엠피쓰리와 헤드세트를 선물했다. 커다란 헤드 셋을 쓰고 그녀는 묘한 표정을 지었다. 음악에 맞춰 그녀는 손가락으로 허공에 그림을 그렸다. 동생은 그녀 옆을 맴돌았다.

동생과 그녀는 의사소통을 자연스럽게 하지 못했다. 그녀는 음악에 잘 반응했다. 경쾌한 음악을 틀어 주면 그녀가 팔다리를 흔들며 즐거워했다. 동생도 덩달아 흥겨워했다. 동생뿐만이 아니었다. 종종 댄싱 파티가 벌어지곤 했다. 댄싱 시간은 오래 가지 못했다. 흥분한 아이들을 통제하기 힘들기 때문이었다. 동생이 어찌나 그녀의 손을 잡고 흔들어댔는지 그녀가 울음을 터트린 적도 있었다. 적당한 때에 음악을 끊어줘야 했다. 한번 흥분하면 진정시키기 힘들어 나는 동생을 데리고 산책을 나가곤 했다. 동생이 즐거워했기 때문에 나는 종종 댄싱파티를 했다. 그녀도 동생도 손을 높이 들고 해맑게 웃는 모습이 좋았다.

"그런 일이 있었으리라고는 상상도 못했습니다."

원장은 침통한 얼굴로 말했다.

"마치 발정 난 곰 같았다니까요. 유감스럽지만 더 이상 더 이상 이곳에 둘 수가 없군요. 하루바삐 데려가주셔야 하겠습니다."

"갈 곳이 없는데도 말입니까?"

"장로님이 노발대발하십니다."

원장은 단호했다. 당장 동생을 데리고 나가기를 종용했다. 동생을 데리고 갈 곳이 없었다. 누구 하나 동생을 맡아줄 사람이 없었다.

"하느님이 실수 한 건가요? 동생을 세상에 내 보낸 것 말입니다."

원장은 난처한 표정으로 나를 보았다.

"글쎄요. 우매한 우리가 그분의 뜻을 어찌 알겠습니까?"

"이렇게 되었는데 그냥 동생과 예지 같이 살게 하면 안 될까요?"

원장은 기가 막힌 표정으로 나를 보았다.

"알고 보니 다른 복지원에서는 여자아이가 아무도 모르게 임신을 하였답니다. 한참을 모르고 있다가 산달이 다 되어서 알게 되었지요. 난리가 났답니다."

"그 아기는 어찌 되었나요?"

"해외로 입양 보냈다고 합디다."

"그 아이도 장애를 안고 태어났나요?"

"모르겠습니다. 태어나자마자 입양기관으로 보내져서."

"그 아기도 신이 허락한 생명 아닐까요?"

"그렇게 간단한 문제가 아닙니다. 누가 그 짐을 지고 가겠어요?"

"말이 안 되잖아요. 정신은 어린아이인데 몸은 청년이라니요. 대체 신은 뭘 원하는 걸까요?"

원장은 아무 말도 하지 못했다. 나는 휴직을 하고 동생을 데리고 왔다.

동생은 환경이 바뀐 탓인지 극도의 불안 증세를 보였다. 용변을 제대로 가리지 못해 바지를 적시기 일쑤였다. 한시도 동생에게서 떨어질 수 없었다. 동생과 함께 외출하는 것은 여간 힘든 일이 아니었다. 도시의 복잡한 거리와 너무 많은 사람들 사이에서 동생은 거의 패닉 상태에 빠졌다. 외식은 생각도 해볼 수 없었다. 집에서 동생을 봐줄 사람을 구하려 백방으로 알아보았지만 누구도 동생을 맡아 주려하지 않았다.

지적 장애아나 자폐증을 앓는 자식을 둔 사람들의 모임이 있고 그들만의 인터넷 카페가 개설되어 있어 나는 그 사이트를 열심히 드나들었다. 눈물겨운 어머니들의 이야기가 올라와 있었다. 누군가가 끊임없이 희생하며 돌보지 않는 이상 그들이 살아남을 방도는 없어 보였다. 그들의 한결같은 소망은 아들보다 하루 더 사는 것이었다. 대부분의 가족이 뿔뿔이 흩어지고 그들 옆엔 어머니만 남아 있었다.

거실에 큰 스크린을 설치했다. 프로젝터로 동물 영상을 쏘아 띄웠다. 넓은 아프리카 초원이 거실로 들어왔다. 기린들이 느릿느릿 걸어 다니고 얼룩말들이 한가로이 풀을 뜯었다. 어린 사자들이 엄마 등을 타며 놀았다.

어느 날은 거실이 북극이 되기도 했다. 먹이를 구하기 위해 눈보라가 휘몰아치는 눈밭을 떼를 지어 걸어가는 펭귄들의 뒷모습은 흡사 모진 세상을 묵묵히 견디는 인간을 닮아 있었다. 얼음 위에 행여나 알을 떨어뜨릴까봐 노심조차하며 알을 깃털 속에 품고 혹한을 견디는 황제 펭귄을 보며 감탄을 금하지 않을 수 없었다.

'생육하고 번성하라' 신이 내린 절대 절명의 명령이었다. 어떡하든 살아남아 대대손손 번성하는 것 그것이 신이 원하는 것이다.

나는 먹을 것을 거실에 풀어놓았다. 동생은 조용해졌다. 우리는 최소한의 옷만 걸치고 생활했다. 동생은 새우깡을 씹으며 거실을 뒹굴었다. 잘 웃었고 즐거워했다. 점점 몸이 부풀어 올랐다.

산등성이를 오르자 진달래 길이 나타났다. 꽃잎이 바람에 흔들리고 나비가 날아 올랐다. 꽃잎이 무수히 떨어져 바닥이 진홍빛이었다. 나는 떨어진 꽃잎을 손에 가득 들었다. 문득 어느 소설에서 본 문구가 떠올랐다. 꽃은 아름다운 성기다. 나는 어린 여자의 성기 같은 진달래 꽃잎을 오랫동안 들여다보았다.

선배 그거 알아요? 꽃은 스스로 모가지를 끊는다는 사실 말이에요. 한때 사랑한 후배 여자는 어느 날 뜬금없는 소리를 했다. 화려하게 피었던 목련꽃이 뚝뚝 떨어지던 날이었다. 열매를 맺기 위해 꽃은 자신에게로 공급되는 양분을 스스로 차단한다는 군요. 꽃잎이 떨어져야 비로소 열매가 맺히거든요. 너무 비참하지 않아요? 이것 좀 봐요. 이 떨어진 목련꽃이 얼마나 흉한 모습인지. 나는 그렇게 살고 싶지 않아. 우리 결혼하더라도 아이는 낳지 말아요. 나는 생각이 달라. 나는 줄줄이 아이를 낳아 뒹굴며 살고 싶거든. 나는 정색을 하고 말했다. 동생 같은 아이가 나오면 어떡해요? 그녀는 동생 이야기를 꺼냈다. 방법이 있을 거야. 동생 같은 아이가 나오라는 법도 없고. 유전 가능성이 있죠. 나는 그런 위험 감수할 수 없어요. 가능성이 단 일 퍼센트라 해도. 그녀는 단호했다.

생기지도 않은 나의 아이는 무참히도 그 탄생 가능성마저도 제거되고 말았다. 엄마의 말대로 동생의 존재를 비밀로 했다면 그녀와 결혼할 수 있었을지도 모른다. 그녀는 엄마를 닮았다. 나는 그녀와 헤어졌다. 생각보다 엄마 같은 여자가 많았다. 사랑할 수 없을 것이라는 생각이 산 그림자같이 나에게 드리워졌다. 동생의 존재를 숨기고 살고 싶지는 않았다.

눈앞에 제법 넓은 바위가 나타났다. 나는 동생과 바위위에 올라앉았다. 바위 끝은 높은 절벽이다. 음료수와 감자 칩을 바위위에 풀어 놓았다. 동생은 감자 칩에 정신을 빼앗겼다.

바위 틈새로 풀뿌리가 들어나 있다. 잔뿌리가 수도 없이 엉켜 있다. 얼마나 깊이 뿌리를 내렸는지 뽑아내려 해도 꿈쩍을 하지 않는다. 자세히 보니 파릇파릇 새싹이 돋았다. 개미 한 마리가 손등을 타고 기어올랐다. 한 마리가 아니다. 주변을 둘러보니 수많은 개미들이 감자 칩에 붙었다. 단내를 맡고 날아온 벌들이 음료수 주변에 붕붕거리며 날고 있었다.

"뻐꾹뻐꾹"

어디선가 뻐꾸기가 울었다. 나는 주변을 두리번거렸다. 엄마의 스커트자락을 붙잡고 올려다보면 엄마의 하얀 목선이 보였다. 숲속 어딘가에 숨어있는 뻐꾸기를 한사코 찾고 말겠다는 듯 엄마는 주위를 두리번거렸다.

해가 기울었다. 짙어지는 노을 아래에 산이 어두운 몸체를 완강하게 드러냈다. 동생의 손을 잡고 일어선다. 벼랑 끝에 섰다.

멀리 내려다보이는 세상이 짙은 회색빛이다. 세상의 불빛이 별처럼 반짝인다.

"고스트 버스터즈 고스트 버스터즈
당신의 주변에
이상한 것들이 나타난다면
누구에게 알려야 할까요?
고스트 버스터즈
고스트 버스터즈 ~~~"

신은 고스트 버스터를 허락하지 않았다. 세상에는 스스로 고스트 버스터를 자청하고 나서는 사람들이 있다. 엄마도 그 중에 하나다. 찌그러지고 망가진 영혼들을 영원히 가둔 박스의 문은 잠겨 있지 않다. 새어나온 슬픈 유령들이 허공을 헤매고 다닌다. 그들의 울음소리가 하늘에 가득하다.

고스트 버스터즈 ~~
고스트 버스터즈~~

나는 계속 노래를 불렀다. 동생이 뛰기 시작했다. 신이 난 동생이 두 손을 높이 들었다. 나도 일어섰다. 두 손을 높이 들고 발을 구르며 목청을 높였다.

고스트 버스터즈~

고스트 버스터즈~

드디어 동생이 둥실 떠올랐다. 유령 머시멜로우가 유유히 허공을 나며 웃었다.

하늘이 붉게 타올랐다.

전흥배

필명 : 제임스 전

釜山 출생

서울시립대학교 경영대학원 석사과정 졸업(국제통상학 석사)

現在 국제통상문제 자문역

2010년 '문학의식' 소설부문 신인상수상 등단

장편소설 「고독한 者의 行路」

단편소설 「작별」「내 안의 性」「酒店」「플라토닉과 에로스」

욕정欲情과 열정熱情 사이

남자는 엉겁결에 내뱉었다.

"삶의 의지와 열정이 강하다는 것은…."

아차! 싶었다. 괜히 말했나? 이런 말을 하는 자신을 마주 앉은 여자가 어떻게 생각할까, 하고 남자는 잠시 망설였다. 침을 꿀꺽 삼키고, 흠흠, 목을 가다듬은 후에 남자는, 에이 될 대로 되라, 하는 심정으로 말을 끝냈다.

"…욕정이 강하다는 것이 아닐까요?"

순간, 여자의 눈썹이 아주 미세하게 꿈틀, 움직였다. 고개가 아래로 약간 떨어지고, 찻잔을 째려보았다. 그러다 곧바로 고개를 들고 눈썹을 약간 치켜 올리며 말했다.

"남성이 그렇다는 거예요? 아니면 여성이 그렇다는 거예요?"

남자는 여자의 날카로운 시선을 피하며, 어눌하게 대답했다.

"남성과 여성을 떠나서, 인간이라는 범주에 드는 것은 다 그렇다는 것입니다."

제법 유식하게 '범주'라는 고급 단어도 구사했다. 평소에는 별로 신경 쓰지도 않던 격식을 갖추려고 노력하는 자신을 보며, 남자는 '내가 이 여자를 마음에 들어 하는 것일지도 모른다' 는 엉뚱한 생각이 머리를 스친다. 아마도 여자는 따지러 들 것이다. 마음에 드는 남자가 하나도 없어서 지금까지 시집을 안 갔노라고 큰소리치던 것을 기억해 보면, 여자의 페미니즘 성향은 이미 짐작이 되었다. 여자의 목소리 톤은 조금 올라가 있었다.

"삶에 대한 인간의 순수한 열정을, 왜 그렇게 왜곡해서 생각하시죠?"

여자는 제법 시인답게, '순수한 열정'이라는 어휘를 구사했다. 과거에 여자는 '소설가는 악한 사람이고, 시인은 착한 사람이다'는 표현을 한 적이 있다. 남자는 자신이 소설가이기 때문에 '악한 사람일까?'를 가끔씩 되새김질을 하곤 했었다. 악하고 착하다는 이분법은, 가난하고 부자다, 지적 수준이 낮고 높다, 행동거지에 품위가 있고 없다, 사회적 지위가 낮고 높다, 하는 것처럼 대구對句를 이루거나 대립對立하는 개념일까? 일단 남자는 여자에게 질세라, 단호한 어조로 말했다.

"욕정은 저속한 단어가 아닙니다. 욕정이라는 단어는 생명 탄생의 에너지와 사랑이라는 고귀함을 함께 함축시킨 그야

말로 성聖스러운 단어이지요!"

남자는 또 다시 아차, 싶었다. 따지기를 좋아하는 여자가 '성聖스러운'을 '성性스러운'으로 해석하는 것은 아닐까, 하는 걱정이 앞선다. 다시 여자가 재빠르게 반박한다.

"욕정欲情이라는 단어는 '이성에 대한 육체적 욕망'을 뜻하는 것이 아닌가요?"

"사전적 의미는 그렇지요."

"그렇다면, 그것은 이성과의 섹스를 원한다는 뜻일 뿐, 그 외에 무슨 철학적 의미가 있겠어요?"

남자는 잠시 생각에 빠진 듯하다가, 문득 말을 꺼냈다.

"나는…. 욕정의 산물입니다."

"…?"

여자는 잠시, 내가 잘못 들었나?, 하는 생각이 들었다. 욕정의 산물? 이 남자가 과연 촉망 받는 소설가가 맞기는 맞는 건가? 남자를 만나지 않겠다는 자신을 들들 볶아서, '이 사람은 진짜 괜찮은 사람이야, 절대 후회하지 않을 테니, 그냥 가벼운 마음으로 만나보기나 해!'라고 등을 떠밀어 이 남자와의 만남을 주선해 준 여류소설가인 선배가 원망스러웠다. 평소에는 언니라고 부르며, 친자매처럼 지내는 소설가 선배의 강요가 아니었다면, 이 남자를 만나지도 않았을 것이다. 소설가 언니의 설명에 의하면, 이 남자는 문단에 등단한지 겨우 4년 밖에 되지 않았지만, 인간의 삶과 죽음에 대한 깊은 성찰을 소설 속에 담아내며 문단의 주목을 받고 있다고 한다. 그런데 그런 평가를 받는다는 사람이 내뱉는 말은 그저 세속적일 뿐이다. 그동안 서너 번의 만남을 가져왔지만, 그저 일상적인 얘기를 가볍게 나누며 식사를 한 것이 전부였다. 오늘은 이상하게 처음부터 심각하고 무게 있는 얘기들이 주로 오가게 된 것이 사건의 발단이었다. 여자는 그만 자리에서 일어나야겠다고 생각했다. 여자는 얼핏 남자의 얼굴을 한번 쳐다보고는 옆에 놓아두었던 핸드백을 집어 들었다. 그리고 남자에게 말했다.

"전, 이만 가야겠어요."

남자는 의아한 표정으로 여자를 쳐다보더니, 가볍게 고개를 끄덕였다. 그것은 여자의 이석移席을 수긍한다는 의미일 것이다. 게다가 오늘 만남이 아무런 결실을 맺지 못했다는 것을 인정한다는 의미일 것이다. 그동안 여자에 대해서는 지인들을 통해 제법 성깔이 있는 여성이라는 소문을 듣기는 했었다. 여자는 자리에서 일어나 출입문을 향해 몸을 돌렸다. 그 때 남자는 괜스레 억울하고 자존심이 상하는 것 같아 한마디를 덧붙일 수밖에 없었다.

"귀하께서도, 또한 욕정의 산물이지요!"

여자가 홱 돌아섰다. 아무래도 그냥 갈 수는 없을 것 같다. 갈 때 가더라도 할 말은 하고 가야 할 것 같다. 당연히 목소리 톤이 올라가면서 날카로워 진다.

"우리 부모님을 폄하하는 것 같아, 도저히 참지를 못하겠네요! 왜 그렇게 꼬여 있죠?"

남자는 서슬이 시퍼런 여자의 기세에 움찔, 놀라며 몸을 웅크리고 말했다,

"실체적 진실을 얘기했을 뿐입니다."

"뭐가 실체적 진실이에요? 사랑하기 때문에 결혼을 하고, 사랑하기 때문에 아기를 낳는다고 생각하면 안되나요?"

여자는 성性적인 문제에 대해 민감하다. 인간의 생명 유지와 자손 번창을 위해 우리 인류에게 주어진 동물적 본성은 식욕과 성욕, 그 두 가지가 맞을 것이다. 그 두 가지만 충족되면 인간은 어떻게든 살아간다. 그러나 여자는 성적인 문제에 대해 히스테리컬한 반응을 보인다. 그것은 일종의 트라우마일 수도 있다. 여자의 나이는 마흔이다. 그러나 20대 초반에 겪었던 실연의 상처가 그녀를 남자들을 경멸하는 여자로 만들었던 것일까?

여자는 스물 두 살의 나이에 한 남자를 알게 되고, 3년 동안 깊은 사랑을 하였다. 그 남자의 아기를 임신하고 결혼을 꿈꿀 때 쯤, 남자가 유부남이란 것을 알게 된다. 사건이 일어난 그 날은 여름이 막바지에 이른 일요일 오후였다. 여자는 구두를 사기 위해 명동으로 나갔다. 그리고 보았다. 급한 일로 주말 내내 부산으로 출장을 가서 일을 해야 한다고 말한 남자가 4~5세 된 남자 아이를 태운 유모차를 끌고, 팔에 매달린 웬 여자와 행복한 웃음을 지으며 명동 한복판을 걷고 있는 것을 목격한 것이다. 처음에는 눈을 의심했다. 남자의 뒤를 따라 한참이나 남자의 모습을 살피고 또 살피고,

목소리를 되새김질하고 또 되새김질하던 여자는 이윽고 눈앞이 캄캄해졌다. 그리고 마침내 여자는 인도 보도공사를 하고 있던 곳에서 깨어진 보도블록을 집어 들었다. 여자는 남자의 바로 뒤로 다가가서, 마지막 확인을 위해 남자의 이름을 불렀다. 남자가 뒤 돌아 보았다. 남자의 눈이 왕방울만하게 커질 무렵, 여자는 손에 쥐고 있던 보도블록으로 있는 힘을 다해 남자의 얼굴을 때렸다. 악-!, 하는 남자의 비명을 들으며 여자는 돌아서서 뛰었다. 그렇게 3년간의 뜨거운 사랑은 한순간에 끝을 맺었다. 아이는 지웠다. 여자는 여승이 되기 위해 절로 들어갔다. 그러나 모든 사실을 알게 된 여자의 모친이 절로 뒤쫓아 와, 머리채를 휘어잡고 여자를 집으로 데려 갔다. 한동안 실성한 사람처럼 멍하게 살던 여자는 어느 날부터 시詩를 쓰기 시작했다. 그리고 얼마 뒤 시인詩人으로 문단에 등단했다. 그래서 지금까지 시인으로 살아왔다. 남자가 여자의 이력에 대해서 들은 것은 그것이 전부다. 그 때 보도블록으로 얼굴을 맞았던 남자는 죽었을까? 여자가 그 후 살인죄로 잡혀 가지 않은 것을 보면, 그 남자가 죽지는 않았던 모양이다. 하지만 상당한 기간 동안 병원 신세를 졌을 것은 자명한 일이다.

남자는 탁자 앞에 서 있는 여자의 눈을 올려다보면서 말했다.

"우리가 살아 있다는 것이죠."

"……."

"우리가 생생하게 살아 있다는 것을 증명하는 것이 바로 우리에게 욕정이 남아 있다는 것이죠."

"……."

"죽은 자는 욕정이 없습니다. 우리가 살아 있기 때문에 욕정도 있는 것이죠. 욕정과 열정은 동의어라고 말 할 수 있습니다."

"……."

여자는 다시 자리에 털썩 앉았다. 이 남자는 생명의 존재에 대한 얘기를 하고 있는 것일까? 다만 표현이 좀 거칠고, 형이하학形而下學적인 언어를 사용했을 뿐인가? 정말 그런가? 여자는 인내심을 가지고 좀 더 지켜보기로 마음먹었다.

자리에 다시 앉는 여자를 보면서, 남자는 '내 의도를 분명히 알려 주어야겠다'는 생각을 한다. 삶과 죽음의 차이, 즉 산 자와 죽은 자의 분명한 차이가 무엇인지를 알려줘야만 한다는 생각을 다진다.

남자는 약 10년 전 제일 절친한 친구의 어머니와 나누었던 전화통화를 기억한다. 그 날은 부산에 살고 있는 친구에게 두어 달 만에 전화를 했던 날이었다. 친구와의 통화 중에 갑자기 친구의 모친이 전화를 바꾸어 달라고 한다면서, 친구는 자신의 어머니에게 수화기를 건네었다. 그 당시 친구 모친은 간경화 말기의 상태였고, 당시 59세의 나이에 이미 3개월 시한부 선고를 받은 상태였다. 친구 모친은 자신이 죽고 없더라도 자기 아들을 잘 돌보아 달라는 당부를 하였다. 그리고 죽기 전에 꼭 남자를 한 번 만나고 싶으니, 한 달 안에 부산에 한번 내려오라고 신신 당부를 하였다. 남자는 지킬 의지가 없는 약속이지만, 조만간 부산에 가서 한번 찾아뵙겠다는 형식적인 대답을 하였다. 그리고 통화가 거의 끝나갈 무렵, 친구의 모친은 말했다.

"옛날, 그 일은…. 자네는 다 잊었겠지만, 내가 진심으로 용서를 빌겠네…."

그렇게 통화는 끝나고, 남자는 한동안 멍하게 서있었다. 이제는 진정으로 친구의 모친을 용서 해주어야겠다는 생각을 하면서, 한편으론 용서를 하고 말고 할 자격이 남자에게 있을까하는 의문도 들었다.

아주 오래 전 남자가 대학 1학년이던, 스무 살 여름에 있었던 충격적인 일은 친구의 모친과 남자만이 아는 절대 비밀이었다. 영원히 무덤까지 가져가야 할 업보였다. 남자는 친구에게도 절대 털어 놓을 수 없었던 그 일을 떠올리며, 이성異姓에 대해 아름다운 환상에 빠져 있어야 할 스무 살의 어린 나이에 여성에 대한 경멸과 조소를 배우게 되었다. 남자가 45세의 나이가 된 지금까지 결혼을 하지 않은 것도 그 일과 연관이 있는 것일까?

놀랍고도 충격적인 사건이 일어났던 그 날은 대학 1학년 학기말 고사가 끝난 7월 초순의 날이었다. 더위가 일찍 시작되어 초여름의 열기가 대지를 달구던 금요일 오후에 남자는 친구의 집을 방문했다. 그 날 오후 2시경에 친구의 집에서 친구와 만나기로 약속을 했기 때문이다. 친구의 집 대문이 열려 있었기에 남자는 수백 번 드나들었던 평소 습관대로 대문을 밀치고 들어가, 친구의 방문을 열었다. 초등학교 1학년 때부터 단짝 친구로 지내온 터이기에 친구의 집은 남자의 집이나 마찬가지였다. 그런데, 친구는 방에 없었다. 남자는 약간 열려 있던 안방 문을 밀어젖히고, 친구의 모친을 찾았다. 친구의 모친은 24세에 결혼하여 25세에 친구를 낳았고, 친구의 나이가 이제 20세이니, 당시 친구 모친의 나이는 44세 이었을 것이다. 인간의 일생으로 따지자면 아직도 젊고 싱싱한 나이였다.

친구 모친은 방에서 낮잠을 자고 있었다. 방문 쪽으로 다리를 둔 채, 이불도 없이 맨바닥에 베개만 베고 누워 있었다. 남자는 '어무이'라고 두어 번 불렀으나, 그녀는 깊은 낮잠에 빠져 대꾸가 없었다. 친구 모친은 무릎까지 내려오는 검정색 주름치마에 가슴이 깊게 파인 흰색 민소매 티를 입고 있었다. 남자는 방문을 닫으려다가, 다시 문을 주먹으로 쿵쿵 두드리면서 친구 모친을 깨웠다. 그 소리에 놀랐을까, 그녀는 눈을 뜨고, 잠에 취한 눈으로 잠시 남자를 보다가, 약간 놀란 듯 몸을 일으켰다. 누워 있다 급히 일어나려는 바람에 다리가 들리면서 친구 모친의 속옷이 완전히 다 보였다. 친구 모친은 여성용 팬티가 아니라, 남성용 흰색 사각 팬티를 입고 있었다. 그리고 말했다.

“으응, 니 왔나? 안 그래도 아들이 네가 오면 전해 달라고 했는데, 지는 서클 모임이 있다고 2시간 정도 늦게 온다고 하더라.”

“아, 그래요? 그럼 기다려야겠네요? 친구 방에 있을게요.”

“으응, 그래라.”

남자가 방문을 닫고 돌아서려는데, 친구 모친이 급하게 말했다.

“날도 덥고 몸이 지치니까, 낮잠이나 한숨 자거라!”

“예, 그럴게요.”

그러자 친구 모친이 다시 다급하게 말했다.

“그 방은 바람이 잘 안통해서 더우니까, 이 방에서 자거라.”

“괜찮아요, 책이나 보려고요.”

친구 모친은 벌떡 일어나서, 막 돌아서는 남자의 팔을 잡았다.

“이리 온나, 여기가 시원하다!”

친구 모친은 남자의 팔을 잡아끌고는 안방으로 남자를 밀어 넣었다. 그리고는 얼른 장롱에서 베개를 하나 꺼내더니, 자신의 베개와 나란히 놓았다. 그녀는 괜찮다는 남자를 억지로 옆에 눕혔다. 남자는 초등학교 때부터 친엄마처럼 대해 온 친구 모친이기에 별 생각 없이 그녀 옆에 누웠다. 친구 모친은 남자에게 대학생활이 어떤지를 이것저것 묻더니, 갑자기 손을 뻗어 남자의 얼굴을 만지면서 ‘너는 피부가 참 곱네’라고 말했다. 그리고는 콧김을 살짝 뿜으며, 얼굴을 남자에게 바짝 들이대면서 자신의 입술을 남자의 볼에 살짝 스치고는 말했다.

“여자 친구는 생겼니?”

“아뇨.”

“응 그래? 너도 이제 다 컸으니, 여자 친구도 사귀어 보고 해야지.”

“아직 여자한테 관심이 없어요. 마음에 드는 여자애를 못 만났어요.”

“호호, 너는 어떤 애가 마음에 드는데?”

“글쎄요, 좀 청순하고 가냘픈 여자애가 좋은 것 같아요.”

“아이고 안 된다. 그런 여자는 약해 빠져 가지고 못 쓴다. 여자는 가슴과 엉덩이가 튼실해야 애도 잘 낳고 건강하지.”

남자는 친구 모친의 입에서 단 내가 난다고 생각했다. 그녀는 호흡이 약간 거칠어졌으며 목소리가 떨리고 있었고, 왼쪽 손이 남자의 가슴에 올라와 있었다.

“여자애는 가슴과 엉덩이에 살집이 있고 해야 건강하고, 남자는 불알이 튼튼하게 여물어야지 쓸모가 있지.”

그러면서 그녀는 손을 뻗어 아들 친구인 남자의 사타구니 쪽을 슬쩍 스치듯이 만졌다. 남자는 움찔 놀라며, 무언가 이상하다는 생각이 들었다. 그 때 친구 모친이 말했다.

“니 불알은 다 여물었나? 엄마가 한번 만져보자!”

“아이, 안돼요.”

“에구 자식아, 엄마한테 내외하나?”

남자는 민망하고 어색하여 몸을 일으키려고 하였다. 그러나 남자의 왼쪽에 누워 있던 그녀의 한쪽 팔이 남자의 가슴을 감싸 쥐고 있었고, 그녀의 다리 한쪽이 이미 남자의 다리 위에 올려져 있었기에 남자는 몸을 일으키기가 쉽지 않았다. 친구 모친은 한숨을 푹 쉬더니, '내가 왜 이러지?'하는 혼잣말을 하였다. 잠시 어색한 침묵이 흘렀다. 그러다 쌕쌕거리며 호흡이 가빠진 그녀는 갑자기 호호호 웃으며, 얼굴을 남자 쪽으로 돌려 옆으로 누우며 말했다.

"니, 여덟 살 때부터 봤는데, 참 많이 컸다! 그렇게 여리고 귀엽던 녀석이 이렇게 장정으로 자랐네! 니를 내 아들이나 마찬가지로 생각하고 있데이. 알고 있지?"

"네, 저도 친엄마처럼 생각해요."

"그래, 고맙데이! 그래서 말인데, 아들처럼 생각해서 말인데, 음… 엄마가 찌찌 한 번 줄까?"

"예?"

"엄마 찌찌 한번 먹을래?"

"아, 아니에요. 제가 애기도 아닌데, 어떻게 찌찌를 먹어요?"

"엄마 찌찌 먹는데, 애기 아니면 어떠니?"

그녀는 반쯤 몸을 일으켜 앉더니, 입고 있던 셔츠와 브래지어를 두 손으로 한꺼번에 위로 젖혀 올렸다. 남자는 누운 채로 약간 고개를 돌려 친구 모친을 보았다. 셔츠 아래로 드러난 그녀의 가슴은 희고 풍만했다. 젖꼭지는 굵고 뭉툭하며 짙은 갈색을 띠고 있었으나, 그녀의 흰 가슴은 연통처럼 앞으로 쑥 튀어나와 고무공처럼 탱탱하게 흔들리고 있었다. 남자는 너무 놀라 급히 몸을 일으켰다. 그러나 친구 모친이 남자의 어깨를 한 손으로 누르며 젖가슴을 남자의 얼굴에 들이대면서 남자가 일어나려는 것을 막았다. 남자의 코앞에 중년 여성의 풍만한 가슴이 출렁이고 있었다. 남자는 비명을 질렀다.

"어무이, 이러시면 안돼요!"

"아이, 자석아! 괜찮다. 니가 예뻐서 엄마가 찌찌 한번 주려는 건데, 뭐 어떠니?"

그녀는 왼쪽 유방을 자신의 손으로 잡고서는 젖꼭지를 남자의 입 속으로 밀어 넣었다. 남자는 입을 꾹 다문 채, 고개를 반대편으로 돌리면서 그녀의 상체를 밀쳐내었다. 한 팔 정도 밀려 난 그녀는 얼굴이 빨개지면서 화가 난 듯이 말했다.

"너, 이러면 안 된다. 엄마 말 안 들으면, 니가 내 가슴 만졌다고 내 아들한테 얘기한다! 그러면 너거 둘이 원수 된다!"

그녀는 아들의 친구를 협박하고 있었다. 남자는 너무 놀라고 겁에 질려 일어나지도 못한 채, 최대한 몸을 웅크렸다. 그 때 그녀는 다시 부드러운 어조로 남자를 타일렀다.

"그냥 너거 친엄마 찌찌라 생각하고 한 번만 빨아봐라. 그러면 내 아무 소리 안할게."

남자는 있는 힘을 다해 입을 앙 다문 채 눈을 꼭 감고 있었다. 여자는 자신의 젖꼭지를 남자의 입술에 대고 비볐다. 여자의 쌕쌕거리는 숨소리는 더욱 거칠어지고 있었다. 곧이어 그녀의 손이 남자의 바지 속을 파고들었다. 남자는 깜짝 놀라며 몸을 일으키려고 하였다. 그러나 그녀의 손이 겁에 질려 잔뜩 쪼그라들은 남자의 성기를 움켜쥐었다. 남자는 울상이 되어 애원하듯 중얼거렸다.

"안돼요, 안돼요!"

남자는 있는 힘을 다해 여자의 손을 바지춤에서 빼내면서 몸을 비틀어 일어나 앉았다. 그러나 친구의 모친은 남자가 일어나지 못하게, 한 손으로 남자의 혁대를 움켜진 채로, 다른 한 손으로 치마를 훌렁 걷어 올리고는 자신의 팬티를 한꺼번에 끌어 내렸다. 아! 머리칼처럼 짙고 풍성한 음모陰毛가 거기에 있었다. 마치 검은색 물감을 칠해 놓은 듯, 윤기 나는 짙은 흑색의 음모가 반짝이고 있었다. 남자는 성인 여성의 음모를 처음 보았다. 아, 그것은 공포였다. 그것은 마치 시공간의 블랙홀처럼 끝을 알 수 없는 절대의 암흑으로 연결된, 그래서 영원히 빠져 나올 수 없는 죽음의 나락으로 떨어지는 벼랑과 같이 느껴졌다. 남자가 평소에 가졌던 이성에 대한 호기심과 설렘은 이미 사라지고, 비릿한 냄새를 풍기는 역겨움, 그 자체였다. 남자는 그녀의 손을 자신의 바지 혁대에서 떼어 내려고 하였다. 그러나 우악스런 중년여성의 힘은 스무 살 청년의 힘으로도 쉽지 않았다. 더군다나 욕정으로 타올라 이미 이성을 상실한, 그래서 실성했다고 표현함이 더욱 적합한 그런 사람의 힘을 당해 내기는 더욱 어려웠다. 그렇게 승강이를 하면서 남자가 어쩔 줄을 모르고 있는 틈을 타서, 여자는 바지 혁대의 고리를 풀었다. 그리고는 남자의 바지와 팬티를 반쯤 끌어 내렸다. 남자의 성기가 일부 노출되고, 여자의 얼굴이 남자의 성기에 닿을 무렵, 남자는 여자의 배를 걷어찼다. 여자가 낮은 비명을 지르며 뒤로 물러날 때, 남자는 바지를 움켜진 채 방문을 박차고 밖으로 내달렸다. 엑소더스, 드디어 탈출이다!

"무슨 생각을 그렇게 하세요?"

여자는 혼자의 생각에 빠져있는 남자를 처연한 표정으로 바라보면서 물었다. 여자는 자리를 떠야할지 그냥 좀 더 앉아 있어야 할지 잘 판단이 서지 않는다. 지금 이 자리에서 일어난다면 다시는 이 남자를 만나지 못하게 될지도 모른다. 그것은 남자와는 인연이 안 되는 것이며, 남자와 사귀지 않겠다는 거부의 의사 표시를 분명히 한 것이 될 것이다. 남자는 뜬금없이 말했다.

"이제는 과거를 용서하고자 합니다. 살아 있는 사람도 용서해 주는데, 죽은 자를 용서 못할 수는 없지요…."

"누구를 용서한다는 거예요?"

남자는 여자의 순박한 눈을 바라보며, 엷은 미소를 지으며 눈을 껌벅거렸다.

"과거에 내가 알던 여자지요."

여자는 흠칫 놀란다. 평소에 여자들에게 전혀 관심이 없거나, 짐짓 여자들을 조소하는 태도를 보이던 이 남자가 과거에 알던 여자를 용서하겠다니? 그럼, 그렇지! 왕년에 연애 한 번 안 해본 사람 있겠어? 그런데 용서한다는 것은 또 뭐야? 과거의 애인이 이 남자한테 무슨 큰 잘못이라도 했다는 건가? 사연이 궁금하면서도 여자는 자존심 때문에 더 이상 남자에게 캐묻지 않는다.

남자는 혼자 생각한다. 죽음이 모든 과오를 다 덮을 수는 없다. 그러나 신이 우리 인간에게 부여한 본능에 충실했던 것인데, 그 때는 인격을 가진 인간에서 벗어나 동물적인 욕망만을 가지고 있던 순간인데, 단순한 피조물에 불과한 친구의 모친을 비난해봐야 무슨 소용이 있겠는가? 인간을 불완전한 존재로 만들어낸 신神에게 잘못을 물어야 할 것을!

아주 오래 전 그날, 남자에 대한 친구 모친의 겁탈 시도가 무위로 끝난 이후, 남자는 다시는 친구의 집을 가지 않았다. 친구는 '너 임마, 이상하다! 제 집처럼 드나들던 놈이 왜 우리 집에 오길 싫어하니?'라며 남자를 다그쳤다. 남자는 친구를 만나더라도 자신의 집이나 바깥에서 만났지, 절대로 친구의 집에는 가질 않았다. 10년 전 친구의 모친이 죽음을 얼마 앞 둔 전화 통화에서 '집에 꼭 한번 와다오! 얼굴 한 번만 보자'라고 당부를 했어도, 남자는 친구의 집에 가지 않았다. 그 뒤 2개월 후, 친구의 모친이 사망했다는 연락을 받고서야 남자는 장례식에 참석했었다. 친구는 자신의 모친이 사망하기 전에 한 번도 집을 찾아와 주지 않은 남자를 원망

했다.

“야, 우리 어머니가 너를 그렇게 보고 싶어 했는데도, 네 놈은 왜 그렇게 냉정하냐? 얼굴 한번 안보여주고 말이야! 나쁜 놈!”

남자는 아무런 대꾸도 하지 않았다. 친구와는 평생지기로 지내고 있었지만, 그 날의 해프닝을 친구는 모를 것이다. 그 일은 그렇게 무덤에 묻혀야 하는 것을! 친구 모친의 무덤에도 묻힐 것이고, 먼 훗날 남자의 무덤에도 그렇게 묻힐 것이다. 평생 동안 지켜야만 하는 비밀, 친구 모친이 사망함으로써 그 것은 이제 온전히 남자의 책무가 되었다. 친구 모친의 명예도 지켜야 하고, 친구와의 우정도 지켜야 한다.

10년 전 부산에서 거행된 친구 모친의 장례식에 참석했다가 서울로 돌아오면서, 남자는 생각했었다. ‘그 때는 나도 너무 어렸지, 내 나이 지금 서른다섯, 지금이라면 그냥 원하는 대로 따라 줄 수도 있을 거야…’라고 생각한 적이 있었다. 그리고도 10년이 더 지나 마흔 다섯 살이 된 지금은 ‘보시라도 해 줄 것을, 오히려 내가 잘못한 것 같아….’하는 생각도 들고 있다. 목마른 자에게 물을 주고, 배고픈 자에게 음식을 주는 것이 선행善行이 아닌가? 더군다나 친구의 모친과는 피 한 방울 섞이지 않은 남남이며, 나이와 사회적 관계를 무시한다면, 그저 암컷과 수컷인 것을 말이다. ‘내가 잘못했지, 내가 잘못한 거야! 한평생 수치심으로 얼마나 고통스럽게 살았을까?’라고 스스로 자책하는 마음도 들곤 했다.

남자는 문득 생각난 듯이 여자에게 말했다.

"우리, 술이나 한잔 하러 갈까요?"

여자는 피식 웃음이 나왔다. 이 남자는 뭐야, 도대체! 제멋대로인 걸! 친구도 아니고, 더군다나 애인도 아니고, 도대체가 돼먹지를 안했어. 참 나쁜 남자야! 그러나 머릿속의 생각과는 다른 말이 나왔다.

"가시죠! 저도 오늘 좀 취하고 싶어요!"

남자와 여자는 어둠이 깔리기 시작하는 도시의 네온사인 불 빛 속으로 천천히, 그리고 나란히 걸어간다.

최운상

본명 최춘식. 문학박사
동서양 역사, 고전, 현대문학, 농업경영, 성경신학, 선교신학 수학
총회신학대학 졸업
미국 이벤젤대학교 M. DIV, D. MIN 과정을 거쳐 목회학 박사학위 취득
가나안 농군학교 교수 재직
<문학의식> 시부문 수상
<크리스천문학>을 통해 소설가 등단
저서 장편소설 「단절의 땅끝」 외 7권, 시집 「진주의 노래」 외 4권 박사학위 논문 「한국 교회 성령운동의 진로모색에 관한 연구」 등
영랑 시문학상, 프로스트 시인상, 크리스천 문학대상, 미국 에피포토 문학대상, 대한민국 문학 작가상 등 수상

꿈이여 다시 한 번!

1. 남산골 달 밝은 참에

-히야! 저 저거야 말로, 만경창파萬頃蒼波에 호리건곤壺裏乾坤! 아니랄까?

느닷없이 그의 심상에서 마치 봄날 산자락에서 외마디처럼 솟구치는 수꿩의 절규였다. 이게 도대체, 궁합이나 맞는 문장일까? 만경창파에 일엽편주라면 몰라도, 호리건곤이라? 한없이 넓은 바다에, 노상 대취하여 얼큰한 상태라니, 게다가 폭탄주라도 쏟아 부은 듯 불콰해진 석양이 어느 결에 썰물처럼 물러갔다. 기다렸다는 듯 눈앞의 장관이 성난 밀물이듯 활짝 다가선다. 구 서울역사는 철제의 가림 막에 숨겨진 채 목하 공사 중인 걸! 철도 박물관이라던가? 백년 묵은 그 퀴퀴한 시취의 소굴에서 밀려난 지도 벌써 몇 달째인가?

꿍꿍이속처럼 내밀한 낌새에 귀를 기울이며 돌층계에서 건너다보는 시야에는 천태만상의 땅벌레들이 미등을 밝히고 전조등을 까물거리며, 경주마처럼 연달아 오르내린다. 얼큰하듯 눈이 부시고, 귓가에 장엄 자락이 펼쳐진다.

저 찬란한 꽃불 바다가 과연 장관이랄 밖에, 하지만 저건 냉엄한 적의의 빛이다. 아니다. 까닭 없이, 차라리 경멸이라 해야 옳겠다. 네까짓 것들의 존재란, 하찮기 그지없는 청춘을 좀먹는 맹장덩이 같은 것이다. 아니라지. 느닷없이 간덩이에 기생하여 골 때리는 종양덩어리 같은 것들이다. 아무때나 맘만 먹으면 칠칠치 못한 여인네의 앞깃에 엉긴 된장덩어리 떼치듯, 도려내면 그만 이란 듯 그리 째려본다. 기약없는 노숙자의 신세란, 그런 것이다. 허나 꽃불바다의 장관이라면, 어이타 꿈엔들 잊으리. 하늘 높은 줄 모르고 치솟는 빌딩 숲 사이에서 그리도 장엄하고 아아한 날개로 대 서울을 품고 있던 숭례문이 활활 불타오르던, 그 날의 처염한 낙조여! 하잘 것 없는 인생도 창랑풍파의 역사도 한순간에 꽃불로 타오르던 그 날의 감동이란! 그 또한 하늘의 지붕아래 서식하는 노숙자의 불장난이었더라는, 장탄식은 식을 줄 모른다.

한 동안 느닷없는 토악질의 덤터기라도 뒤집어 쓴 듯, 죄없이 비실거렸다. 그 또한 가림 막 속에서 천년의 세월을 뛰어넘는 재탄생을 위하여 목하 공사 중인걸! 허나 창창한 빌딩사이 남산의 검은 숲에 두둥실 내걸린 달빛은 시시로 덩실거려 기죽지 않았다. 면경 같은 보름달이, 채근하듯 방실 웃었다.

-그렇다! 더 이상 망설일 이유가 뭐여? 머뭇거림은 비겁한 자의 자기모멸일 뿐인 것을! 아니 그런가? 왕 사장! 깔끔하게 마무리 짓자. 더 이상 머뭇거림 없이, 장부일심은 중천금일러니, 호리건곤에 일필휘지로!

그는 엄지와 검지를 마주쳐 딱! 소리치며 벌떡 일어섰다. 냉철한 부싯돌의 빛살처럼 세상을 순식간에 평정한 느낌이다. 그래, 맞다. 왕 사장! 하지만 금세 자리에 털썩 주저앉았다. 엉덩이가 시린 딱딱한 인조석이다. 딱딱한 인조석이건 역사의 객석이건 티브이가 펼쳐지는 곳이면, 그곳이 어디건 굶주린 맹금처럼 탐하던 -불멸의 이순신이 종장을 고한 후 세상은 한층 시들해졌지. 불운한 장군의 백의종군이며, 치밀한 작전에 의한 연전연승은, 그 삶의 보람이요 긍지였다. 과묵하고도 정곡만을 콕콕 찌르는 어법이며, 참으로 그처럼 살다가 그리만 죽는다면, 대관절 무엇을 한하랴? 아니 그러한가? 왕사장…!

그는 난생 처음, 자신의 대명사를 호칭했다. -왕 사장! 사뭇 대견한 심사다.

눈길을 들추자 썰물 같은 차량의 불빛 결 너머로 왕 회장의 빌딩이 우람하게 버티고 섰다. 대우빌딩이라. 으레 섬뜩한 위엄으로 다가선다. 저게 대체 몇 층이더라. 저 범접하지 못할 위엄 탓에 종내 왕사장으로 자족해야 했다. 그나마 의리와 충절의 사내 김 대리가 희망사항으로 붙여준 미래상이랄까? 그는 딸기코를 후비며, 퉤 에! 하고 꽁초를 씹어 뱉듯 말했었다.

–마, 섭 하다! 그리는 마소. 사판에 그 기 어딘가. 왕 사장 팍!? 안 근가요?

–섭섭키는! 내사 마, 어즈버 태평 속세를 시고 비리게 맛본 사나이 아닌 교?

그가 다가서며 눈치를 살폈다. 시큼털털한 쉰내가 물큰 건너왔다.

–염 열랑, 꽉 붙잡아매더라고. 여편네 치마꼬리 붙들 듯, 김 대리.

느긋이 대꾸했었다. 그가 옆 자리에 몸내를 쏟으며 다가와, 구취까지 겹쳤다.

–암만 그 캐 싸도, 그 냥 반 정 머뭇거릴 양이면, 설렁 넘기 뿌라 그 카소. 왕 회장 자리란 임자가 따 론가? 회생 불능이란, 어찌 우리네 신세뿐일까? 안 근가요? 나라고 대리 자리가 천생 숙명 이련가? 억울하면 출세해, 출세를 했다. 저–엉말, 안 근가요?

왕 사장은 푸념처럼 떠올리며, 얄궂은 미소를 그렸다. 안근가요! 비척거리며 대리가 다가섰다. 단참 속내를 털어 놓을까? 하다가 그는 입을, 어긋물었다. 말을 앞세우지 안 키로 거듭 다짐한 바다. 박 사장 입 무겁다는 소리는 새삼스럽지도 않았건만, 살아볼수록 말이란 하찮고 시고 비린 물건이라고 치부한지 오래다. 내심 조급해진다. 머뭇거리진 말일임! 결단하기까지가 문제였다. 어쩐지 스스로 난생 후 처음 맛보는, 대견한 심상이었다.

왕사장은 대리에게 자리를 양보하듯 일어섰다. 황혼바람 어느 결 서늘하다. 추석바람 이랬던가? 미친바람이 설쳐대겠지. 왕 회장의 서글픈 빌딩사이로 남산의 서울 탑이 도깨비불처럼 치솟고 익어들었다. 허연 대머리며 노쇠한 인상에, 항용 서글픔으로 다가서는 빌딩 아래로 차량의 불바다가 성난 파도 밀물처럼 오르내린다. 김 대리가 한 마디를 풀썩, 꽁초인양 던지며 곁든다.

-어찌 그리, 송장메뚜기 맹이로 날 세게 피해 뺀 지시요?

-글쎄, 잔 서둘 일이, 일이 생겼다 고마.

-안 즉도 서둘 일이, 남았던가요? 거참 반가운 소립니다. 안 그 시요?

입 다물고 싶다. 김 대리, 그와는 제법 질긴 인연인 셈이다. 중대장과 선임하사로, 명색 철재 고물상 CEO와 영업팀장 대리로, 맬서스-주의; 역설 끝에 헐떡거리던 참담한 살림살이마저 작파한 직후, 쥐도 새도 모르게 잠적했던 히피족이듯 결코 피치 못할 운명의 여신을 좇아서!

첫 만남의 추억은, 항상 달콤새콤하다. 포병 중대장으로 보직을 받자마자 그는 늑막염을 앓아야 했다. 교육 신참들에게 시범을 보인답시고 95미리 포신을 어깨에 걸머지고 냅다 뛰었던 덕분이랄까? 동정의 딱지떼기이듯, 훈련이 끝나면서부터 숨쉬기가 따끔거리더니 급기야 1, 2차 허리께 수술을 거쳐 필경 옆구리에 고름주머니를 매달고 근무하는 신세였다. 후송을 거듭 권하면서도 착실한 선임하사는 단팥죽 그릇을 손수 날랐고, 총각 중대장 대리 역할을 거뜬히 해치웠다. 덕분에 3년 만기의 군역을 명예스럽게 마칠 수 있었다.

새로운 만남은, 아이엠에프 칼바람 덕분에 오히려 한 몫 잡았던 고철더미에서였다. 금 모으기 순진한 여흥 가시고, 서울 불바다를 가름하듯 붉은 악바리가 설치던 월드컵 신바람도 삭풍에 지고, 급기야 기름 값을 못 견딘 멀쩡한 차량들마저 고철로 처분되던 맬랑-콜리의 절기였다. 하지만 그에게는 그야말로 위기의 기회였다. 일찌감치 첫 직장이라 가슴 설레던 용산 역 부근의 화장품산업 대외특무로서 비린 맛을 절감한 후였다. 나날의 영업팀 상담 업무란 실상 다름 아닌 폭탄주 마시고 업소의 부킹에 올인 해주는 주사청루의 얼굴마담격이었으니 말이다. 구역질로 비리고 질린 나머지 재취업을 포기하고 낙향도 접고 비실거리다 뛰어든 고철 판에서 살판이 열린 셈이었다. 0.5 톤짜리로 시작한 고철트럭 세 대를 굴리면서 닥치는 대로 글어 모은 고철더미는 하상 세월에 날씬하고 눈 꼬리 해실했던 십년 차이의 경리 아가씨와 30평 아파트와 산토끼처럼 초롱초롱한 첫딸을 덤으로 안겨주었다. 그미 눈에 들었던 영업 팀장이 바로 퇴물 군바리로 오갈 데 없던 김 대리였다. 대리도 제대 직후엔 그럴싸하게 한 살림 꾸렸다 했건만, 피차 낙향을 망설거리던 구 서울 역사 소굴의 히피족으로 동거인이 될 줄을 꿈엔들 생심했으리.

짠 밥 15년 만기에 거의 2년간 실업자로 빌빌대는 동안 지극정성을 바치던 아내가 용케도 살림을 잘 꾸리더라고, 어느 날 비극은 날벼락처럼 덮쳤다. 밤일을 나가서 새콤하게 헐떡거리는 그 짓하는 꼴을 현장에서 해후했을 뿐, 애새끼 없어서 인생이란 간단명료해지더라는 보고였다. 날벼락은 고철더미에서도 앞장 쳤다. 눈 꼬리 드센 경리는 역시 경리였다. 단단히 움친 그녀가 첨부터 꾸리 했던 납품 경리와 멕시코로 튀는 바람에 남은 건 빚쟁이 깽판에 처절한 배신감과 세상의 여인들이란 뱀 꼬리로 둔갑하는 두려움뿐이었다. 하나같이 엇비슷한 삼류 스토리랄 밖에, 그리도 무작스런 세월이었다.

그 무렵이 바로 난민배우 초 진실이, 좆 나게! 눈물 새콩거리는 그 짓거리를 저질렀고 그 바람에 만나자 마자 그들은 신바람을 누렸었다. 부잣집 고간을 털어 가며 야화를 엇바꿔 그들은 한 입이듯 진실을 안주로 씹었다. 이처럼 고상한 살보시도 못하는 여인네 아름다움이란 활활 불꽃 살라 마땅하다고, 야화들 또한 쿨쿨거리며 자기네 성직이야 말로 달 밝은 밤의 천사노릇, 바로 그 사랑이 아니고 대체 무어냐고 물으신다면, 눈물의 씨앗은 절대 아니라고 신바람을 냈다. 그야말로 한 많은 인생의 개떡같이, 추루한 추억이었다. 하기야 노숙자가 된 후에 추억걸기로 따진다면 7, 8십년대의 낭만은 살아있었다. 히피족이라니, 미국에서는 고관대작, 부유층의 후예들이 넘치는 자본의 실상에 지질려 풍요와 환락을 내던지고 스스로 홈리스 되어 무한한 자유를 만끽하기 위하여 도시마다 히피족으로 떠도는 실상이 가관이라 하지 않았던가? 고매한 철학이 살아있다. 디오게네스의 방만放漫과 오만과 무한자유의 철학, 인류 태곳적 조물주 신비의 향수가 살아있다. 머리를 발끝까지 기르고, 면도를 팽개치고 양치질도 세수도 거둬 치우고 그 아닌 멋인가?

문제는 대 서울의 향수어린 역전이었다. 호리 머리한 태양이 시들고 느닷없이 남산골로 달 밝은 참이면 끝없이 펼쳐지는 만경창파에 갖가지 환영의 탈춤을 추어대는 소굴의 서울 역, 새맑은 실개천의 가재처럼 비실거리다 다시 만났던 한 시절의 이력이여! 단지 하룻밤만 신세를 져보자던 핑계가 급기야 히피족의 궁지로 발전하여 어물쩍 했건만! 이제는 그와도 영영한 결별이다. 시고도 비리고 시원섭섭하달

밖에, 그렇다고 망설일 이유는 절대로 아니다.

꽃샘바람에 김 추기경님이 그곳으로 떠나실 때는, 제법 영원에 서린 인생을 궁구하는 낭만이 어른거렸다. 하여튼 인생이란, 뭔가 진지하게 살아볼 가치는 있는가보다. 이생의 일생에, 영생의 길이라니! 허나 속내를 털어보면 날이면 날마다, 명동거리를 오르내리며 자원봉사로 선심 베푸는 입맛 죽이는 라면이며, 따끈한 오뎅 국물이, 소머리 국밥에 덤터기 은총을 누린 셈이었다.

하지만 놈 현의 그 꼴을 당하면서는, 분통이 이만저만 폭발하고 말았다. 대 통장도 못해먹겠다고 약을 올릴 대로 좆나 꼴리더니 결국 그 짓이라, 도대체 대우빌딩 뒷골목에 기승하는 야화들보다 몇 푼을 더 쳐줘야 옳단 말이냐? 최후의 자존심! 긍지를 못 지킨 지사적 결단? 아나 개 좆 먹어라. 더구나 온 난민이 복창하는 망국적 호상이라니, 제발 그만 좀 웃기소! 황소 배꼽이 웃지도 못할 일이라 했다. 살아야 한다. 사는 노릇이 대 통장 노릇보다는 한수 위인 것을, 팔도강산에 자랑하고픈 심사였다. 부서진 이름 옥석 같은 여인이여! 이를 꼭 악물고 살아야 합니다. 살아남아야 원수도 갚습니다. 영판 안 근가요? 추야장창 긴긴밤에 장군의 거시기가 궁색해도, 움찔움찔 멍군이 안달을 해도 미끈미끈한 뱀장어 몸을 뒤틀지라도 살아야 씁니다. 언놈은 호기충천하야 이 단계를 뛰어

넘고, 마침내 대 통장 자리에 올랐다가 백담사로 쫓겨 감서도 백팔번뇌 다 떨쳐버리고 멀쩡하게 살아서 세상을 굽어보지 않던가요? 연놈은 푸른 수의에 무기 징역을 감수하면서도 태연자약의 물장군을 보았지요! 그것이 바로 인생이란 거요. 개처럼 헐떡거리거나 거꾸로 매달리더라도 이생을 끝까지 살아야 사람이라는, 잘나도 내 청춘 못났어도 이내 인생이라면 쨍하고 해 뜰 날은, 영영 가버렸다고 할지라도 정말 안 근가요?

결정타는, 행동하는 양심으로 설치던 난타연타의 국장이었다. 질식하는 민주주의 위하여 행동하는 양심들이여, 가열 차게 떨쳐나서 거라! 이 촛불 행행하는 시국에 물간 가요무대처럼 평생을 다려먹던 민주주의 조종을 자탄하며 노추이듯 포악하던 막장에서 과연 장엄하고 찬란한 생애인 것을 새삼 실감했다. 허나 껄떡거리며 사신을 비웃듯 끈질긴 투병의 나날을 가슴 조이며 지켜보던 비루가 치를 떨었다. 목숨이란, 저리도 모진 것이던가? 삶이란 저리도, 아등바등 치열한 나날의 비럭질이던가? 그리도 소중한 목숨이던가? 그로부터 촉구하는 행동하는 양심의 소리가, 마침내 그를 강타로 넉 다운했다. 파랑창파에 돛대 꺾이고 놋좆은 헛바퀴 돌듯, 지향 없는 세월에 구태여 하양 들 고양이의 신세로 비실거리랴! 질기고도 시고 비린 비럭질에 신세질 일만 남은 운명이라면, 급기야 가보지 못한 오직 그 한길! 이야말로 진실로 행동하는, 가열한 양심의 발로였다. 더 이상 무얼, 어이타 망설거려?

왕사장은 밀려난 쓰레기 더미를 지나 덩치 큰 쉬파리처럼 터널로 들어섰다. 서부역으로 관통하는 긴 터널에 뜨문뜨문 벌써 낙원동 꿈나라로 고개 드민 검은 동족들이 움츠린 바위인양 낯설지 않다. 중간 참에 보루박스는 큰살림이다. 검붉은 넝마와 특별시 주간지 등 휴지로 몸 가린 히피족이 늘 편하다. 새삼스레 고상한 향취, 발 고린내가 신산고초를 맹렬하게 발설한다.

기억 진 곳에 자기의 성벽을 확인한다. 있다. 신의와 인정이 살아있다. 타인의 물건은 손대지 않기다. 정의 사회의 절대공약! 그래 제법 한 살림 차린 야전백이 보루박스 성벽을 지키고 있는 셈이다. 의젓한 호사로 단장을 하려는 속셈에 차질은 없으렷다. 왕사장은 흐뭇한 미소를 그리며 백을 보듬었다.

몸내가 흠씬 덤볐다. 여인을 품고, 입맛 다시듯 취한다. 이윽고 친친 감아 맨 백을 열고 주섬주섬 내용물을 뒤집어 낸다. 순대 창자를 뒤집듯 꽤나 많다. 너구리같은 세면도구, 미숫가루, 고추장, 김 타래, 오징어 비닐봉투, 역시 비닐봉투에 갈무리된 신문, 선데이 서울 스크랩 북, 살짝 가린 여름살이가 서너 벌, 이제 본격적으로 소용할 겨우살이 두어 벌, 한결 같이 악취라고는 못하겠다. 시취라고도 차마 못하리. 그저 약간 퀴퀴할 뿐이다. 거풍의 기회도 의욕도 까먹은 지 얼마였더라. 비장한 손놀림 끝에 마침내 음모를 들추어내듯 비닐 포장에 숨긴 뭉텅이를 꺼낸다. 흡사 산돼지의 내장인 듯싶다. 좆나 발 같이! 느닷없는 눈물이 수정처럼 물컹거린다.

왕 사장은 거침없이 사시나무 껍질을 벗듯 겉옷을 척척 벗는다. 이윽고 진때로 절은 내복에 이르러 잠간 망설이다가 털렁 벗긴다. 철없이 황당하다. 쭈그렁밤송이 속에서 다람쥐라도 튕긴 걸까? 보란 듯이, 굶주린 생물 보아라. 발끈 성을 낸 듯 당당하다. 오! 달콤새콤한 인생의 초 진실이여, 단꿈은 결코 숨지지 않았다고. 왕사장은 껄떡하고 덜렁거리는 심벌을 소중한 보물처럼 잠시 어루만진다. 좆나, 늪 물이 솟구치듯 야윈 수염 뺨에 안약처럼 번진다.

순대를 뒤집듯, 비닐포장에서 끄잡아낸 양복을 갈아입는다. 희부연 와이셔츠가 제법이다. 물간 신세처럼 다림질 맛본지 오래지만, 고급스러운 춘추복이었다. 허리를 펴며 고개를 쳐들자, 내려 보는 눈길이 번뜩거린다. 김 대리다. 의미심장한 눈빛이었다. 하지만 변명은 물 건너버렸다. 세상이란 눈치코치로 사는 법이 아니던가? 그리하여 진작 딴 배를 갈아타버린 눈 꼬리 상큼하던 아내의 몸내가 풀썩거릴 듯, 아득하고도 해묵은 결혼 예복이었다.

2. 남루는 훌러덩 떨치고

–먼 수작을, 그리하쇼? 깜짝 음모라도 꾸밀 듯싶소. 잉!

느릿느릿 딸기코딱지 끄집어 내던지고 입매를 씹듯, 김 대리가 뱉는다.

–동작 그만, 사주 경계하라! 묵고 살려면, 수작이 치밀해야 하는 법.

그는 어물쩍 웃으며 농쳤다. 왕 사장은 반드시 기사회생할 그릇이라고, 그 때를 위하여 신 라면이라도 기필코 챙겨보련다는 대리다. 청량리 밥퍼집에도 종삼 골목 파고다도 기어이 끌고 다녔다. 하지만 무언가 낌새를 눈치라도 챘다는 셈인가? 말수가 줄었다. 허거나 구려 왕사장은 얼핏 남은 살림살이를 구겨 넣으며, 선심 쓰듯 말한다. 단도직입이 그나마 보상일 듯싶은 거였다.

–잔무 처리에, 이상은 없으렷다.

–왕 사장님, 임만이 님 이리까! 어찌도 그리?

–군가는 일절만, 잊었는가? 단 상속권을 넘길 셈인즉! 정리를 잊진 않았겠지.

왕 사장은 너절한 야전 백을 눈짓했다. 잠시 커지던 눈살이 시답잖다.

–떠날 때는 마알 없이, 뭐 그런 저렁 흘러간 시절도 아니잖습니까?

왕 사장은 잠시 머뭇거리다 느긋이 뱉는다. 제길 헐! 한 시절 지극정성이던 단팥죽이 떠오르고 종삼골목이며 청량리의 긴 행렬이 꿈결이듯 아련하다.

-디너파티가, 어떨꼬? 살보시는 못 할망정!

상큼한 양복주머니에서 쥐어지는 지전의 무게를 가늠한다. 막장의 송가라!

스스럼없이 소굴을 나서자, 까닭 없는 경멸의 빛으로 으레 야코죽이던 불바다 건너 대우빌딩 새 길이 활짝 반긴다. 이따금 섬뜩해지는 남산 교회당 십자가 뾸 탑이다! 가련한 어린 양이여, 어서 오라! 하나님은, 그댈 사랑하신다. 그대를 기다리신다. 후덕한 인상으로 주말마다 빵과 우유를 배급하던 초청이었다. 하지만 신세가, 이 모양 요 꼴인지라. 다시는 생각을 말자! 생가 글 말자아고 흥얼거려보지만 세월 가면 잊힐 날 있으리니, 위무의 빛살이듯, 차랑차랑한 음향이 자상스럽게 속살거리며 단상의 추억을 부른다.

-노상 친구 타령으로 밤낮 대취하는 아들이, 숨진 사상자를 등에 진채 강권하는 아비를 따라 앞장섰더니라. 입만 열면 자랑이던 친구여, 권 씨를 찾았더라. 여보게, 내 그만 불의의 사고로 치명하여, 이 꼴이 되었네. 어쩌겠나? 잠시만 내 운명을, 맡아 주시게나. 헐떡거리는 소리에, 더 큰 통박이 맞섰더란다. 그거이 도대체 무슨 소린가? 낼 모레가 선걸세. 난 자네를 만난 적이 없으니, 공연히 스캔들에 휘말릴

라. 어서 가게나, 어서! 어서라.

역시 돈 있을 때가 최고라니, 너나들이하던 황 씨 문가에 이르렀더라. 여보게, 황 씨 친구 사정이 이러한즉, 입을 다 물기도 전에 힐책이 면박을 쳤다. 기왕에 우리 셈은 끝나지 않았던가? 초상집에 부조는 감세. 셈이 끝난 걸 모르쇠는 아니겠지. 어서 설핏, 떠나게나. 어서 하고 뒤미쳐 소금 싸라기가 휘돌았다. 아들아 네 친구들이 그러한가? 보아라. 나의 옛 친구의 의리를, 무참한 아들은 아버지가 이르던 예 씨 가문 앞에 이르렀다. 여차저차 한즉 내 가는 길을 살펴 주시게나. 아니 이게 대체 무슨 소린가? 어찌 그대 홀로 먼 길 나서랴. 내 앞장을 설 터인즉 따르게. 하여 산 아랫동네에 다다르자 아비와 아들은 등에 업었던 통돼지를 바비큐로, 더불어 마을 잔치를 베풀었더니라. 권 씨와 황 씨와 예 씨의 족보를 구태여 따지진 말자! 천하 인생의 오로지 너나들이 한길! 무덤 문가에서 여러분 제발 예수, 십자가를 잊지 말고 바라보세요. 가시로 엮은 면류관을, 작심 탓이었을까? 추억은 아련하고 생생했다. 이따금 헐떡거리며 찾아들던 낮참은 눈물 젖은 빵 밥이었다. 그렇게 세월은 가고, 오로지 아쉽고도 아련한 송별이여! 이제는 나도 가련다.

그들은 스적스적 역전 우체국 옆댕이의 순대 국밥집에 들어선다. 문득 동작 동을 지나 남영 동 삼각지를 돌아서 용산 역까지 스적거리자면 허기는 채워주는 게 살보시의 도리라 싶어진다. 문득 한강 철탑이 선연하게 다가선다. 대서양의 파도 가르는 타이타닉의 뱃머리에 머리카락과 몸 자락을 휘날리며 엉겨 붙은 불나비 연인처럼, 아니다. 상쾌한 추락의 향락을 맛보리라. 이 일을 작심할 때부터 뒤풀이 통닭의 깨소금처럼 누려온 사치였다. 동반자여! 두려움이? 해묵은 동상에 진물이 마를 새 없던, 오른 발은 한참 겉늙었다. 제 길 헐, 설마 핑계는 아니렷다. 버스나 전철을 양보한지는 한참 됐다. 사랑하고 존경하는 국민들께 혹여 시취라도 폐를 끼칠까 저어함이다. 코를 큼큼거리는 통실하고 앙큼한 숙녀들에게서, 노숙자의 신세를 처절하게도 처음으로 실감했던 기억이 새삼 민망할 뿐이었다.

-먼 꿍꿍이 속리가, 그리도 깊으시당가요?

게걸스럽게 훌짝거리던 김 대리가 퉁박, 복 달아난다고 으레 하는 타박이다.

응답이듯 수저를 투가리에 걸친다. 가만 일어서자 급한 용무처럼 대신 훌쩍거린다. 맞은 편 식탁에서, 꼴을 지켜보는 여인네의 눈빛이 반짝인다. 그녀가 타래머리처럼 머릿수건을 당겨쓴다. 몇 차랜가 마주치던 파란 눈빛이었다. 하건 말건 하지만, 문득 보루박스의 옛 성벽이 궁금해진다. 의리가 지켜준 유일한 몽땅 살림의 야전 백! 자유와 혼동이 백년

천년이듯 다시 한 번 더 느긋이 기대고 싶다. 이건 뭔가? 왼 종일 허덕거리다 거기 기대고 잠을 청하는 맛이란, 인천 앞 바다에 사이다 맛일 거였다. 그래 10년간의 소나타를 버리고 탄실한 암말 체어맨으로 바꿔 타던 그 날의 향수일까? 폐차장을 나서기 전 잠시 소나타에 올랐었다. 감회가 무상했다. 잘 나가는 길에 끝은 없으리니 했던가? 착각은 자유랬지. 느실거리며 들어선 야전 백을 내려다보다가 잠시 기댄다. 평강이란, 진정 코 이런 셈이렷다. 물씬 몸내가 반긴다. 음흉한 시취라니, 다시는 생각을 말자! 예서 설핏 갈라서자. 설마 식곤증인가? 아니지, 이건 또 뭔가! 불현듯, 인생사란 거 가뭇없이 호리건곤이듯 아련해진다. 그는 잠버릇의 습관이듯, 묵언처럼 주얼 중얼거린다.

–삶과 죽음의 갈림길, 여기 있음에 두려워하여 나는 말로도 못 다 이르고 가는가! 어느 가을 이른 바람에 여기저기 떨어지는 나뭇잎처럼, 같은 나뭇가지에 나고서도 가는 곳을 모르겠구나. 아! 극락세계에서 만나볼 나는 도 닦아서 기다리겠다. 이런 순! 느닷없는 천정부지 하상 세월에 신라적 제망매가祭亡妹歌라니? 꿈이여! 다시 한 번 백합꽃 피어나듯, 착각도 버릇은 되리니 불현듯 아리송해, 아니지. 굽어보는 김 대리는, 사뭇 어처구니란 표정이다.

-제길 헐, 아예 안면몰수로 흔해빠진 영업이요?

스적스적 뒤를 좇던 걸음이, 주춤 주춤거리며 멈춘다. 파란 빛살이 선연하던 그 눈빛! 멍울진 눈빛이다. 평소 몇 번인가 부근에서 마주치던 그 빛이었다. 돌아서보자 다가선다. 다가서는 걸 향하여 재벌 입을 열었다.

-몸 보시도, 폴서 끝났소. 보았잖소?

-영업이라니, 허면 안면몰수 살보시는 이제부터에요.

-영업이라면, 허나 안면몰수 살보시는 임자가 따로 있소.

울컥 짜증이 인다. 마지막 살보시로 한방 맥이고 싶은 발악이 치민다. 이 무슨 말따먹긴가? 이슬람 여인처럼, 설핏 고갤 숙여 면포를 들춘다.

-살보시라면, 한강의 피둥피둥한 잉어 떼들보다야 한결 나을 걸요!

이런 제미- 씨-부랄! 치부를 들킨 듯, 흉포한 심사가 아악하고 기승을 한다. 아직은 살았다는 느낌을 반긴다. 허나 한마디, 보태지 아니치는 못하리.

-볼일은 딴 데가 보셔. 이쪽은 별 볼일 없은즉, 알아먹어?

제법 날카롭다. 이제는 정신을 차리겠지. 하여간 그게 아니었다.

-허리 꼿꼿한 자세를 보았습니다. 한 쪽은 밥그릇에 코를

박더니만, 그 쪽은 번번이 의젓하게 수저를 들어 올리는 그 모습을 눈여겨보았습니다. 밥술을 끌어올리는 사람이 있는가 하면, 밥술에 끌려 허겁지절거리는 졸병도 있다지요. 저는 장군의 딸이옵니다.

아니 이건, 또 어느 봉창에 꼴불견? 장군의 딸이라. 팔자 치레하는 가출인가 아님 엉덩이 가벼운 이혼녀인가 했거늘 허나 저 말씨 느닷없는 요조숙녀라. 화사한 몸내가 장미꽃 향이듯 다가든다. 그는 잠시 취한 듯 몸을 물렸건만 이내 보드라운 손길에 팔을 잡힌다. 악력이, 장난 아니다.

-저를 따르세요. 인연이란, 질긴 것입니다. 당신은 절대, 절망이 아니옵니다.

한강의 살보시란, 결코 당신 몫이 아니옵니다. 이 몸은 장군의 딸이옵니다.

저를 따르라! 그 목소리가 얼결에 고아하고, 하늘거리는 향기이듯 청순하다. 저어하기 난감한, 아련하고 엄엄하여 서기마저 서린다. 이 몸을, 따르세요. 저를요, 인연이란, 질기고도 질긴 겁니다.

덥석 취기가 덤빈다! 장군의 딸이라 했것다. 서울 시청 앞으로 진주했다는 막장 사태의 전설이 떠오른다. 유신으로 치닫던 박통시절, 위수령이 선포되었고 덕분에 진주군은 덕수궁에서 한 여름을 백합꽃 낭만으로 누렸다. 제발 여기서 머물지만 말자. 아예 청와대로 다시 한 번 입성을 할양이면, 호연지기를 누리던 투 스타 사단 장군은 물러가고 급기야 종막은 궁성의 총성이었더니라. 그 고명따님이 상큼한 미녀였더라. 소문이 파다했다. 총각 장교들의 밤잠을 범하여 설친다 했것다. 한사코 촉망되는 ROTC만 고집한다더라, 했지. 문제는, 청춘의 열정에 들뜬 회자였겠지. 초급 장교들의 BOQ에 호출이 임하면 0.5초 내로 쳐들어갔었으나, 사흘 동안 코피만 쏟다가 낙동강 오리발이라는 장탄식! 급기야 좌절에 실망만 거듭하던 외동따님은 평생 수절을 작심하고, 신령 굿을 청원했더라는 풍설은 제대 말기의 낭보였것다. 늑막염에 오줌통 신세였을망정, 언감생심 호출 오더의 5초 전이라는 허망한 꿈이여! 했던 기억이 새롭다. 하찮은 기억도 결코 잊히지 못하는 숨결은 있는 법인가. 인연이란, 질기고도 끈질긴 겁니다. 당신은 절망이 아닙니다. 절대로, 입을 맞추듯 뒤를 이었다. 감싸듯 나란한 발걸음이, 요요하고도 단정하다.

가야할 길 멀건만 불현듯 언놈의 발 고린내 시취가 새삼 원망스럽다. 그러고 본즉 사방팔방에서 음흉한 시취가 서울역사 부근의 창황한 야경으로 만경창파의 장관이듯 호리건곤! 평생을 감싸고 돌 듯싶다. 피할 길이란 도대체 어디 매이런가? 이래 보기는, 난 평생 처음인 듯싶다.

3. 은장도 옆에 품고 높은 시름하는 적에

-저는, 천생 안면몰수로 삼신 살 무녀입니다.

-삼신 살 무녀라? 네온사인 빙글빙글, 이름도 모르고 성도 몰라. 너나들이 품고 도는 춤추는 여인이라! 그럼 그렇지, 난 별 볼일 없소이다.

옆구리로 파고들며 무렴한 듯 원망스럽다는 듯, 흘겨보는 눈꽃 딱 죽인다. 하건만, 안면몰수 삼신 살 무녀라니? 저도 모른 새 응달진 성깔이 치솟는다.

-어찌 그리도 저만치 홀로 가시나요? 저는 무당입니다. 당신의 운명을, 점칠 수 있는 영험 말이어요.

-영험무당이라니, 갈수록 태산이련가. 점괘는 이미 환한 걸, 그리도 어두워서야 물밥이나 챙기겠소?

그는 어쩐지 아악거리며, 발악이라도 하고 싶다. 하지만 스스로 소곤거리는 입술이 향기롭기 그지없다.

-무당말만 잘 들으면, 자다가도 떡 궁합 누린다는 소문도 그리 어둡던가요?

-허긴 21세기라, 신세월 초장의 팔도강산에, 무당타령들이 판을 친답디다만 서울에만 20만, 전국구 60만의 탈춤 이랬던가? 허나 선거철도 아닐 터인즉 별판을 보아야 막장타령

이라도 맛볼 턴 디요?

당당하게 버텨보지만 막무가내다. 갈수록 악력이 굳세어지는 여인의 손길에 이끌려 가다본즉 대우빌딩 옆 골목으로 남산교회 쪽이다. 제길 헐, 비린 몸 굳어진다. 다시는 궁상도 발걸음도 말리라 했건만, 이리도 헐겁더란 말인가? 하지만 어느결 번쩍거리는 호프집에 제주도 똥 돼지 상가를 지나 오층의 맨션에 이르렀다. 4층은 주인 세대라던가. 용무늬의 철문이 호기롭다. 한숨 결이 절로다. 머릿수건을 들추고 빙긋 미소 지으며, 앞장서 들어간다. 제길 헐 머뭇거리긴, 허리 업! 허리 업! 김 대리가, 방글거리며 서둘라고 손짓한다.

진정 화사한 꽃동네, 무당의 궁전이다. 암암한 쌍꽃이 촛불 아래에서, 삼신 보살이 야릇한 미소로 반긴다. 어디선가 딸랑거리는 방울 소리가 울린 듯 하고 취기어린 향내가 코를 후빈다. 눈벌건 고양이가 야옹하며 꼬리 치켜들며 텃새다.

영락없이 끌려들었군. 왕사장 문득 자포자기가 된다. 아니다. 실상은 순식간, 가슴으로 엉뚱한 환상 취기가 덤빈다. 물불을 가리지 못할 아랫도리가 아연 빼근함을 느낀다. 서두르지는 말자꾸나. 꽃방석이 정녕이거늘, 어련한 속셈 마련이, 없지는 못할 터 아니던가?

–어 여, 어여삐 좌정하시어요.

–안방마님이 그리도 휘휘하시오니, 언감생심 어찌 편안 하리오?

–중생을 살피시는, 삼신님이시랍니다. 심신을 푸시어요.

여인은 조곤조곤 철딱서니 타이르듯, 얼핏 내실을 들락거렸다. 칙칙하던 겉옷이 어느새 피어난 벚꽃인양 화사하게 눈부셨다. 빙그레 굽어보는 삼신상 앞에 통촉 새로이 밝혀 꽂던 여인은 물러나 큰절을 올린다. 우아한 일 배, 이배 삼배를 오르내릴 때마다, 요염한 오지랖이 팔방을 아우른다. 얼결 인사치례로나마 시늉을 할까 하다, 그는 느끼해진다. 느끼한 걸 죽어도 못 봐주던 그였다. 고철상 새 트럭을 늘릴 때마다 김 대리는 돼지 대가리를 고집했지만 왕사장의 주장을 꺾지는 못했다. 때마다 경리 형수가 나섰지.

불현듯 조급증이 일었다. 주책없는 조급증에 저도 모른 새 이제껏 끌려들었던 몸체를 부여안는다. 물큰한 여체, 기다렸다는 듯 허리가 성큼 안겨든다. 암암한 촛불아래에서, 지탱하지 못하는 물체들이 성급하게 무너진다. 아랫도리를 펼쳐들며, 아아! 왕사장의 거시기가 지금 물맛본지가 몇 년 만일까? 대감이 심봤다! 불끈거리며 아우성이다. 건성 세수라도, 하는 각성이 일었다. 허나 그 또한 기우였다. 어느 결 화사한 껍질마저 활짝 털어낸 여인이 망설임을 고양이 입 소제하듯, 이런 걸 오리 알 센스라 하던가? 그 지극정성이, 굶주린 대감은 불꽃처럼 치솟으며, 씨 팔! 눈물겹다.

-사아 살, 잊지는 말아주셔요. 은장도에 비린내도 못 버린, 날것이어요.

이건 또 뭔 수작? 달콤한 속삭임은 진정이었나 보다. 허나 무작스럽다.

석 달 열흘 주린 사자 암사슴 잡아채듯, 덤벼들어 껄떡거리는 대감을 밀어 꽂자 봄날 산 꿩이 컹컹거리듯, 작은 입을 딱딱 열었다. 그 꼴, 완전 죽인다.

하지만 살 무당은 과연 능수능란 이었다. 초벌이 쏟아들자 아랫도리 달콤새콤한 식곤증은 천만 길로 아득하다. 천명의 복상시가 이런 걸까? 아득바득 잡아먹힌다는 수사마귀의 종말일지라도 사양 불가라, 꿈엔들 가당찮다.

서둘러 재탕을, 사대육신 백 천 뼈마디 골수마다 나이아가라 폭포수처럼 흠씬 쏟아 붙고서, 연놈은 얼싸 둥개하며 탕 욕실에 들었다. 후끈한 수증기가 한껏 달아올랐다. 범상한 욕실이 아니다. 세 사람이 동시 입욕해도 푸짐하고 넉넉할 밍크 고래의 뱃구레였다.

절인 내복을 걷어치우고 오순도순 아래를 닦고, 등을 밀고 가슴을 허부적인다. 긴 타래머리 추슬러 묶고, 몸 수건 사리는 솜씨가 망극정성이다. 탕 안팎의 장식이며, 욕조 등이 볼수록 난난하고 휘황하다. 따끈한 물 향기 또한 비상한 호강이랄 밖에, 문득 배알 뒤틀린 한 마디가 배부른 타박을 나선다.

–대관절 이런 불황 난세에, 웬 공주병이런가?

–원체 목욕을 자주하는 몸이요, 신령을 모신지라.

–복상시도 나는야 싫고, 아득바득 수사마귀의 신세일지라도

가당찮다 일렀거늘 도대체 안면몰수에 무가내라면?

왕사장, 불시에 치렁한 머리채를 다잡으며 호통이다. 우악스럽기 그지없다.

-난 신령도 아니고, 이건 꿈이란 말인가? 꿈이라면 춘몽에 몽설이 분명할 터이다. 귀신이라면 썩 꺼져라. 귀신에게 살보시할 맘이란, 꿈에도 없다.

-서방님 어찌 이리도, 무상하신지요. 꿈꾸던 소녀일 뿐, 귀신은 정녕 아니옵니다. 대체 무엇으로 증빙하리까? 하명만 내리소서.

그 애절함이라니, 제길 헐! 새삼 늪 물이 솟구친다. 잡힌 머릿결 추스르다 얼핏 포악질 하는 거친 입술을 쪽! 하고 훔친다. 그 섹시함이, 딱 죽인다.

-정주고 머리끄덩이 달리고, 거시기 끝에 빰맞고 당당하신 대감님의 미운 정 고운정이란, 그리도 질기고 질긴 인연이란 말이 옵지요.

정녕, 뇌쇄요 눈부시다. 증빙이라? 영험이랬지! 북해도 하늘 끝 설국의 낙원이라면, 정사에 능숙한 일본의 왜녀들이 과연 이렇다 하던가?

-정녕 꿈이 아니라면, 일장춘몽은 거두시고, 신령한 영험이라면 나의 소망을 먼저 꼭 집어 말하여 보시요.

그녀는 언뜻 화사한 눈초리로 마주보다가, 고운 입을 열었다.

–서방님 소망이란, 오로지 미국이었습니다. 천국 다음으로 세계 제일의 강대국이라는 미국에서 사업하고 번영하여 언젠가는 아메리칸 드림을 성취하련다는, 맞지요? 그래서 히피족의 긍지가 당당했지요. 근래는 대우빌딩을 건너다보며 가당찮은 왕 회장으로 발 돋음하고 싶었지요. 무상한 동상에 허리가 붙들렸지만! 아니, 그런가요.

 왕 사장은 무춤 할 말을 잊는다. 과연 영험이란, 이런 것인가? 정녕 꿈은 아닐 터! 이런 살보시라면? 스스로 자문하며, 방아질 꿀떡거리듯 내지른다.

–그래요, 들어보시겠소? 미국이 과연 어떤 나라인가? 세계제일의 신기록들, 국내 총생산 13조 3000억 달러! 금 보유액 1580억 달러! 역대 노벨상 수상자 296명! 10억 달러 이상 재산가 371명! 2004년 세계 올림픽 금은메달 수 102개! 인터넷 사용자 2억 533만 명! 도로망 640만 5000킬로미터! 공항 1만 4858곳! 철도 22만 6604킬로미터! 이것이 바로 지상 천국이요, 미국인 것을!

–서방님은 대체 어찌 그리도, 영험하신가요? 골드미스 기급할 뻔했습니다.

–하늘을 지붕 삼고, 매일신문을 천정 두르고, 선데이 주간지를 이불삼고, 사대일간지에 코를 박고, 해외토픽에 꿈을 꾸고, 로또 대박에 인생을 걸어, 비장한 나날 한 끼로 달콤한 다이어트 삼백예순날, 두 번씩 바뀐 실력이라오.

-서방님은 들으시오. 그리 자랑만 말고, 이리 초장도 들어보시요. 세계최고 8조 6000억 달러 채무국이 미국! 인구 10만 명당 교도소 수감자 737명으로 세계최고! 성폭행사건 세계 3위! 사형집행건수 세계 4위요! 살인사건 발생률 세계 15위! 유아 사망률 세계 34위요! 국민 일인당 의료진수 세계 44위! 국민 일인당 병상 수 세계 50위! 이것은 바로 지상 지옥이 아닌가요?

그는 문득 어간이 막힌다. 허나 의식은 청량했다.

-안방마님은 어찌 그리도 세계정세를 쪽 집게 하오? 하지만 대통령이 성서 앞에서, 엄숙하게 선서하는 나라가 미국인 것을, 몰라라 하진 못하리니!

-딸꾹딸꾹, 말 많은 계집이라 통박은 마소서. 무당 살이 십여 년에 앉아 천리 선채로 만 리라 하거늘, 이내 말씀 더 들어보시오. 그리도 대단찮게 성경에 선서하는 미국 대통령이라지만, 요한 바오로 2세가 서거하고 새 교황 베네딕토 16세가 선출되면서 전 세계 눈살이 야소교 신앙에 쏠렸다 하더이다. 어떤 양반들은 유럽에서 가톨릭과 개신교 신자가 줄어드는 난세에 독일인 추기경이 새 교황이 된 일이 옳았는지 의문한다. 만약 성자 야소님이 살아나 세상에 재림한다면, 어느 나라에 성큼 찾아갈까? 신을 두려워하는 미국인가? 아니면 신이 사라져가는 유럽인가? 서방님 생각은? 정

녕 미국이라고 생각하는 사람들이 많을 겁니다. 미국인들은 선진대국 중 가장 독실한 기독교 천국입니다. 맞지요? 미국인 58%가 하루 한 번씩 기도드리고 절반을 넘는 사람들이 매 주간 예배에 참석! 1/3이상 사람들이 성경 구절이 신의 말씀이라 믿습니다. 신이 인간을 창조했다고 믿는 사람이 45%, 성경을 갖고 사는 사람이 미국인 93%! 그러나 유럽은 어떤가? 독일에서는 21%만 종교가 중요하다! 영국에서는 16%! 프랑스는 14%! 스웨덴과 덴마크는 10%미만! 이 같은 통계치는, 10명중 6명의 미국사람이 신앙과 일상의 모든 부분 연결되었다고 대답하는 사실과 일치합니다.

하지만 야소님의 가르침을 충실히 따르는 일은, 미국이 아니라 유럽입니다. 기독신앙의 핵심은 용서와 회개입니다. 극악무도한 죄인조차 구원받을 수 있습니다. 야소님은 산상교훈에서 -너의 오른편 뺨을 치는 자에게 왼 뺨을 내밀라. 네 원수를 사랑하라. 유럽인들은 이러한 용서와 회개를 법으로 명문화했습니다. 유럽연합 25개 회원국 모든 나라에서 사형제도는 자취를 감추었습니다. 반면 미국에서는 38개주가 사형제를 허용하여 지난 30년간 800명이 넘는 목숨을 처형했습니다. 전쟁에 대해서는 어떤가요? 야소님은 -평화를 사랑하는 자 축복 받으리라. 허나 세계에서 가장 강한 기독교 국가 미국이 세계사를 통틀어 가장 강력한 군대를 자랑합니다. 미국은 국방 예산의 10위권 안의 다른 아홉 나라를 전부 합친 것보다 더 많은 국방비를 쓰며, 이는 전 세계 국방비 지출의 40%를 차지합니다. 이를 빵으로 바꾸면 전 세계에서 기아는 춘풍에 눈 녹듯 사라집니다. 미국이 전쟁을 위해 힘쓸 때 유럽연합은 평화의 실천을 위하여 노력합니다. 지난 50년간 세계분쟁 지역에 파견하는 평화유지군의 80%를 유럽이 담당했습니다. 재건비의 70%! 인도적 지원의 47%를 부담한 것도 유럽연합입니다. 야소님 설교에는 가난하고 불우한 이웃에게 봉사하라는 호소로 가득합니다. 그러나 미국은 이러한 가르침에서 너무 멀리 떨어져있습니다. 유럽연합국 중 미국보다 부귀의 분배가 불공평한 나라는 없습니다. 미국 내 빈곤층 숫자는 16개 유럽국가 전체의 빈곤층 숫자보다 많습니다. 야소님은 비폭력을 외쳤지만 교회 예배 참석률이 선진국 중 가장 높은 미국에서 2억 5천만 정의 총기가 유통됩니다. 미국의 아동 살해율과 자살률은, 유럽 14개국을 포함한 선진국 25개국보다 훨씬 높습니다.

신의 창조물을 존중하고 보호하라는 가르침도 유럽에서 적극적으로 실천합니다. 지구온난화 협약과 종의 다양성 협약을 끌어낸 것은 유럽연합이었습니다. 미국은 두 협약의 인준을 거부했습니다. 많은 유럽연합국들이 재생 가능한 에너지와 유기농법을 도입하려고 애쓰며 심지어 인간이 아닌 생물의 권리를 법으로 인정합니다. 미국은 그렇지 않습니다. 이것이 귀신의 소리입니까? 아니면 꿈속의 몽설일까요? 아니옵니다. 정녕 내 사랑님도 기억하시리라 믿습니다. 제러미

리프킨이라는 미국 미래 경제학자의 2005년도 천정 도배지에 기록된, 보고문서가 아니옵니까?

이가 진정 새천년의 설 무당 타령인가? 아니면 속세의 정치 경제 사회 종교의 속들이를 주름잡는다는 신령님의 형안이던가? 왕사장은 말을 잊는다.

–허허! 물이 식었소. 어찌 그리도 해박한지요? 허나 모두가 어두운 구석뿐이군. 천정 도배지나 주간지에서는, 새콤달콤한 희망만 찾는 법입니다.

–서방님 이제 곧, 따끈한 물이 넘칠 것이옵니다.

그녀는 설렁 몸을 추세우며, 장미빛살 샤워기를 눌렀다. 포실한 나체가 환영처럼 다가선다. 왕 사장 얼핏, 분홍빛 젖꼭지를 입으로 좇으며 안달이다.

–어찌 그리 어두운 구석뿐인가요? 그래도 전직 미국 대통령은 전 세계를 납 뛰며 사랑의 집짓기 운동의 대부가 되었고, 마이크로소프트 창설자 빌 게이츠 박사는 아프리카의 기아들을 위한 10억 명의 구제 프로젝트를 목하 착수중이요, 조지 소로스라는 세계최대의 갑부는 전 재산을 지구촌 자선기금으로 헌납했지요. 기부 문화는 뭐니 머니가 제일이라도, 역시 미국입니다.

–본래 무당 무수리가 족집게 하는 일이란, 한 많고 눈물 많고 장탄식이 본령이랍니다. 신바람 내는 일이란, 춧대 더불어 칼춤 출 때와 가슴 아리와 속병아리의 한풀이 때뿐인걸!

이러면 제가 종내 하늘 높은 줄 모르고 청산까지 오르려다, 나락의 순간에 성철 고스님의 사바게송 좇아서 무간지옥에 내려간 장군의 딸이라 그런가요? 천만에 아니 옳소. 허면 사랑삼신 모신 무당 년 기도 영험발이 드센 팔자라 선가요? 그 아니 옳소. 단지 여적 끊어버리지 못한 질기고도 질긴 인연 탓이요, 버리지 못한 미련 탓이랄 밖에요! 이리하여도 일장춘몽이라 타박하고 귀신 씨 나락 깐다고 탓하실 라요?

4. 어리석은 일성호가는

-옳거니! 내 사랑! 사랑 사랑이야! 이리 보아도 내 사랑, 저리를 보아도 내 사랑! 뒤로 돌아를 보게, 뒤태를 보자. 앞으로 벌려라, 앞태를 보세나.

왕 사장, 하마처럼 벌컥 일어나 활갯짓 헐렁거리며, 덩실거린다. 대감 양반 어느새 불끈거리며 덩달아 신바람 난다.

-암 먼요! 슬픈 이야기 괴로운 세상은 인자 그만! 여긴 세상에 둘도 없는 낙원 아닌 가요! 그러니 잠시 잠간만.

새삼 겁을 먹은 듯, 수줍은 눈길이 아련하다. 머쓱해진 왕 사장 안색이 어린양 같다. 기억자로 들려진 발목에 탱탱 물

붉은 동상이 흉측하게 희고도 검붉다. 눈길 머물던 그녀 입술이 서슴없이 열린다. 눈빛을 좇으며, 송아지이듯 쭉- 쭉- 빨아드린다. 오오! 달콤새콤한 살맛이여!

-대책 없는 점괘는, 없답니다. 굿거리장단이 맞아야 복채가 오르지요.

-허허 이, 기어코 본색이 나서는군. 그래 벗길게 더 무엇? 남루에, 누추한 오장 육부 다 발겼으니, 이젠 목숨을 내거라?

-목숨보다 소중한 건 희망이랍니다. 실낱같은 희망에 복채가 오르고 굿 장단에 신명이 붙지요. 말씀해 보시어요. 이 풍진 세상에서 새서방님의 새파란 희망이 무엇이온지요?

-거 무슨 철부지 타령인가? 남북이 철벽이요, 동서가 죽창질이라. 무시로 하늘에서는 불벼락! 땅에서는 물 공방, 동시다발로 미사일 1000기 발사준비 끝! 자살률 지구촌에서 제 1등! 교통사망률 세계 1등! 애 안 낳기도 세계 제 1등 국가! 그래도 대학 진학률 1등! 자동차 핸드폰, 아이티 산업 1등에 이내 단꿈이라면? 첫째 황 우 석 박사님, 생명 복제를 복구시키는 일이라. 그대 입술의 농간처럼 말이외다. 그 양반의 재롱이 제 일호 탄생까지, 암소 음문을 50.000번 오른팔로 들락거렸다지. 그 망극치성어린 탐구열에 그 무슨 사족을 더 하리? 무제는, 원수 놈의 동그라미라! 안 근가?

-장하고도 장하도다. 이리 보아도 내 서방 저리를 보아도 내 사랑님! 어화라 두 두 둥둥 실, 내 사랑이여!

–이내 희망이 두 번째 마당이라? 생명 약제를 신개발 탕제하야 중생구제라! 담배 연기로 한숨짓는 그 보다는 타르제하고 그대의 입술보다 달콤한 알약, 한 병 소주잔보다 가슴 찌르고 인생길 훅! 열리는 새콤한 머리 두상 약발! 김 대리를 총괄 팀장으로, 무제는 동그라미라! 안 근가?

–장하고도 참신하여라. 이리 보아도 내 사랑, 저리를 보아도 내 사랑님!

–이내 희망이 세 번째 마당이라? 오로지 그대와 천년만년 들쑥날쑥 검은 머리가 파뿌리요, 죽어 생명의 길! 파뿌리가 검은 머리로다. 아니, 안 근가?

–장하고도 참하도다. 저리 보아도 내 사랑, 이리를 보아도 내 서방, 금도 내 것이요 은도 내 것이라. 여기는 오 층집, 영등포에 분점, 미아리 고개에도 분점, 이리도 달콤한 한숨만 돌리고 나설 량이면 신령한 선량 철이라, 그리도 세계에서 제일가는 격투기로 명성을 떨친 국회의원님, 대감 장관님들도 내 품에서 놀아날 때로다. 그대 것은 내 것이요, 내 것은 이내 것이로구나. 한껏 섬겨 맘껏 밀어드릴 터인즉 꿈도 맘껏 펼치시고, 사랑도 어화 둥둥 내 사랑이로다. 아니 그렇소? 아니 아니나 놀지는 못 하리로다 아! 아하 이!……..

5. 장부 애를 긋나니

–화 따 그마! 숏 타임은 아니고, 긴 잠 한번, 푸닥지고도

오지시오.

왕 사장은 벌떡 몸을 일구며, 부르르 몸서리쳤다. 노숙자의 보루박구 성벽을 어처구니로 굽어보는 김 대리를 올려다보며, 어리둥절 앙가슴을 친다.

–이거, 이건 또 뭔가? 이런 지에 미 쓰 펄, 웬 놈의 훼방인가? 한탕만 더했더라면 복상시도 나는 좋고 수사마귀 머리도 나는야 장땡인 걸, 아이 고매! 오! 주여, 꿈이라면 다시 한 번! 아이고 버스 지나가 뻰 지네.

하지만, 기대고 누웠던 야전 백을 들추며 어칠 버칠 나서는 신사복차림의 발걸음은 한강 쪽을 향하는 동자동이 아니라 남산의 빨건 십자가 탑을 향하여, 추근추근 추어 오르고 있었다. 아쉽고도 통절한 슬로우 비디오를 되살리듯 두 눈을 질근 감으며, 하지만 십자가를 바라보라? 이생 길에서 영생의 문이라니! 모를레라. 하여튼 물리고 질리도록 무시로 피바람이 일듯하던 그 십자가 탑이 저리도 생생하고 매혹적인 핏빛으로 느껴지기 실로 생경스럽다. 뒤질 새라 따르는 김 대리는, 눈을 희룽거리며 발걸음이 한결 성큼하다.

–꿈이여 어– 다시 한 번, 백합꽃 향기로 피어나듯!……

먼 남산골 마을의 굴뚝에 석양연기 솟아오르듯 느짓하고, 느짓한 흥얼거림이 혼취한 듯 휘적거리는 왕사장을 바투 붙좇는다.

허 빈

경북 경산 출생
1990 육군 대령 예편
1990-2000 연합뉴스 재직
2000-2007 연합 피엔엠 재직
2008 <문학의식> 소설부문 신인상 등단
서울디지털대학 문예창작학부 졸업
소설집 <첫사랑, 마지막 사랑> 번역소설 <장진호 동쪽>

랩소디 인 부부

1. 조강지처

남편은 바람기가 많은 남자였다. 아버지의 바람기로 평생을 속 끓이며 살아 온 친정어머니를 옆에서 보고 자란 아내는 그런 남편에 대해 깊은 불신감을 가지고 있었다. 집안끼리 중매로 만나 결혼한 아내는 신혼 초부터 남편에 대해 막연하지만 본능적인 불신감과 불안감이 느껴졌다.

친구와 술을 좋아하던 남편은 그런 아내의 마음 속 상처나 불안감을 알지 못했다. 친구와 어울리다가 귀가시간이 늦기가 일수였고, 조심성 없게 술집 아가씨의 립스틱을 와이셔츠에 묻혀 들어오기도 했고, 핑계야 어떻든 더러 첫새벽에 도둑고양이처럼 들어오기도 했다.

더구나 출장이 잦은 직장이라 며칠씩 집을 비우기가 일수였고 출장 간 남편이 무슨 짓을 하는지 아내로써는 늘 불안했고 이런저런 의혹에 빠지지 않을 수 없었다. 아내는 자존심으로 그것을 억압했고, 그러는 사이 우울증의 늪 속으로 서서히 빠져들었다.

아이 둘을 낳고 키우고 공부시키는 동안에는 대개의 여자들이 그렇듯이 애들한테 열중함으로써 위안을 받을 수 있었지만 둘 다 짝을 맺어 독립시키고 난 뒤, 덩그렇게 부부만 남게 되니 그렇지 않아도 그 나이의 여자들이 겪는 갱년기 증세까지 겹쳐 아내는 심한 무기력증은 빠졌다.

남편은 요즘 컴퓨터에 빠져, 집에 들어와도 컴퓨터 앞에 앉아있는 시간이 많았다. 말은 업무 때문이라고 했지만, 어깨 너머로 보면 반드시 그렇지도 않은 것 같았다. 아내는 컴퓨터로 채팅인가를 하다가 바람이 나는 이야기를 알고 난 후로는 남편도 그런 짓거리를 하고 있는 것이 아닌가 하는 의구심을 떨쳐버릴 수가 없었다. 어떤 때는 자다가도 슬그머니 빠져나가서 컴퓨터 앞에 앉아 있기도 했다.

남편은 세상에 이렇게 재미있는 것이 있었던가 싶게 인터넷 카페에 푹 빠져 지내고 있었다. 특히 정모라는 색다른 만남은 일찍이 접해보지 못했던 신선한 즐거움이었다. 더구나 정모에서 만난 이후로 메일을 주고받는 사이가 된 〈파랑새〉라는 여자는 그야말로 뭔가 새로운 행복을 가져다 줄 파랑새로 느껴져 가슴 설레게 했다. 남편은 모처럼 있는 번개 모임에 빠질 수가 없었다. 〈파랑새〉도 참석한다지 않는가. 모임은 기대했던 대로 즐거운 자리였고, 2차로 간 노래방에서는 모처럼 잘 부르는 노래 실력까지 과시했다.

남편이 즐거운 시간을 보내고 집으로 돌아왔을 때는 자정이 넘은 시간이었다. 아내는 화가 났는지 내다보지도 않았고, 잠이 들었는지 기척도 하지 않았다. 남편이 출근할 때도 아내는 방에서 꿈쩍도 하지 않았다. 남편은 아내의 태도가 마음에 걸려 그날 일찍 귀가했다. 아내는 집에 없었다. 어디 동네 슈퍼라도 갔나 하고 기다렸으나 아내는 끝내 나타나지 않았다. 불현듯 이상한 예감에 사로잡힌 남편은 옷장과 신발장을 확인했고 여행 가방이 없어진 것을 알고서야 아내가 집을 나간 사실을 알게 되었다.

남편은 갑자기 불길한 생각에 사로잡혀 허둥대다가 아내가 갈 만한 곳을 추리하기 시작했다. 우선 부산에 살고 있는 아들에게 전화를 해 보기로 했다. 전화는 며느리가 받았다. 별일 없으시죠? 어머님 건강은 요즘 어떠세요? 무슨 일이 있으세요? 아내는 아들집으로 간 것은 아니었다. 그냥 손자 목소리가 듣고 싶어 전화했다고 얼버무리고 전화를 끊었다. 다음은 서울에 살고 있는 딸에게 전화를 했다. 딸도 며느리와 비슷한 말을 했다. 다음은 처갓집, 친구 집 등등 갔을 만한 곳에 다 전화를 해 봤지만 아내의 행방은 끝내 묘연했다.

아내는 오래전부터 어딘가로 가출하고 싶은 생각을 감추고 살아 왔다. 아내는 자신의 인생이 남편 때문에 황폐해졌고, 자기를 대책 없는 우울증 환자로만 취급하는 남편이 야속하고 미웠다. 아내는 자식들을 다 성가시키고 난 후로는 자신의 삶에 대해 별다른 기대나 환상을 갖고 있지 않았다.

아내는 우선 바다가 보고 싶었다. 남편이 출근하자마자 아내는 터미널로 곧장 나가 고속버스에 몸을 실었다. 동해바다가 보이는 곳, 여고시절까지를 보낸 고향에 가보고 싶었다. 지금은 부모님도 다 돌아가시고 큰오빠만 남아 있는, 결혼 후 거의 찾지 못했던 고향이었다. 그러나 고향은 변해 있었다. 지나간 시절의 정겨운 기억들은 자신의 가슴 속에서만 살아있었을 뿐 그곳에는 아무것도 없었다. 변하지 않은 것은 바다와 그 바다 위를 나르는 갈매기들뿐이었다. 아내는 바닷가에 오랫동안 앉아 지는 해를 바라봤다. 해는 서럽도록 아름다운 노을을 드리우며 바다 밑으로 천천히 갈아앉았다. 아내는 울컥 눈물을 쏟았다.

뒤돌아보면 남편에게도 고단하고 스산한 결혼생활이었다. 아내의 이유를 알 수없는 우울증 때문이었다. 남편은 그런 아내가 약속했고, 느닷없이 가출까지 한 아내에 대해 분노마저 느끼고 있었다. 남편은 늘 자신이 피해자라고 생각하면서 살아왔다. 그런데 곰곰이 생각해보니 어쩌면 피해자는 자신이 아니고 아내일지 모른다는 생각이 들었다.

부부란 부부가 아니면 아무렇지도 않을 일을 부부라는 이유로 서로에게서 상처받고 사는 사이다. 세상의 모든 부부는 서로에 대해 피해자이자 가해자고, 가해자이자 피해자일지 모른다. 그런데 남편은 늘 자신을 피해자라고만 생각해왔지, 한 번도 아내가 피해자라고 생각하지 않았다. 깊은 생각에 잠겨있던 남편은 천천히 몸을 일으켜 컴퓨터로 다가가 가입해 있던 모든 카페를 탈퇴하기 시작했다. 즐겁고 매력적인 곳임에 틀림없고, 〈파랑새〉 또한 그런 여자라 할지라도, 평생을 같이 해 온 조강지처보다 더 소중할 수는 없는 것이다.

남편이 큰처남으로부터 전화를 받은 것은 자정 무렵이었다. 아내가 방금 전에 이곳에 도착해 있으니 안심하라는 말과 함께 이왕 왔으니 며칠 쉬어가게 하겠다는 전화였다. 처남은 아내의 병증을 어느 정도 알고 있는 터라 몹시 미안한 투로 말을 했다. 그러나 남편은 단호하게 지금 당장 데리러 가겠다고 말을 했다.

자정이 넘은 한밤중에 남편의 차는 동해안으로 가는 캄캄

한 도로를 달리고 있었다. 남편의 자동차에서 뿜어 나오는 두 줄기 전조등 불빛은 두 사람 사이에 가로놓여있는 짙은 어둠을 헤집으며 빠르게 달려가고 있었다.

2. 영화관람

어느 날 부부가 모처럼 영화구경을 한 후 외식을 하기로 하고 영화관을 찾았다. 영화관은 여러 편을 상영하는 복합상영관이었다. 아내는 재미있다고 입소문이 나있는 한국영화를 보자고 했다. 영화야 보는 동안 재밌게 웃고 즐기다 나오면 그만 아닌가. 그러나 남편은 무슨 그런 저질스럽고 유치한 것을 보자는 것이라는 투였다. 영화란 보는 동안은 물론, 극장을 나오면서 뭔가 감동에 젖을 수 있어야 좋은 영화이고, 모처럼 시간을 내서 왔는데 당연히 그런 영화를 봐야한다고 했다. 예술애호가인 척하는 남편은 외국영화를 보자고 끝까지 고집했다.

"당신은 다 좋은데, 예술적인 면이 너무 없어."

남편은 저질스러운 영화 운운하며 잠시 한심해 하는 눈빛을 아내에게 던졌다.

"그놈의 그 예술 타령…. 알았소이다. 당신 좋을 대로 하시구려. 고상한 예술에 한번 젖어 봅시다."

아내는 길게 이야기해 봐야 입만 아플 거, 모처럼 외출 기분을 남편과의 입씨름으로 망치고 싶지 않아서 슬그머니 양보했다. 어떤 과정을 거쳐 결혼을 했건 부부란 살다보면 서로 코드가 잘 맞지 않는 부분이 있다는 것을 깨닫게 된다. 어쩌면 부분이 아니라 전부일지 모른다. 그럴 수밖에 없는 것이 서로 다른 사람이니 당연하다. 다만 시시콜콜 그런 속내를 드러내 봐야 사는 데 별로 도움이 안 되니까 가급적 서로 내색하지 않고 지낼 뿐이다.

아내는 그런 면에서 남편에 대해 거의 포기하고 산다. 그녀가 남편에 대해 가장 못마땅해 하는 것이 고상한 척하는 예술적 취향이다. 혼자 그러면 그냥 참고 지내겠는데 예술적 취향이 별로인 자신을 은근히 무시하고 속물 취급하는 것이 영 못마땅했다.

집안 형편 때문에 여상을 졸업하고 직장생활을 하던 중 대학을 나와 신입사원으로 입사한 남편을 만나 결혼한 아내는 고졸 학력이 유일한 콤플렉스였다. 그러나 결혼해 사는 동안, 대학 나온 남편은 세상살이 물정에 대해서는 아내보다 한수 아래였다. 결혼해 살면서 오늘과 같은 기반을 쌓을 수 있었던 것도 전적으로 재테크에 능한 아내의 손으로 이루어진 것이었다.

그들 부부가 들어간 영화관에는 손님이 별로 없었다. 더구나 대부분 젊은 연인들이었고, 그야말로 예술을 사랑하는 고상한 취미를 가진 사람들이 드문드문 앉아 있을 뿐이었다. 영화는 아무리 봐도 재미없었고 무슨 이야기를 하는지 잘 이해되지 않았다. 아내는 지루하고 졸리기까지 했다. 하품을 하면서 곁눈질해 보니 남편은 제법 눈을 똑바로 뜨고 화면에 열중하고 있는 모습이었다. 그러나 시간이 흐르면서 몸을 뒤척이고 아내에게 들킬까봐 몰래 하품을 삼키는 눈치였지만 아내는 모르는 척 했다.

아내는 조는 둥 마는 둥 지루한 시간을 보내면서 끝까지 다른 영화를 보자고 우기지 못한 것을 후회했다. 지루하고 재미없는 영화가 드디어 끝나고 불이 켜지자 극장 안은 관객들의 실망과 후회로 잠시 수런거렸고, 무어라고 낮은 목소리로 서로 투덜거리며 느릿느릿 빠져나가기 시작했다.

"재미 있었수? 나는 예술적이 못 돼서 그런지 도통 무슨 이야기를 하는지 모르겠습디다."

아내는 남편을 쳐다보며 한마디 던졌다.

"당신은 재미없었어? 나는 재미있게 봤는데. 특히 그 기막힌 화면처리와 그리고 스토리에 뭔가 철학적인 메시지가 있는 것 같지 않아? 그나저나 출출하군. 어디 가서 밥이나 먹읍시다."

남편은 자존심 때문인지 곧 죽어도 뭔가 감동을 얻었다는 투로 말을 했다. 그때였다.

"아빠! 무슨 영화가 그래. 내가 그랬잖아, 다른 영화 보자고!"

초등학생으로 보이는 한 꼬마가 아버지로 보이는 사내에게 볼멘 목소리로 소리쳤다. 꼬마의 목소리는 주변에 다 들릴 정도로 높았다. 아버지로 보이는 사내가 계면쩍게 웃었다. 극장을 나서던 사람들이 동시에 그 꼬마를 쳐다보고는 다들 유쾌하게 웃기 시작했다.

"들었수?"

아내가 웃음기 섞인 실눈으로 남편을 쳐다보며 한마디 툭 던졌다. 남편은 계면쩍은 얼굴로 다른 쪽으로 시선을 던졌다.

3. 결혼기념일

남자는 결혼기념일이 다가오고 있는 것을 며칠 전에 알았다. 아들 하나와 딸 둘을 낳아 키워서 시집 장가보내고 재작년에 환갑을 지났으니 이럭저럭 35년을 마누라와 같이 살아 온 셈이다. 지겨운 마누라…. 야들야들 봄나물같이 상큼하고 향기롭던 처녀 때 모습은 물론, 살면서 문득문득 감성을 자극하던 그런대로 살갑고 괜찮던 마누라는 50살이 넘자 이제 비대한 몸매에다 억세 빠진 성정으로 늙은 암사자 같이 변한지 오래다.

그렇지 않아도 여자 나이 50이 넘으면 여성호르몬은 줄고 남성 호르몬은 늘어 성질이 공격적으로 변한다는데 아내도

예외가 아니었다. 남자는 가만히 생각해 보니 아내가 그렇게 변한 것은 순전히 자기 탓인 듯싶었다. 젊은 시절 바람도 더러 피웠고, 다섯이나 되는 동생들 문제로 아내가 애써 모아놓은 돈을 그때그때 범아가리에 털어 넣게 한 것도 자신이었다.

남자는 아내가 자신에 대해 그나마 좋게 생각하는 것은 이 나이에 집에 죽치고 있지 않고 출근을 하고 있다는 점일 거라고 생각했다. 전기과를 나온 남자는 그때 따둔 전기기사 자격증 덕분에 국영기업체에서 정년퇴직한 후에도 전기설비 사업을 하는 친구의 개인회사에 이사로 출근하고 있었다. 말이 이사지 봉급은 200만원 정도였다. 그래도 그 나이에 다들 빈둥빈둥 노는데 출근할 곳과 소일할 일거리를 준 친구에게 고마워해야 할 일이라고 생각했다.

남자는 출근해서 기술적인 문제가 있을 때 자문에 응하거나 사장이 별다른 점심 약속이 없을 때 같이 밥 먹으면서 이런저런 환담을 나누는 말동무가 되어 주는 일 말고는 주로 신문을 읽거나 컴퓨터에 빠져 지냈다.

남자는 〈결혼기념일〉이라고 검색어를 쳐 넣었다. 1주년 지혼식/2주년 면혼식/3주년 혁혼식/4주년 화혼식/5주년 목혼식/6주년 당과혼식/7주년 동혼식/8주년 청동혼식/9주년 도기혼식/10주년 주석혼식/11주년 철혼식/12주년 명주혼식/13

주년 수혼식/14주년 상아혼식/15주년 수정혼식/20주년 도자기혼식/25주년 은혼식/30주년 진주혼식/35주년 산호혼식/40년 홍옥혼식/45주년 녹옥혼식/50주년 금혼식/55주년 비취혼식/60주년 금강혼식.

역시 결혼이란 골치 아픈 인생사였다. 결혼 15년까지는 매년 결혼기념일 명칭이 있는 걸로 봐서 매년 챙겨야한다는 뜻인 듯싶었다. 허기야 그 기간은 심각한 권태기도 올 수 있는 시기고, 나무꾼 아내였던 선녀처럼 애를 셋 낳기 전에는 도망칠지도 모르는 시기이므로 나름대로 정성을 기우려야 할 때이지 싶기는 했다. 15년이 지나고부터는 매 5년마다 챙기게 되어있었다.

아무래도 이런 풍습은 서양에서 시작되었을 터, 서양 코쟁이로 태어나지 않은 것이 다행이다 싶었다. 남자는 결혼기념일을 한 번도 제대로 챙긴 적이 없었으니 이혼당하지 않고 살아 온 것만도 다행이다 싶었다. 물론 어쩌다 생각나면 외식 정도야 했고, 또 한국여자 치고 결혼기념일 안 챙긴다고 이혼하자고 할 여자야 없겠지만 말이다.

35주년, 그럼 산호혼珊瑚婚이네. 산호제품이야 그렇게 비싸지 않을 터, 이번에는 감동을 좀 줘 볼까. 그러나 아무리 생각해도 현금주의에 빠져있는 아내가 지금 와서 새삼 산호제품 따위에 감동할 것 같지는 않았다. 아내는 생일선물 같은 것도 현금을 원했다. 아무리 생각해도 주고 욕먹을 일이지 싶었다.

그런데 결혼은 같이했고, 같이 살아온 터인데 남자만 선물하라는 법이 있느냐 싶기도 했다. 어떡한다? 남자는 고민하기 시작했다. 한참을 궁리하던 남자는 보철을 했던 아내의 어금니가 얼마 전에 캐러멜을 먹다가 빠진 것이 생각났다. 아내는 치과에 다녀 온 후, 태산을 옮길 일이라도 생긴 듯 한숨을 내쉬었다. 제대로 하려면 임플란트를 해야 하는데 비용이 300만원에 가깝다는 것이다.

“당신 그 동안 꿍쳐놓은 돈 많잖아. 죽으면 지고 갈 것도 아닌데 뭘 꿍꿍거려. 이빨이나 제대로 해 넣고 맛있는 거나 먹다 죽어야지.”

그들 부부는 돈 관리를 독립적으로 꾸려가고 있었다. 남자는 아내가 주택청약통장으로 재테크를 해서 수월찮은 돈을 꿍치고 있다는 것을 알고 있었다. 그러나 남자는 그런 아내에 대해 간섭하지도, 알려고 하지도 않았다. 주머닛돈이 쌈지 돈이기도 했지만 여자가 늙어가면서 그런 재미마저 없다면 무슨 재미로 살까 싶어서였다.

여자들은 대개 다 그렇지만 남자의 아내 역시 이빨 하나 하는데 거금 300만원을 선뜻 쓰기를 아까워하고 차일피일하는 중이었다. 남자는 결혼기념 선물로 아내의 어금니를 해주기로 결심했다. 그 이상 뜻 깊은 선물이 없지 싶었다.

결혼기념일 아침에 남자는 아무것도 모르는 것처럼 시치미를 뚝 떼고 출근했다. 아내도 오늘이 결혼기념일인지 모르고 있는 눈치였다. 퇴근 무렵에 남자는 아내에게 오랜만에 외식이나 하자며 집 부근에 있는 백화점 식당으로 나오라고 전화를 했다.

식당에 먼저 자리 잡고 있는데 아내가 운동복 차림으로 나타났다. 아내는 호수공원을 걷다가 곧장 온 모양이었다. 주문한 음식을 기다리는 동안, 아내는 어버이날을 간단한 선물로 때우고 지나간 두 딸년에 대해 아직도 서운한 마음이 가시지 않는지 또 흉을 보기 시작했다.

식사가 끝나 갈 무렵 남자는 백만 원짜리 수표가 석장 들어있는 봉투를 내 밀었다.

"당신 오늘이 무슨 날인지 알아? 오늘이 우리 결혼 35주년이 되는 날이야. 35년 동안 못난 남편 만나 고생 많았어. 이 돈으로 그 어금니나 해 넣어."

아내가 봉투를 받아 속을 확인하고는 기분이 좋은지 배시시 웃었다.

"당신 같은 구두쇠가 웬일이야. 나는 당신이 모르고 있는 줄 알았지. 고마워요."

아내는 그렇게 말하며 잠바 주머니에서 봉투를 하나 꺼냈다.

"당신도 고생 많았어요. 이거 S병원 종합검진권인데 내가 당신한테 주는 선물이요. 종합검진 한번 받아보라고 해도 도통 말을 안 들어 내가 거금 80만원을 주고 끊었소. 이 나이에 건강이 최고지."

그날 남자와 아내는 서로를 감동시켰다. 그날은 그들 부부의 결혼 35주년 산호혼식珊瑚婚式 날이었다.

4. 나는 불륜을 꿈꾼다.

얼마간 망설이다가 나는 늦은 여름휴가를 떠나기로 했다. 내가 휴가를 망설인 이유는 아내와 같이 가는 휴가가 별로 재미가 없었기 때문이다. 아내의 잔소리는 집에서나 휴가 가서나 마찬가지여서 돈 쓰고도 얻는 것이 별로 없었다. 휴가가 즐겁기는커녕 때로는 두 사람 사이를 오히려 망치곤 했기 때문이다. 뒤늦게 가기로 한 것은 손자가 금년에는 '어딜 안 가느냐?'는 전화가 왔더라는 아내의 말을 듣고 나서다. 녀석은 작년 여름에 간 무주 리조트가 좋았는지 무주 이야기를 하더라고 했다.

손자 녀석의 생애 첫 초등학교 여름방학이 좀 심심할 거라는 것은 짐작하고 있었지만 모르척하고 있던 차였다. 며느리는 다니는 회사가 중국에 개설한 지사를 본 궤도에 올리는 책임을 지고 장기 출장을 가 있고, 아들은 회사의 해외 연수 케이스에 지원한 후 공부에 여념이 없는 터였다. 장거리 운전도 지겹고 해서 무주와 분위기가 비슷하면서도 비교적 거리가 가까운 홍천의 대명콘도를 예약했다.

35년을 같이 산 부부라면 일단 방전이 다 된 배터리라 휴가를 간다고 해서 별다른 스파크가 일어나지 않는다. 그저 일상에서 잠시 벗어나는 일탈감이랄까 해방감 같은 것이 없지는 않지만 그것도 잠시다. 그러나 손자를 데리고 가면 좀 귀찮긴 하지만 좋은 점이 한두 가지가 아니다. 우선은 아내의 관심이 손자에 집중되니 좋고, 녀석이 끈임 없이 기쁨조 역할을 해 주기 때문이다. 또 같이 보낸 시간들이 손자의 기억 속에 입력되어 내가 죽은 후 제사상에 술 한 잔 올리다가 기억해 줘도 좋고….

나는 틈나면 읽을 요량으로 요시모토 바나나의 소설〈불륜과 남미〉를 가방에 챙겨 넣었다. 신문은 이 소설을 이렇게 소개하고 있었다.

"여행은 일종의 쉼표다. 살던 곳과 전혀 다른 환경에서, 평소와 좀 다른 일상을 보내며 지금까지의 삶을 돌아보기에 딱 좋은 기회다. 작가가 보름 남짓 아르헨티나를 여행한 뒤 1년여에 걸쳐 차례로 써낸 7편의 단편을 묶은 이 책도 그렇다."

일기예보가 찜찜하더니 이럴 땐 용케도 맞아, 휴가 다음날부터 비가 오기 시작했다. 모처럼의 휴가는 온통 비에 젖기 시작했고, 리조트 또한 온통 비에 젖어 썰렁했다. 비 오는 수영장과 물썰매장에서 놀고 있는 애들이 없지는 않았지만 손자는 엄두를 내지 않았다. 우리는 오리보트를 타고 한 시간 정도 흐린 저수지 위를 어슬렁거렸다. 저수지에는 달랑 오리 한마리가 있었는데 이놈도 심심했든지 내내 우리 보트를 쫓아다녔다.

오리보트를 탄 후, 케이블카로 안개 낀 정상에 올랐다 내려오는 걸로 첫날은 만족했다. 다음 날은 비가 잠시 개인 틈을 이용하여 콘도 뒷산 정상까지 등산을 하고 내려왔다. 아내와 손자는 씩씩하게 올라갔지만 나는 내내 뒤처져서 빌빌거렸다.

"당신 일요일이면 북한산 등산 간다고 하더니 진짜 산에 다니긴 다닌 거요?"

아내가 내 체력이 한심한지 미심쩍다는 투로 한마디 던졌다.

"당신도 내 나이 돼 봐."

그래 봤자 아내와 나는 세살 차이니 사실 말도 안 되는 억지소리였다.

손자는 비 때문에 밖엘 못 나가는 탓도 있었지만 사실은 컴퓨터게임을 더 좋아했다. 지하1층에 있는 PC방에 손자를 데려다 주고 엘리베이터를 기다리다가 나는 뜻밖의 한 여자를 만났다. 막 엘리베이터 문이 열리자 여자 혼자 타고 내려왔다. 나는 그 여자를 힐끗 한번 쳐다봤지만, 처음엔 그녀인줄 몰랐고 나를 먼저 알아본 쪽은 그녀였다. 세상에!!! 이런 곳에서 그녀를 다시 만나다니…. 그녀는 미란이었다. 아, 서미란! 그래 그녀는 서미란이었다. 우리는 한 동안 할 말을 잃고 우두커니 서로 쳐다보기만 했다.

“현대인은 많은 사람을 만나니까 연애를 하지 않기가 오히려 더 어렵다.” - 소설 〈불륜과 남미〉에서

서미란, 그녀도 이제 중년의 여인으로 변해 있었다. 그래 지금 쯤 48살 쯤 되었을 태니까. 그녀는 20년 전 내 애인이었다. 그때 그녀는 처녀였고, 막 중학교에 진학한 내 딸의 담임이었다. 우리는 서로 죽고 못 사는 애인 사이로 발전했고 3년 동안이나 감미롭고 행복했다. 그러나 나는 그녀에게 결혼을 권했고, 그녀가 31살에 동료교사와 결혼할 때 깨끗이 헤어졌다. 우리는 모든 것을 묻기로 했다. 그 후로 나는 그녀에 대해 알려고 하지 않았고, 그녀 역시 그랬다.

“연애나 결혼이나 영원히 지속되지 않는다는 점에서는 마찬가지다.” - 소설 〈불륜과 남미〉에서

아내와 손자가 잠들자 나는 몰래 방을 빠져 나왔다. 마침 아내와 손자는 침대 방을 쓰고 있었고, 나는 다른 방에서 잤기 때문에 용이했다. 비는 여전히 내리고 있었고, 밤의 적막 속에 쌓인 리조트는 흠뻑 젖고 있었다. 서미란과 나 또

한 모정慕情과 열정, 그리고 격정으로 흠뻑 젖어 들었다. 간간이 멀리서 치는 번개가 번쩍거렸고 한참 뜸을 들인 후 천둥소리가 들려왔다. 번개와 천둥은 우리 두 사람 몸 안에서도 일어났다. 온 신경을 타고 흐르는 섬광과 온 몸에 울리는 천둥소리는 저릿하고 아득했다. 이윽고 폭풍이 지나가자 모든 것이 고요해졌고, 나는 그녀의 방을 빠져 나왔다. 다시 방으로 돌아왔을 때 아내와 손자는 여전히 깊은 잠에 빠져 있었다.

"이 이가 무슨 잠을 이렇게 자나…."

아내의 목소리를 듣고 나는 설핏 든 잠에서 깨어났고, 동시에 미란이도 사라졌다. 나는 잠시 어리둥절했지만 곧 그곳이 남이섬이고, 잠시 잠에 빠졌다는 것을 알았다. 아내가 귀로에 '겨울연가'로 소문난 남이섬에나 들리자고 했을 때 나는 굳이 반대하지 않았다. 다소 부실한 휴가를 그렇게라도 해서 벌충할 생각이었기 때문이었다. 나는 몹시 피곤했으므로 아내와 손자가 섬을 돌아보는 동안 나무 그늘에서 쉬기로 했다. 나는 소설 〈불륜과 남미〉를 읽다가 그 사이 깜박 잠이 들었던 모양이다.

신문에서는 〈불륜과 남미〉에 대해 이렇게 소개하고 있다.

"남자란 아내와 휴가 중에도 근사한 여자를 만나기를 바라고 불륜의 사랑이 찾아오기를 꿈꾸는 동물이다.

이 작품 주인공들(대부분이 여자들이다) 중 누구는 현재진행형의 불륜관계를 맺고 있고, 또 다른 누구는 부모나 배우자의 불륜으로 고통을 받았던 과거나 현재가 있다. 그러나 이들 대부분은 불륜을 인생의 '마침표'로 보지도 않고 '느낌표'라는 식의 호들갑도 떨지 않는다. 죽음이 삶의 일부이듯, 불륜 역시 연애나 결혼과 마찬가지로 인생의 흐름이라는 담담한 태도다. 나이가 갑절쯤 되는 남자와 관계를 맺거나, 이혼이 마무리 되지 않은 상태에서 여행파트너와 새로운 사랑에 빠진 인물들도 저마다의 상처에 대해서는 담담하기 짝이 없다. 다만 인생이든 여행이든 연애든 '아무런 맥락도 없이 불쑥 찾아오는 꿀처럼 달콤하고 풍요로운 순간'을 놓치지 않으려 할 따름이다."

문학의식 소설동인
네 번째 동인집

기억된 상실

문학의식 편집부 엮음

발행인 _ 노승택
발행처 _ 도서출판 다트앤
발행일 _ 2014년 12월 5일

서울시 종로구 삼일대로 30길 21 종로오피스텔 1214호
Tel 02.582.3696
Fax 02.522.2185

출판등록 1998년 9월 15일 제22-1421호

값 12,000원

ISBN 978-89-6070-574-6 *03810